U0093705

現代版
世界名著

騎士與城堡

坎特伯雷故事

The Canterbury Tales

傑弗里・喬叟／著

【選書推薦】

豐富現代人心靈的饗宴
——「風雲時代」推出的文學經典名著

南方朔

多年來，我一直鼓吹要讀經典，尤其是文學經典。因爲，經典之所以爲經典，乃是它濃縮著傑出作者的心靈、智慧與識見，可以讓人在閱讀裡深度反芻，並呼喚出每個人內心裡更優質的成份。經典是我們心靈的饗宴與邂逅，它永遠會讓人豐收。

文學經典的閱讀樂趣

正因爲經典重要，因而它一路相望，早已成爲每個國族、甚或全世界的文化傳承。在西方，愈是頂級的大學學府，就愈重視經典閱讀的課程安排，目的即是要讓未來的菁英階層，不只具有專業的知識技能，更要有「全人」（Universal Man）的格局和品質。由美國常春藤盟校所開列出來的經典書單，實在值得我們借鏡，做爲我們改革通識教育的參考。

因此，對經典的親炙與閱覽，不只是狹義的閱讀行爲而已，更應該是人格養成的一種教育和社會行爲。有遠見的出版人、編輯人不妨透過經典的濃縮重編，讓人們在生命成長的任何一個階段，都可略窺其堂奧，而後循序漸進，由親切怡人的經典，而走向博大深邃的著作，享盡閱讀的樂趣，並在閱讀中見證心靈的成長。

使人「重新發展愛情」

況且，閱讀文學經典、世界名著，還能滋潤現代人的心靈，使人對愛情與人性重新有一番體悟。

用「重新發展愛情」來說現在人們的心靈處境，真是再也貼切不過了。近代的人際關係早已發生鉅變，其中最大的變化即是性別間不再有任何的神秘，於是愛情與性的非崇高化遂成了一種新的難局。當愛情不再神秘，一切的愛情也就勢不可免的成爲精打細算的操縱遊戲。人們不再相信人際關係的持久性，而彷彿像刺蝟般，無論太近或太遠都覺得不對勁。刺蝟般的愛情使得它遠離親密而更像是戰爭。古代那漫長但又充滿滋味的愛情過程早已消失。當愛情與性更加唾手可得，它的折舊與翻臉也就更加快速。愛情愈來愈像是商品的週期，也更加像吃興奮劑一樣在亢奮和低潮間震盪。

這就是愛情難局之所在，它使許多人將愛情與性分開，也讓許多人愈來愈逃避感情。當身體的接觸已不再是愛情的憑證，愛情的立腳點遂更加脆弱可疑。現在的世界上已難想像偉大的戀情，反倒常見各種愛情上的怨偶與悍夫悍婦不斷出現。愛情有時候竟然會變成「致命的吸引力」！

打開生命的窗子

因此，今日的愛情已漸漸失掉了它的位置。當古老愛情的神話瓦解，愛情世界上的善男信女就注定要在愛情戰爭裡擔驚受怕。愛情的起源是自戀，而後在自戀中打開生命的窗子；而今日的愛情則是人在自戀裡將自己關閉，並讓愛情遊戲更像是座叢林。情慾奔騰而愛情寂寥，失掉位置的愛情必須被「重新發明」，必須藉著不斷的驚喜和共感來維繫它易滅的燭焰。在這個愛情被急切渴望的時代，但願愛情真的能帶給人平安，而非怨懟與騷亂。

而「重新發明」愛情的最佳途徑，在我看來，就是隨時抽時間，閱讀自己喜歡、且已獲公認的文學經典！

選書以親切怡人爲主

在台灣，經典名著的閱讀有著固定的需求，一代代的少年和青年，都以熱切的願望進入這個領域，因此，許多西方的文學經典名著，早已有了許多不同的版本。而今，好朋友「風雲時代出版公司」也開始走進這個領域，開始出版西方文學名著。由第一批廿本名著的書目，可以看出它由於剛開始，因而選書以親切怡人、適於年輕人閱讀者爲主。這批書目涵托了《雙城記》、《月亮寶石》、《格列佛遊記》、《魯賓遜漂流記》、《騎鵝歷險記》、《綠野仙蹤》、《簡愛》、《咆哮山莊》、《小王子、灰姑娘》、《小婦人》、《達・文西寓言》、《愛麗絲夢遊仙境》、《金銀島》、《狐》、《最後一課》、《少年維特的煩惱》、《吹牛大王歷險記》、《最後的莫希干人》、《間諜》、《快樂王子》。書目裡，雖然有些早已膾炙人口，但也有多本，如《月亮寶石》、《騎鵝歷險記》、《吹牛大王歷險記》、《最後的莫希干人》、《間諜》、《快樂王子》等，似乎仍是首譯，可以彌補台灣在文學名著翻譯上始終有所缺漏的遺憾。

我一向認爲出版業能關心名著經典，是一種功德。出版名著經典，乃是標準的「薄利事業」，經營維艱，但它卻是在文化這個領域撒佈可供後來者繼續成長的土壤。而除了經營艱難外，出版名著經典，也是極大的考驗。名著經典浩若瀚海，深淺繁易之間也等級極多，因而出版者需長期耕耘，鍥而不捨，始能規模逐漸完整。「風雲時代」的這套廿本，只是個開始，衷心期望更多個廿本，能相繼出現。

我讀過，我又讀了

近代義大利名作家卡爾維諾（Italo Calvino）曾經說過：經典名著乃是那種人們不會說「我讀過」，而是說「我又讀了」的著作。名著之所以爲經典，乃是它的高稠密度和內含的巨大信息量。因而，每次去讀它，都會讀出新的東西、新的精神。經典名著乃是一口鐘，當人們輕輕的敲，它就回報以小小的聲音；當人們用力的敲，它就用大聲來回應。經典名著從不吝惜給與，而是要看人們如何對它提出索求。

因此，讓我們泡杯好茶，弄一個舒適自在的位子，坐下，拿起書，走進那個歷代傑出作家所建造出來的經典世界吧！

【專文導讀】

一部不朽的詩歌巨著

法國蘭斯大學
哈菲・本・薩拉

英國文學史上也有自己的但丁——傑弗里・喬叟。提起他的《坎特伯雷故事》，我由衷地對這位詩人、學者表示敬意。

這個出身於英國一戶富裕市民家庭的小幸運兒，雖然出身並不高貴，但他那做了皇室食品供應商的祖父和父親卻給他創造了良好的條件，使他能夠自由出入於王室皇宮，並做了王室侍衛。而後來他所娶的那位高貴的妻子——一位爵士的女兒，由於有一個嫁給了攝政大公的好妹妹，所以，這個叫傑弗里・喬叟的人在他以後的歲月裏過得既順暢又愜意，只除了一件事讓他不開心：他美麗的妻子菲莉帕在他們結婚二十年左右的時候生病了。為了給妻子治病，傑弗里・喬叟做了許多努力，包括到著名的朝聖地坎特伯雷去朝拜，但是，正如我們所熟知的，任何人或任何事都不可能改變死神的意願。因此，到一三八七年，那不幸的婦人終於上路了。

在為妻子朝聖的路上，喬叟遇到了一夥很有意思的人，他們來自不同的地方，屬於不同的階層，各自有各自的工作和生活方式，而且他們的教養和受教育程度也各不相同。這群人中有老人也有青年，有男人也有女人。雖然他們操著不同地方的方言，但他們的目的地卻只有一個，就是那神聖的坎特伯雷。

從他們的言談舉止中，喬叟看到了很多有創作價值的東西，那活潑的英語方言啓發了喬叟要用一種平民的語言，即英語而不是當時的官方語言拉丁語，創作一部屬於平民的作品。

這樣就有了《坎特伯雷故事》的最初構想。後來，又經歷了許多俗事以後，他終於平靜下來，躲進自己的書屋，把這個思想變成了現實，從此，歐洲英語文學史上多了濃抹豔彩的一筆。

《坎特伯雷故事》，一部不朽的詩歌巨著，無論是在十五世紀的社會，還是在我們今天的世界裏，都有它不可磨滅的光輝。這部詩歌體故事集，包括「總引」八百五十八行，各故事前後的小引、開場語和收場語共二千三百五十餘行，此外便是各類的故事二十四篇，不僅保持了原來講述人的風格，而且有深厚的生活真實性。那其中的人物，有的來自教會界，有的來自法律界，還有的來自醫學界、商界、手工業界、自由農界、苦力界等等，幾乎囊括了十四世紀整個英國教會社會的全部階層。他們講述的故事，根據每個人的性格不同，身分地位的不同，以及職業、文化修養等的不同，各有各的內容，各有各的特色。

如果從故事結構上來說，完全可以把它們都分爲一種框架故事的代表。如騎士所講的是「騎士傳奇」一類的故事，女修道士所講的是「聖母奇蹟傳說」故事，隨從所講的是「浪漫傳奇的故事」，赦罪僧所講的是「說教示例故事」，帕瑟婦人所講的是「示例童話故事」，磨坊主、管家、廚師和水手所講的是「短篇俚俗故事」，小地主講的是「布列頓式短篇敘事詩」，教士所講的是「鳥獸寓言」，第二個女修道士所講的是「聖徒傳」，學者、律師和商人所講的是「民間傳說」，還有其他人講的「實際生活的諷刺故事」等等。

這些故事類型，在十四世紀以前雖已經廣爲傳播，但把它們總匯在一起集中表現的第一人卻是傑弗里·喬叟。這些故事，從內容上說，完全符合每位講述人的身分、經歷和思想，因此，真實地反映了當時英國社會的禮崩樂壞。

簡言之，在中世紀文學的裝腔作勢、連篇累牘地演繹《聖經》、聖蹟和列王傳窒息人們心靈數百年之後，新鮮有趣的風土人情和社會主題作品在英倫的傳誦，確實賦予了英語文學新的生命力。不能不提及的是，這部詩歌還關注到婦女的痛苦和壓抑，這一重要探究早於薄伽丘一百多年。

《坎特伯雷故事》語言獨特，我是說它不同於以往的拉丁文作品；結構巧妙，比如那個旅店主人先生，雖然並沒有完整的故事情節，但卻從始至終存在於全文，讓我們從他不時的議論或敘述中體會出他的性格；還有第三個特點就是那獨特的寓意化風格，反諷、趣味、幽默和傷感的自然配合、充滿戲劇性的對話和複合的想像力完美結合，是喬叟一生中最後十年間對英國文學的貢獻，也是他畢生創作的最巔峰。該書那種節奏鏗鏘有力、風格雄渾宏大的「十音節雙韻體」形式，後來演變成了著名的「英雄雙韻體」，在以後的幾個世紀裏，成爲英語文學的新古典主義詩體的典範。

《坎特伯雷故事》對後來的莎士比亞和狄更斯等人都發生過深遠的影響。作者喬叟死後，被埋進了倫敦的威斯敏斯特教堂墓地，從此後，該地就形成了有名的「詩人角」，許多著名的英國詩人、小說家、戲劇家，包括威廉・莎士比亞、本・瓊斯、約翰・彌爾頓、愛德蒙德・斯賓塞、托馬斯・哈代、查爾斯・狄更斯等都被相繼葬到這裏。就連那些神學家和其他人物也以能在那裏豎立雕像和紀念碑爲榮。

目錄
CONTENTS

故事開端①

當四月的驟雨趕走了三月裏的乾旱，賦予大地深處的根鬚以無限的生機；當漫山遍野抽出嫩綠的枝芽，花蕾開始在枝頭綻放——太陽已經走過了半個白羊座②。睡了整整一夜的小鳥又開始睜開眼睛嘀啾嘀啾唱起春之讚美歌來，人們的希冀也再次被重新挑起，踏上朝拜的聖路。雲遊的僧人更是不顧路途艱辛，打點行裝向著四方聖堂出發，而在英格蘭所有的人們最想去的地方，則是一個，那就是坎特伯雷③。因爲那裏曾經有過一位偉大的聖徒④，他以自己的生命給眾人帶來過幸福。所以人們希望去朝拜他，期望他的聖靈再次降福人間。

我也是其中最虔誠的一員，在大英國南岸的薩得克地區，正準備打點行裝開往坎特伯雷。但夜幕降臨時，我的路程還有那麼遠，因此，我只好先找家旅館住下來。這是全英國最古老的旅店之一，它的名字叫泰巴德客棧，除我之外，還有另外二十九位朝聖者也住進了這裏，雖然萍水相逢，卻有一個共同的目的地——坎特伯雷。他們騎著馬長途跋涉，在某個十字路口偶然相遇，既然泰巴德旅館有舒適的客房和寬敞的馬廄，「我們何不投宿於此？」於是在太陽西下的時刻，他們走進了客棧，沒有想到只用了一番短短的交談，我們就已像老朋友一樣熟識親密。於是我和他們共同約定，來日早上相約爲伴，齊到坎特伯雷。在出發之前，我有充足的時間觀察了一番這二十九位客人，下面我就向大家簡單介紹一下我眼中的這些客人，介紹一下他們是什麼樣的人——穿什麼衣服，做什麼事，處於何種地位，擁有什麼樣的身分等等。這樣，我才好接下來說我們在路上的故事。

我們從那個勇敢的騎士開始吧。

騎士

這是一個真正勇敢而又極具騎士精神的男子漢。一切騎士所擁有的美德：正直、忠貞、英勇、儒雅，他都具備。就拿他的英雄氣概來說吧，沒有哪一個與他身分地位相當的騎士能夠比得上他。在南征北戰的多次戰役中，他憑藉對主子一貫的效忠以及對騎士榮譽的維護，不惜生命，處處留下了令人稱讚的事蹟，無論是基督教世界還是異教徒之邦，人人都對他推崇敬仰。

他參加過無數次戰役，有攻佔亞歷山大城⑤之戰、有立陶宛、俄羅斯之戰、有阿爾赫西拉斯⑥圍攻戰，還有柏爾瑪利亞⑦、阿塔利亞⑧攻堅戰。在眾多的騎士中，他就像是一顆明星一樣脫穎而出，立下赫赫戰功。因此，在普魯士的慶功宴上，他當仁不讓地坐上了首席的位置，俯視他身邊其他各國的騎士。人們處處在流傳著他的英雄事蹟，流傳他在地中海上是如何率領大批高貴的騎士出航。他曾十五次出生入死廝殺戰場，也曾三次在特萊姆森⑨比武場上勇敢取勝，殺死敵手，維護了我們的信仰。在帕拉希亞⑩領導的討伐土耳其異教徒的戰爭時，他又憑藉著其無比的力量獲得了最高榮譽，受到君王的嘉獎。

但就是這樣一個人，卻有著姑娘般的溫和有禮。他對世事洞察得一清二楚，卻從不對什麼人妄加評論，更不會說出什麼粗魯的抱怨。有人說他的馬很好，但他的衣著卻並不奢華招搖——一襲粗布無袖長衣，從上面沾滿的汗跡就可看出，他是遠征始歸，還未來得及歇息，鎖子甲把衣服弄髒了，他卻爲了虛心朝拜而顧不得這些——可以說，這真是一個集所有的美譽於一身的完美的騎士。

隨從

這個冷靜的騎士卻有一個熱情的隨從，就是他那年輕的兒子。廿一二的年紀，長著一頭亂蓬蓬的捲髮，小夥子充滿了青春的朝氣。爲了博取心上人的青睞，他也曾像父親一樣，參加過許多次的戰役。佛蘭德斯⑪、阿圖瓦、皮卡第，在遠征的騎士團中他個頭不算高，卻在短短的時間裏就留下了靈活有力的美譽。

這個年輕的人穿著五顏六色的新鮮衣服，整天不是吹笛，就是唱歌，衣服上的花呀蝶呀也隨著他寬大的袖子上下飛舞，就像五月的天氣，有著無窮的活力。除了擅於騎馬，精於比武，他還通曉文詞曲賦音樂等等。爲了胸中那腔愛火，他就像一隻夜鶯一樣夜夜難眠。

不過，雖然這個兒子有點年輕有點好動，但總的說來，他還稱得上是一個優秀的隨從，一路上除了謙遜有禮，樂於助人，他還恭敬地在餐桌上爲父親切肉。

跟班

爲了便於行闖，騎士還簡單地帶了一名跟班。這是一個自由農出身、擁有武藝的鄉勇。黝黑的臉頰上一圈濃密的短髮，綠衣綠帽中間，掛著一筒用孔雀毛作箭羽的利箭。一根根的箭在鄉勇精巧的修整下閃閃發光，配著他手中握著的那把硬弓，很讓人覺得英勇。這確實是一個林中狩獵的好手，胸前掛著銀白色的聖徒⑫像章，手臂上套有精緻的護腕，身旁一邊是堅盾利劍，一邊是寒光四泛的匕首。一個護林人特有的號角正穩穩地掛在他綠色的肩帶上。

修道院女院長

像所有其他修道院的院長一樣，這也是一個受人尊敬的人，謙和純良的笑容中飽含著溫文有禮的高貴氣質，我們都叫她玫瑰。

這位嬷嬷有一句最凶的詛語，就是「聖羅伊⑬作證」。我們偶爾聽到她這麼說，都忍不住要笑起來，但由此卻對她更加尊敬。這位美麗的院長還有另一個特長讓我們喜愛，那就是她在做禮拜唱聖歌時，鼻音很動人。由於她從未聽到過一句很正宗的法國語，所以她說著另一種標準而流利的法語——斯特拉特福⑭腔調法語。

她還是一個處處表現出高貴宮廷禮儀的人：在餐桌上吃飯時，她會很小心地用手指捏著一塊麵包放進嘴裏，既不讓手指沾染上醬汁，也不會讓任何一點食物掉到胸前。爲了不讓油膩沾染在茶杯上，她總是把嘴唇擦了一遍又一遍，這樣，儘管已經喝了一口又一口，她的杯沿卻還是光滑而又乾淨。這個以禮儀贏得人們尊敬的人，還是一個性格溫和而又仁慈的人。雖然，可以看出來她屬於那種活潑開朗型的人，但如果她養的一隻小狗或小貓死掉了或是挨揍了——她就會毫無顧忌地低低哭起來。甚至有一次爲了一隻被夾在捕鼠夾上的老鼠，她還傷心了好幾天。她養了好幾條小狗，整天餵牠們燒肉、麵包和牛奶，在這些動物身上，她滿腔柔愛憐憫的心表現得淋漓盡致。

這個頭巾折得恰到好處的院長嬤嬤有一雙晶瑩透明的灰眼珠，上面是手掌般寬的白皙額頭，下面是一張又紅又小的嬌嫩小嘴。手腕上一串珊瑚念珠，中間隔著一顆顆綠色的飾珠，有一個金光閃爍的胸針夾在其中，上面除了一個大字A字，就只是一句拉丁文：愛，永無不勝。

院長的同伴

院長嬤嬤還有四位同伴，一個是她的副手，也是位修女，另三個是與她同行的教士。

修道士

二十九位客人中，有一位十分出色的修道士——你千萬不要把他想像成一位嚴謹清苦的苦行僧，那樣你就大錯特錯了，因爲這實在是位極具才華的修道士，雖然眼下他只掌管一家隱修院的外部產業，但將來肯定會做到寺院住持的工作。

這位修道士騎著一匹很漂亮的栗色大馬，馬具上鈴鐺清脆地響著，就像他掌管的那家教堂的鐘聲。據說他的馬廄中養著許多這樣的馬，他常常在風中疾馳打獵。雖然說經文上論述了打獵人的生活是如何的不聖潔，有違我主的慈悲心理，但這位修道士卻打破常規，認爲陳舊的東西早該逝去。如果說一個不注意生活細節的修道士就是條離開了水的魚，絕不能再稱爲光榮的隱士，那麼，他認爲這種說法的價值連一隻蒼蠅的價值都不夠——爲什麼我們必須遵守聖馬烏魯斯或老聖本篤⑮定下的陳舊而又嚴酷的規矩？難道我們除了在隱修院的書堆裏鑽來鑽去鑽得自己發了瘋，就再也沒有別的事可幹了嗎？既然聖奧古斯丁規定了做人的道理，那就讓他自己去做。我們要做的就是自由自在地生活。他說這話時，我非常贊同地點了頭。這位高超的修道士也是說到做到：他唯一的娛樂就是騎著馬帶著獵狗在兔子後面亂跑，爲此他獲得了優質的灰色毛皮，鑲在他衣服的袖子上，還有他高貴的帽沿上——那上面的兜帽上還別著一個細巧的金別針，一頭打著個同心結。

這是一位富態而有氣度的修道士老爺，穿著考究，打扮細膩。光亮如鏡的頭頂中部看不到一絲頭髮，油亮的臉上一雙眼睛，猶如爐中之火般活躍。烤熟的肥天鵝給了他一副很細嫩的面孔，柔軟的靴子蹬在馬的兩側，使他看起來更加體面。

托缽修士

一位放蕩不羈的修士，卻有著在自己區域內行乞的特權，這樣的修士可真讓人羨慕。他不是別人，正是那個托缽的修士。這個四教團⑯裏的特殊人物，有著別人沒有的魅力，不僅是他那小區域裏所有小地主們所熱愛的交往的對象，就是城裏那些女富人們也希望自己能得到他的青睞——因爲他不僅會說那麼多迷人的調情話，還隨身帶著許多美麗的小刀、別針什麼的，只要他認爲你值得和他親熱一番，他就決不會吝於送給你。這個據說是教區裏的台柱的人物爲許多年輕的女子舉辦過婚禮，爲此他得到了不少的酬費。但他卻對人說，如果讓他去當一個懺悔師會比現在的教士職位更能讓人喜歡。因此他打了報告，得到批准，開始做起懺悔師來。做懺悔師要有一定的規矩，比如對人要和藹可親，要有憐憫之心，要讓懺悔之人懺悔之後能得到心靈的安靜——這一切，托缽修士做得很好，而且他還有另一套別人所沒有的好規矩，讓人對他更加喜歡得不得了，在他看來，世上一切的罪過沒有不可赦免的，只要你捨得從自己的腰包裏掏出幾筆捐款——當然，美其名曰是捐給貧苦的教團。這樣，即使你在懺悔時不會哭泣，在祈禱時不會痛苦，你的罪也是可以赦免的。有誰可以說一個捨得對別人捐款的人是心腸很硬的人呢？當然沒有！所以許多富人地主都喜歡找這個瞭解人心的修士做懺悔。這個皮膚白嫩、身體強壯的修士，彈著一手好琴樂，唱著美麗動人的歌曲，從富人的家裏走進舒適的酒店旅館，又從酒店旅館走進豪華的富人家裏，熟識了許多的老闆侍女，卻從來也沒有認識過一個痲瘋病人。因爲對他來說，幫助一個不能拿出任何有用的東西來的下流人，還不如去聽一個暴發戶的懺悔更有價值，並且，有體面有身分的人又怎麼能去結識那些不知禮數的下等人呢？

這個修士憑著一副小狗般搖尾乞憐的本事，畢恭畢敬地聽著富人們的懺悔，腰包逐漸地鼓了起來。爲了能長久地保證這份可愛的工作由他一人承擔，他特意花費了一筆不少的錢買到了上頭的特權，這樣別人就不能再進入他的領域，否則那就是侵權。我想這個修士行乞得來的財富，一定比他產業上的收入要多得多，即使是一個窮得連鞋都買不起的寡婦，他也會用他動人的嗓音引用《約翰福音》裏的話，把她感動得熱淚滿眶，五體投地，從而心甘情願地從口袋裏掏出唯一的一個銅板交給他。

這個修道院中的頭號人物，真的不同一般，即使是小小的裁定日⑰，也是他發揮自己才能的好場所。我們說過，他是一個放蕩不羈，有自己規則的修士，在那樣的時刻，他決不會像其他修士一樣也穿一件破舊的黑大衣，而是要用一襲精細高貴、剛剛漿洗過的挺括的法衣把自己裝扮得像是一位教皇或是主教大人，再配上他咬著舌尖拚命想要說得好聽的英語說教，好一個有名的托缽修士——他的名字就是休伯。

商人

一撇濃濃的八字鬍，一身昂貴的花色衣，一匹高大的馬，這人用他的外形先詔告了世人他體面的身分。這是個愛誇口說自己如何有經商天賦的商人。他認為在這世界上，當務之急是要保證米德爾堡城和奧威爾港⑱之間通航的安全。發表這番見解時，他用手整了整佛蘭德斯水獺皮做的帽子，還把腳上的靴子也扣得更緊，這樣看起來那番談話就是那麼莊嚴。但實際上誰能知道，這個很會買賣金幣、用外匯賺錢的體面人身上還背著一筆不少的債務呢！只是這個商人真的很有幾分天賦，他能一邊借債欠錢，一邊又和人做著買賣。並且，從他那一副氣派的言談舉止上，你還真不能不說這是個人物。只可惜，說實話——我怎麼也沒有把他的大名記住。

學者

這一位是牛津來的飽學之士，在邏輯學的研究上頗讓人吃驚。穿一件經緯畢露的外套，人瘦得就像是一根火柴棒。他的那匹馬如果站在馬廄裏，一個轉眼，就會被其他馬擠到了一邊——人瘦馬瘦的學士只是因為有一段時間沒有拿到過薪水——他現任教會職務⑲。但這個崇尚哲學與教養的文化人卻一點也不在乎自己的錢匣子裏空無一物，在他看來，所有的東西都比不上擁有一屋子的書。他的床頭擺滿了紅的黑的厚厚的哲學書，有亞里士多德的，還有一些出自柏拉圖。這個靠朋友們接濟過生活的人，把所有的錢財和精力都放入了對哲學與靈魂的研究。他除了熱心地為幫助過他的朋友們祈禱祝福外，就是一門心思鑽研怎樣教授和學習道德和教義。他的研究使他成了一位飽含才識的學者，說起話來乾淨俐落，沒用的語言一字不吐，說出口的話都堪稱一絕，但無論怎麼樣，他總是擺脫不了終生教與學的命運。

律師

在這個行業，這也稱得上是一位大人物。曾經因為他的審慎和幹練得到皇家重用，坐在巡迴法庭的主位上，掌握著其他人的生殺大權。他有著很高的酬金，穿著華美高貴的衣袍，地位也相當不低，是著名的聖保羅教堂議事人員之一⑳。

為了幹好本職工作，他顯得非常忙碌，一會兒要記起從威廉一世㉑以來所有案例的經過和結果，一會又要簽置地產契約。他起草的契約或協定，沒有任何一點能讓人有所挑剔，因此他總能如願以償地取得購置地產的所有權利，還得到人們齊聲的讚揚。

關於這個律師的衣著，我只想簡單地說幾句：除了絲質腰帶上的一點金屬裝飾外，他穿著簡樸布衣。

小地主

律師的身邊有個小地主，是朋友也是旅伴。這個樂天的老頭長著一大把花白的鬍鬚，就像秋天裏的雛菊花。他的早餐是麵包浸酒，他的生命理念是做伊壁鳩魯的信徒「快樂就是最大的幸福」。作爲整個家族的掌權人，他總是敞開大門迎接四面八方來的客人，從酒窖裏拿出珍藏多年的好酒，從池塘裏撈出鯉魚鯽魚各色好魚。他的廚師有嚴格的要求，要是該辣的不辣，不該辣的放了辣，或者是客人很多，食具卻不全，他就會遭到老頭好一通臭罵，說不定還會有更倒楣的事等著他。大自然的四季在更替著，老頭家餐桌上的東西也在變化著，無數的美味永遠等著你，酒呀菜呀誰家的東西都沒有他家的質好量多。

這個老頭還是他那一郡的審計官和郡長呢——雖然這已經是很久以前的事了。他的腰帶就像是剛擠出的牛奶一樣雪白，明亮的匕首和鼓囊囊的錢袋總是隨帶身旁。經常出席本地區治安例會，還代表他的郡參加議會，這就是律師的朋友——小地主，沒有其他地主比他更得意。

服裝商、木匠、織工、染坊主人、織毯工

這是一群頗有資產的自由民。由於他們的能力——他們各自都有自己獨特的才智——使得他們都是行會裏首席地位的極佳人選。更由於他們各自都有一份足夠的資產和收入，所以他們的妻子被人尊稱爲「夫人」，去進教堂做禮拜的時候，有人自願跟在她們身後把她們那長長的斗篷後襬小心捧起。這一群光鮮體面的手工藝者和商人，穿著精細昂貴的服飾，帶著銀製的而不是銅製的飾品，腰間圍著引人注目的腰帶和錢袋，個個神氣十足。有這一群人陪同上路，我想我們的旅行肯定會更有趣。他們共同加入了一個著名的大行會。

廚師

生活已是很高貴的行會成員爲了一路上少吃飲食的苦頭，就自選自備地帶了一名廚師。他把酸的甜的各色調味自行配製，加上生薑佐料製作出鮮美的雞湯，在爲主人們介紹菜名的時候，他還能一下子就聞出釀自倫敦的美酒。要說手藝，這個廚師真的是沒得挑了——能燒會烤，會煎會燉，做出的鮮湯餡餅香飄四方。但只有一點，我覺得實在可惜，要不是他眼上長了那麼一個濃濃的疥瘡，我想他燒的童雞雜燴味會更美。

水手

這是一個從遙遠的西部——達特茅斯港來的水手。據說那裏是以海盜出名，所以這名水手生得也很凶猛。一副粗呢子的長袍蓋住他健壯的膝頭，他正端坐在一匹劣馬上頭。垂著一張風吹日曬變黑了的臉，他邊走邊打瞌睡，一定是因爲在從波爾多來的那段路上，偷喝酒商的酒太多了。一枚匕首用一根帶子掛著，繞過脖頸直垂到他的胳膊下面，一把凶猛的鬍鬚往四面八方長著。據這名水手自己說，他們在海上航行時和人打仗，打勝了就把對手進行活生生的「海葬」。這人要論良心實在少得可憐，但說到本事卻真是不一般。他能通過水流速度和潮起潮落的時間，推斷出即將來的危險。什麼時候該起航，什麼時候會有大風，在哪裏應打彎，在哪裏應放慢速度，他全都知道，全都精通。就是從哥得蘭到菲尼斯泰爾角㉒的所有港口，從不列塔尼㉓到西班牙的每條河流，他也能隨問隨告，讓你明明白白走過一路。這就是有名的水手，他的名字叫瑪格德。

醫生

與我們同行的還有一名醫生。與別的醫生不同，這是一名內科外科全都精通的醫生。並且他還有一種獨特的星象學見解，通過觀察星象，能夠確定該什麼時候去爲他的病人就診，該什麼時候用護符爲病人治病。爲了研究醫學，他讀了許多書，有關於埃斯科拉庇俄斯㉔的，有關於迪奧斯科里斯㉕的，還有關於魯弗斯，希波克拉底、哈里，加倫㉖、拉齊茲、阿維森納、塞拉匹思㉗、阿威羅依㉘、達馬辛、康士坦丁、伯納德、吉爾伯特和加台斯騰㉙的書，他也通通讀過。除了沒有讀過《聖經》，他可真稱得上是一名醫學界的學者。他知道每種疾病的類型，也許是熱症冷症，也許是乾症濕症，他也明白每種病患的起因結果。一旦診斷清楚他就會立刻開一副長長的藥方，他那位友誼深長的藥劑師於是就應聲而來，帶著所有你需要買下的藥物，還不忘記在出門時反覆叮嚀一下，哪種是外用，哪種是內服。

博學的醫生對自己的生活很節制，至今還存著大瘟疫時期掙的錢。他的衣服只是簡單的大紅或淺藍服，只在裏面才加一層絲綢或細絨。在飲食上，醫生堅信少吃多餐才能消化好營養全，所以他每頓只挑挑揀揀吃一點點。但在另一點上，醫生卻表現出濃濃的興趣——據說黃金也有藥用價值，作爲一種興奮劑，它深得醫生的關心和喜愛。

帕瑟婦人

英格蘭西南部有一個地方叫帕瑟，那裏有全英格蘭著名的溫泉浴，與我們同行的一個婦人就是那裏的住民，雖然有點耳背，卻有極其熟的織造手藝，紡出的東西連伊普爾㉚、根特的織工都爲之驚嘆。在她那一個教區，她是這方面的權威，沒有人敢在她面前賣弄。要是哪一個婦人不識好歹想不通知她就隨便奉獻，準會遭到她好一番臭罵。她發起脾氣來從不留情面，不把你嚇得灰溜溜逃走決不罷休。不過，這名婦人長得倒還算是漂亮，眼睛大大，臉蛋紅潤。一方頭巾質地細密，只是看起來不下於十磅之重。腳上一雙新鞋子皮質很軟，露出的長襪顏色鮮紅。就仗著這一副美麗的容顏，在教堂門口她曾同五個男人結過婚，而這其中還不算她年輕時的相好的。據這位婦人說，她到過許多地方，有布洛涅㉛、科隆和羅馬，有加利西亞㉜和聖地牙哥，多少的山川大河在她腳下走過，多少的奇邦異族在她眼中看過。只是如今她的口中缺了幾顆牙齒，所以說這些時有些含糊不清。

帕瑟婦人穩穩地騎著一匹溫馴的老馬，大的頭巾一顛一顛。她肥大的臀部外面罩著一副長裙，跨在馬的兩側的腳上穿著帶刺的馬靴。一路上談笑風生，說得最多的就是男人和女人。要是你不巧得了相思病，那你最好去問問她——在這方面，她確實是專家。

教區主管㉝

這是一名窮教士，卻是一個大大的好人，憑著豐富的學問和對耶穌基督的無比忠誠，主管著他那一個小小的教區。他的行動準則只有兩個，一個是仁慈，一個是熱誠：如果有人不向他交納稅，他決不會冷心腸地將人家趕出他的教區，而是苦口婆心地先將我主耶穌的偉大善行向你教導一番，然後就拿出一部分自己的收益或別人的捐款來扶貧濟苦。窮教士自己所求甚少，不貪福祿，不怕辛苦。哪怕是下著大雨，響著雷，如果真的需要拜訪教民，他都會毫不猶豫地拿起拐杖走出家門。不管是住的近的富戶，還是地處偏僻的貧民，他都一視同仁。

在向教民們講道的時候，他最愛引用的一個信條就是：行動優於說教。這是《福言書》裏的一句話，意思是教士首先要爲教民樹立榜樣。黃金都生銹了，鐵還能是好的嗎？教士自己又加上一句話，意思就是如果眾人信賴的教士都墮落了，受教的教民品德還會高尙嗎？這是一句真正實在的教育。羊群乾淨而牧羊人自己卻骯髒透頂，這不是最最可恨的事情嗎？這位高尙的教區主管知道什麼才是教士的純潔，什麼才是教民的正當生活——把聖職賣給別人而自己卻去倫敦的聖保羅教室任職，靠爲一些人超度亡魂而賺錢或爲行會主持宗教儀式而領賞，這決不是虔誠的教士應該有的行爲。上帝創造了他的信徒，就是爲了能使他羊圈裏的綿羊不受惡狼的攻擊，而不是讓人們拿他們去做交易。

有了這種種思想，窮教士在行教的時候，就決不會偏袒任何一方：如果你是一名貧窮的罪人，懺悔時也有可能得到教士溫和的苦口婆心的勸導；而即使你是一個身分非常高貴的罪人，如果不能在懺悔時真心認識錯誤，他也會把你狠狠責罵。世上的教士再也沒有比這位教士更好的了，他不追求虛無的浮華奢靡，不顧忌社會上的重重阻礙，只認準一個真理：基督是我們的主，教士是他的信徒，如果我們要爲別人樹立良好的品德，就要先從自己的行爲做起。

農夫

與上面所說的那位仁慈的教士在一起的，還有位善良的農夫。他是他們教區裏最最安分守己的一個人，生活平和而安定，樂於助人卻絕不講報酬，在教士的教導下，熱愛上帝，熱愛鄰居，最後才愛自己。平常他不是爲別人拉大車趕馬，就是無償爲人們掘地打麥，掏臭水溝。每年有所收益後，就規規矩矩地到長官那繳納什一稅，從不會拖欠，也不會講價。這位老農民身穿普通的農民服，騎著一匹母馬，和另外一個磨坊主、差役、管家、修道院食堂夥計以及一個賣牘罪卷的傢伙，再加上我——這就是我們所有剩下的人，除此之外，再沒有其他同行人了。

磨坊主

這是個有著「摔跤能手」美譽的粗壯的漢子。結實的肌肉，粗大的骨骼，每次都能爲他贏得比賽的頭獎——一隻羊。他的鬍鬚長得有如鐵鏟那麼寬，紅紅的，就像是狐狸或母豬的毛一樣。鼻頭上一個大大的瘊子也是紅色的，上面還長著幾根長長的毛。瘊子下面鼻洞又大又黑，高高朝上翹著，身子兩旁也各掛著一把劍和一面盾牌。他擁有「金姆指」這樣誠實的稱號，卻一路上張著那張大得猶如一面大爐子的嘴巴，滔滔地講著些犯罪、偷竊的醜事。他善偷，偷的收益比掙來的還要多。不過這人也有一個優點值得一提：如果給他一支風笛，他就能熟練地吹出一支動聽的歌曲。因此，一路上我們就這樣和著他吹奏的曲調前進著。

食堂採辦

這位法學院的小夥計掌管全院伙房的採購。如果你碰巧也是一位搞採辦的人，那你實在是找對了老師——性格中的小聰明使得他在任何一樁買賣中都要精打細算，即使是一樁小得不能再小的三分錢的交易，他也能從中占到便宜。他的頂頭上司總共有不下三十個人，都是博學的法律專家，但即使他們中的任何人都有資格能去英格蘭的任何一位貴族家裏當管家，靠著他們對法律和市場的瞭解，幫他們的主人運用各自的田地收益，使他們終生不受債務的困擾——他們的聰明也還是不及這個小伙房採辦的一半。這是上天賜給我們的好禮物，他超過了一大堆的學者才子。

管家

小時候學過一門手藝，長大了卻既沒有當木匠，也沒有搞建築——這就是那總是跟在我們後面走的管家。這位管家名叫什麼，我沒記住，不過那匹毛色斑駁的灰公馬我倒是記得清清楚楚：牠的名字叫司各特。瘦長瘦長的管家先生就是穿著一件藍外套，佩著一把鐵鏽長劍，騎著他的司各特從諾福克郡鮑茲威爾鎮的家出發，去到坎特伯雷的。

司各特的主人脾氣很大。刮得乾乾淨淨的下巴又尖又長，齊耳的短髮修剪得如教士的一樣，兩條細細的腿上沒一點肌肉，像棍子一樣，在他那個地區，卻沒有一個人敢笑話他一句。他很懂得管家之道，獨立掌管主人的一大家子，乾旱的時候，他能憑種子的多少推斷出收穫的結果，幾年內他就使主人家的牲畜圈裏圈滿了豬羊牛馬。根據合同，從主人二十一歲起他就要把所有的賬目隨時彙報，而這一點他做得非常好。沒有什麼時候有過耽擱，也沒人能對他的管理挑出一點毛病。除了主人，就數他的權力最大，事實上他比主人還要可怕，無論是羊倌、雇工還是其他管事，見了他都要哆嗦三下，任何的花招詭計莫想瞞過他。他買東西總比主人預計的便宜，他用主人的東西無償奉獻給主人，因此，他很得主人的歡喜和信任，不久就在牧場那片綠樹成蔭的地方建起了一個漂亮的家。雖然他穿著很是樸素，撩起的長袍塞在腰間，但誰都知道他的錢櫃裏積攢著一筆數目不小的財富。只是他有一個習慣，像那個托缽修士那樣，總是走在人們的後面。

差役

同我們一路的還有一位法庭差役，火紅的臉像戲中的天使。小小的眼睛細又長，一說話就成了兩條縫。一臉紅的黑的小膿疱，就是用水銀、硼砂、硫磺或是酒、鉛白或鉛黃混合起來做清潔劑，也不能洗去。小孩子見了他害怕，他本人倒是滿不在意，見了女人就像是一隻小鳥，激動得嘰嘰亂叫。他愛吃的是韭菜、洋蔥和大蒜，愛喝的是血一樣紅的烈酒。吃飽喝足之後拍拍肚皮打個飽嗝，就忍不住開始東一句西一句胡亂說話，但所有說過的話，加起來也不過是三句拉丁語——除了拉丁語，他不願說其他語。這三句拉丁語都是從判決詞裏聽的——就像是一隻鸚鵡聽多了也會說一句「哈囉」一樣，他的三句拉丁語說得比教皇說出的還好。其中有一句是「這是哪條法律規定的？」每當你考他露了底，他就會耍賴地反問你。不過這個傢伙倒也還有他厚道的一面，只要你給錢，就是家裏養了一年別人的妻子他也會不管。他經常說的一句話是「錢袋讓教士下了地獄」，但我知道這是騙語。他教給他的所有朋友們不要在乎主教的詛咒，如果犯了罪就讓錢袋去受苦。而這把人們通往天堂之地的真正道路都切斷了，人們不再害怕進監獄，只要捨得出錢。

在他那個教區，對於女人們，他還有一套好辦法，通過運用一些不為人知的手段掌握了所有女人們的秘密，因此他就理所當然地做了她們的顧問，得到了她們送給他的一頂大花環。而此時，他還戴著那頂碩大無比的花環，手裏拿著一大塊足以和一面盾牌媲美的麵包與我們同行。

賣贖罪券的人

差役有位朋友，就是從若望西伐㉞來的這位賣贖罪券的人物。我們不知道這是不是一位真正的賣券人，但他的行囊裏確確實實裝著一大袋的贖罪券。這個人和差役是很好的搭檔，一個人高聲唱著「親愛的，快來到我身邊」，另一個人就低聲和唱，他們的聲音加在一起，就是一隻喇叭也及不上。賣券人長著一頭亂蓬蓬的黃髮，披在肩上像披了一件粗布亞麻的披巾，頭戴一頂小便帽，兜帽被紮起來放行囊裏，說是爲了趕路方便。他們臉上光潔得沒有一根鬍子——連鬍子渣也沒有，眼睛轉動著像兔子的眼睛。我覺得他更像是一名騙馬的好手，可他說他是一位有權賣贖罪券的人。

他的行囊裏有個枕套，據他說這是聖母瑪利亞的遮面布。還有一塊看起來是船帆的布，他說這是上帝的信使聖彼得航海時曾用過的。他還有個黃銅的十字架，鑲滿寶石，明眼人卻一眼都能看出真假。一個瓶子裏裝著幾塊豬骨頭——他把這些東西也稱爲是聖物。要是在鄉間遇到一個虔誠的教士，他就把這些東西展示給他看，不出一天的時間，他就能把那個窮教士兩個月也掙不來的薪水錢全都放進自己的腰包裏。

他用花言巧語唬弄所有的教士和買贖罪券的人，不過，說句公道話，比起教會裏的其他教士來，他還是最好的一個。無論是念經文、講教義他都拿手，尤其是唱聖歌時更有一種動人的感情。因爲他知道，不動舌頭就不能賺來金錢，因此在這方面他十分賣力。

至此，我已如前面所說的，把這一群停宿在泰巴旅店的朝聖者介紹了個遍，包括他們的衣著食物、身分地位，以及工作什麼的。現在，我想我應該接著講一講那天晚上我們聚在一起後的情景，以及以後在朝聖路上的故事了。但在此之前，我得首先請求各位，不要因爲我一言一行都照搬了原主人的模樣——他們也可能說到一些粗俗下流的話語——就指責我也粗俗下流。正如我們平常所要求的，轉述別人的話就要儘量保持原樣，不要隨意增刪改變，如果不這樣，那和撒謊有什麼兩樣呢？就連基督也在他的《聖經》裏說，這種做法並不下流，讀過柏拉圖的書的人，還會更明白一個道理，語言是行爲的孿生兄弟——有什麼樣的行爲就有什麼樣的語言。因此，我在此請求，各位不要因爲我的轉述有違道德或禮數就批評於我。而且，我還要請求大家諒解，如果有誰在我的轉述裏沒有得到更完美的體現，那實在是因爲我能力有限。

這時好客的店主人讓人把晚餐送來了。有各色的上好菜肴，還有濃郁香醇的烈酒。店主人儀表不凡，談吐幽默而且機智，是典型的契普賽德㉟高貴市民的代表。他看我們興高采烈地吃飯談話，就加進來給我們講了一些有趣的小故事，所有的人都很高興。在用完餐準備歇息之前，店主人又說道——這次他有些嚴肅，但絕不失熱情。他說道：

「歡迎各位遠道而來的貴客，你們能住宿本店，這是我極大的榮耀。說實話，小店自開業以來，還沒有如此多的客人一起來小店住宿的情況。爲了表達我對各位最衷心的歡迎和感謝，在此，我有一個提議，我想大家一定會很願意聽到的。

「你們去坎特伯雷的路還有很長，如果一路上所有的人都像石頭一樣只知道趕路而不知道弄些什麼消遣的話，那這一路可真是無趣之極。因此，我以我父親在天之靈爲擔保，爲大家想了一個極好的消遣取樂之道。如果你們都願意聽從我的建議的話，我就把它說出來。」

我們都迫不及待地催促他繼續說下去，沒有任何商量就取得了一致同意。於是，這位店主人又說道：

「各位客人請仔細聽好了，我所說的主意就是，爲了使大家旅途愉快，我們每個人在路上必須講兩個故事，我是說在去坎特伯雷的路上要講兩個。回來的路上也要講兩個，這樣，一路上就會有許許多多奇異的事情與我們相伴。而且，爲了獎勵故事講得最好最有意義的人，我們還要定出一個規矩，就是如果誰的故事得第一，回來後我們大家就要共同出資，爲他備上一桌豐盛的酒菜。當然了，還有一條：如果有誰違反了我們的條例，就要接受懲罰，爲我們一路上的花費付錢。諸位，你們是否同意我這個建議呢？如果同意，我就要去準備準備，計劃和大家一起出發去坎特伯雷，自己付錢，給大家做一個免費的嚮導，如何？」

聽了這個聰明又漂亮的人的提議，我們都很高興也很感激，於是就提出一個小小的請求，讓店主人千萬要給我們一點面子，除了嚮導一職外再擔任我們大家的裁判：記住誰講的故事如何，爲我們那頓晚餐定一個價格。反正無論事小事大，事是事非，我們全都聽他一人指揮。

店主人滿口應承，隨口又叫夥計送上許多好酒，於是大家又開懷大吃，直到每個人都興盡意足，這才紛紛爬上各自的床鋪。

第二天，天才微亮，店主人就挨個把我們叫起，準時得連報曉的雞都不及。出發上路後，大家談談笑笑就到了聖托馬斯河。這時店主人把馬勒住跳下了地，站立一旁對我們說道：

「各位朋友，就像酒喝下肚就再也吐不出一樣，我們說過的話就得遵守。如果大家還記得昨天的規定的話，那現在我們就要把它兌現。我想了一個辦法，就是用抽籤來決定講故事應該誰先誰後，你們看，連籤我都準備好了——誰抽到最短的，誰就先講。如果有人不遵守，就罰他為我們負擔一切費用。怎麼樣？」

我們都表示同意，於是店主人又接著說道：「騎士先生，就請你先來抽一支吧，還有你，院長嬤嬤，不要害羞推辭，也來抽一支。還有學士先生，別再用功了——大家都來抽吧。」

轉眼間所有的人都已經拿到了自己想拿的籤。不知是命運決定還是巧合使然，第一個抽籤的人——騎士先生——竟然抽到了最短的一支。對這個結果大家都覺得滿意，沒有等眾人再說什麼話，明智而又一貫遵章守紀的騎士也同意首先履行眾人的諾言。他說：

「既然上帝要讓我來先給大家開個頭，那我就恭敬不如從命了。請你們聽好了，下面我就開講我的第一個故事。」

聽了這話，大家一下子靜了下來，等待騎士講述他的故事，內容如下。

本書總引到此結束，接下來進入正文。

①題目為譯者加。

②白羊座是太陽經過的黃道帶星座的第一個（共有十二個星座，也稱黃道十二宮）太陽經過白羊座邊界的日期是三月廿一日至四月十九日。

③坎特伯雷在英格蘭東南部的肯特郡。該城有坎特伯雷大教堂，中有托馬斯的遺骸。

④指聖托馬斯·（阿）·貝克特。他一一一八年生於倫敦，原是坎特伯雷大主教，一一七〇年十二月廿九日遇刺，一一七三年被尊為聖徒，受信徒朝拜。

⑤亞歷山大城是埃及重要城市，在尼羅河三角洲西岸。

⑥阿爾赫西拉斯為西班牙海港，隔直布羅陀灣與直布羅陀相望，古時曾屬格拉納達王國，也曾被摩爾人佔領。這次戰事發生在一三四四年。

⑦柏爾馬利亞為古城名，在現今的摩洛哥境內。

⑧阿塔利亞為古城名，在小亞細亞。這次指的戰事發生在一三六一年。

⑨特萊姆森現為阿爾及利亞西北部一省，北臨地中海，西接摩洛哥。

⑩帕拉希亞為古國名，在現土耳其境內。

⑪佛蘭德斯一譯佛蘭德，為中世紀時的公國，在低地國家西南部，即今法國、比利時、荷蘭接壤的地區。

⑫這裏的聖徒指的是聖克利斯托弗，他是林中居民的守護神。這個護林人出身的鄉勇佩戴他的像章，是以此作護身符。

⑬據說羅伊原是六世紀末一金銀匠的學徒，後成為琺瑯工藝的奠基人。一說聖羅伊即聖埃利希烏斯，為時尚的守護神。

⑭這是指鲍河邊的斯特拉特福，該地在倫敦以東兩英里處，當地有一女修道院。

⑮本篤，一譯本尼迪克特（480?～547?），義大利人，天主教隱修制度和本篤會的創始人，創辦義大利卡西諾山隱修院。一九六四年，教皇保羅六世宣布其為全歐洲的主保聖人。馬烏魯斯是其弟子，將其五〇九年創建的篤會引入法國。

⑯四個教團指的是天主教的加爾默羅會（十二世紀時建於敘利亞加爾默羅山）、奧古斯丁會、多明我會以及方濟各會。

⑰裁定日指的是為解決糾紛而定下的一些日子。

⑱米德爾堡在中世紀時為興旺的商業城鎮，現為荷蘭南荷蘭省省會。奧威爾，在奧威爾河口，是英格蘭薩福克郡的北海港口。

⑲當時牛津的讀書人的出路就是擔任教職。

⑳當時律師常被邀至這個倫敦大教堂的門道裏商討事情。

㉑這位威廉一世指的是英格蘭的第一位諾曼人國王（1066～1087在位）。他生於一〇二八年前後，十五歲在其公爵領地執政，一〇六六年渡海打敗英王，成為英格蘭國王，把英格蘭朝政交給主教掌握，並任命老友弗朗克為坎特伯雷大主教。

㉒哥得蘭，一譯果特蘭，是波羅的海中的島名。該島現為瑞典的一省。菲尼斯泰爾為法國西北部省份，臨英吉利海峽。

㉓不列塔尼是法國古省和公爵領地，約相當於今日之菲尼斯泰爾。

㉔埃斯科拉庇俄斯是傳說中的醫藥之神及希臘醫藥之父。

㉕迪奧斯科里斯（40?～90?）是希臘醫生及藥理學家，所著《藥物論》沿用了十六個世紀。魯弗斯（Rufus）不詳。希波克拉底（西元前460?～前377?）為古希臘醫師，被稱為醫學之父。哈里（Hali）不詳。

㉖加倫（129～199）為古代科學史上重要性僅次於希波克拉底的醫學家。拉齊茲（850?～925?）為阿拉伯名醫。阿維森納（980～1037）是西方尊為「最傑出醫生」的波斯人。

㉗塞拉匹思疑為四世紀基督教高級教士。

㉘阿威羅依（1126～1198）是最重要的伊斯蘭思想家之一。

㉙不詳。

㉚伊普爾在現比利時西佛蘭德省，是中世紀時的主要紡織中心。根特是比利時最古老城市之一。

㉛布洛涅在現法國北部加來海峽省。

㉜加利西亞是中世紀西班牙西北部地區名，聖地牙哥是該地區的城市。

㉝教區主管是教區的負責人。

㉞若望西伐是倫敦的一所醫院，附屬於西班牙若望西伐聖母修女院。當時有不少人自稱獲天主教會准許，有權賣贖罪券（或稱赦罪符）以資助該醫院，但也常有人揭露有些人並無這種授權。

㉟契普賽德現為倫敦城中的東西向大道。中世紀時是條商業大街，有很多豪華建築及教堂。

騎士的故事

古老的雅典城邦，曾住著一位偉大的主宰者——忒修斯①。他征服了許多富饒而美麗的國家，憑著自己的智慧與武力，統治著著名的雅典。在他的多次征戰中，有一項偉大的榮耀，就是佔領了亞馬的全部土地，取得了西徐亞②女王希波呂塔的腰帶。他把女王帶回自己的祖國，而且還更讓人驚嘆不已地把女王的妹妹艾米莉也帶了回來。雄壯的軍樂奏起來，龐大的軍隊跟隨著他們英勇的王凱旋而歸。

各位，要不是這故事太長，說起來有可能就會剝奪掉同行諸位的機會，我真想詳細地給大家先講一講忒修斯王是怎樣和他的軍隊一起攻佔了亞馬遜③人的。他們那場戰爭進行得驚心動魄，希波呂塔女王雖然美麗而且大膽，但最終還是被我們英勇的王所虜獲。他倆舉行了盛大的結親禮筵，回國途中遇到過無比的驚險——正如一頭駑牛不可用來翻耕一大片土地一樣，我真的不能把我的故事說得太長。每個人都應該有輪流的機會，下面我就從我剛開始說的地方講起吧。

且說剛剛我提到的那位勇敢的王，帶著無限的喜悅，風風光光地朝著他那座城池馳來。

但就在臨近城邦的地方，在一座女神廟前，王卻被一個奇怪的現象吸引住了。只見一排排成雙成對的黑衣女人跪在離他不遠的地方，正在哭哭啼啼朝他禮拜。那哭聲淒淒慘慘響徹四周，那情景多少年來從沒有見過。

王拉住韁繩，不耐煩地說道：「女人們啊，為什麼你們要哭泣？是妒忌我的榮耀，還是想擾亂我凱旋的好日子？或者，你們是有什麼冤屈——有人侵犯了你們？如果真是這樣，就說出來吧，說一說為什麼你們都要穿黑衣？」

婦女中一位臉色慘白的站了起來，看得出她是眾人中最年長之人，一張白色臉就像快要死去一樣。她說：「忒修斯，偉大的王！幸運之神垂青於你，給了你無比的榮耀和幸福，這一切我們決不敢妒忌，更不會想要攪擾。只是我們聽說你是一位仁慈的君王，因此才來對你相求。為了等待你的到來，我們已在這座女神廟前待了兩個星期之久，感謝女神沒有辜負我們日日夜夜所有的祈禱，把你降臨到此地。偉大、英勇而仁慈的王啊，救救我們這群可憐的女人吧！把你的甘露灑一點點給我們，把這群也曾經是貴婦主人的女人們救出苦海吧！」

女人哭哭啼啼繼續說道：「現在你看我哭的淒慘，可知我從前卻是一位高貴的王后。我的夫君就是卡帕努斯王，不久前戰死於底比斯④城邦。我們這一群女人全都穿黑衣，不僅僅是因為她們的夫君也都陣亡，更為的是向世人展現那可恨的老克瑞翁的罪行。底比斯受到攻擊，我的夫君戰死，老克瑞翁卻搶走了王位。他一味倒行逆施，把所有勇士的屍體堆積一起，不准我們施行火葬，更不准偷偷把他們埋起。他說他要報復他們，讓他們經受所有的羞辱和洩憤，還把屍體扔給狗吃，不讓他們的靈魂得到安息。」

「我偉大的王啊！」老婦人說完這句話便匍匐了下去，所有的女人也都跟著趴下。「願你的心感受到我們的苦難，為我們報仇伸冤。」

仁厚的君王聽到這一番淒慘的傾訴，頓時覺得心中愍悶得難受。想她們也曾有著高貴的身分，而如今卻落得如此下場，君王翻身下馬，伸手把她們一個個攙起。溫和的安慰話出自肺腑，君王向眾女人承諾，他一定要盡一切力量爲她們向克瑞翁報復。他還對著他的軍隊發誓：一定要讓全希臘人民記住惡貫滿盈的克瑞翁之死。說完之後，勇敢的君王就扯開大旗，下令軍隊不要休息，直接向底比斯開去。他要讓克瑞翁早早下臺，爲此他把希波呂塔女王和她的妹妹艾米莉專門派人送回了雅典，自己卻馬不停蹄率領軍隊向前去。

各位親愛的朋友，我本應再說說忒修斯是如何高舉紅色的瑪斯⑤像攻佔底比斯城的——那持槍執劍的紅色圖像在他白色的戰旗上有如火一樣光亮，指引了軍隊中千千萬萬的英勇之士向前衝殺——但我們還是長話短說，直接說一說忒修斯殺死克瑞翁佔領底比斯之後吧。

忒修斯打敗克瑞翁，殺死了他許多的部下，其餘的倉皇逃走，忒修斯理所當然就佔領了底比斯城。他把軍隊開進城裏，下令收集那些被殺者的屍骨。收集好之後，他把它們交還給那些淒苦的寡婦，准許她們自由禮葬。婦人們萬分感謝，看著具具正在火化的屍體淚流滿面，隨後就來向王辭行。忒修斯以極高的禮遇送走她們，就回來在戰場上休息——他決意親自處理這個國家。

戰勝的軍隊在屍體中穿梭，剝下一件件的盔甲作戰利品，他們還偶爾在屍體上翻尋一下，看看能不能有其他的發現。事有湊巧，就在他們走到兩具年輕的軀體前時，發現這兩個人竟然還有一口氣。兩人傷痕累累的身體緊緊地靠在一起，共同的精美的紋章讓人一看就明白，這二人是兄弟，而且紋章官果斷地做出判斷，他們是帝王之後帕拉蒙和阿賽特——底比斯家二姐妹的兒子。

兵士們不敢怠慢，當下就將兩人抬到大營，呈現在忒修斯面前，忒修斯派人將兄弟二人送回雅典，不許接受贖金放歸——他們將永遠成爲雅典軍獄的囚犯。忒修斯自認是個勝利者，有權處決一切，他頭戴桂冠率領大軍凱旋而歸，在雅典歡快體面地度過了他的一生——這一生是如此的歡快體面，也就再沒什麼意思可言。可憐的只是帕拉蒙、阿賽特兩個兄弟，整日裏關在牢籠中以悲愁的淚水洗面。

以後的日子就像脫韁的野馬一樣飛快逝去，不知不覺，又是一年的五月時分了。這時的艾米莉已經出落成一個人見人愛的美麗姑娘了。一個清晨，天色剛剛放亮，艾米莉就已穿戴整齊來到了花園裏。只見她嬌紅的面頰比玫瑰還美麗，金色的長髮編成辮子直垂到了腳後根耳身上的衣服新鮮又豔麗——這一切，使她看起來比綠葉襯托的百合還要美麗，就是五月裏所有的花朵加起來，也不能超過她。

艾米莉在花園裏走著，五月的時光挑動了她的心，她採集了許多黃的白的粉的紫的各色鮮花，編織成美麗的花環，戴在頭上，就像一個天使一樣，邊唱著歌邊走過花園的一牆。

誰也不能想像，這牆竟連著一座城堡，在牆的那頭，就是忒修斯王爲著特殊的目的而修建的城堡。在這個天氣晴朗的好日子裏，城堡裏住著兩個悲苦的囚徒，就是帕拉蒙和阿賽特。可憐的囚犯帕拉蒙一早從睡夢中醒來就再也不能繼續睡下去，得到獄吏的許可後，他開始和往常一樣在高樓裏踱步，透過牢房的寬大的鐵柵欄窗口，他遠望著雄偉壯大的城市，苦悶地自語道：「天啊，你爲什麼要把我降臨在這個世上？如果不能得到自由，如果沒有幸福，我活著還有什麼意思呢？」突然，就在萬花繁茂的花園裏，一個豔美的身軀吸引了帕拉蒙的視線，那正是我們可愛的艾米莉！他整個人一下子驚呆了，心上彷彿有根刺穿過一般，忍不住「啊！」地大叫了一聲。

另一個可憐的囚徒阿賽特從夢中驚醒，跳起來說道：「親愛的表兄，有什麼可怕的事發生了嗎，你爲什麼大叫？是誰傷害了你嗎？請告訴我！看你的臉色白的就如將要死亡的人的臉，這到底是因爲什麼？」

帕拉蒙好一陣沒有說話，兩眼盯著窗外的花園看。阿賽特就又繼續說道：「如果是因爲囚禁的生活不能接受，我勸你還是忍耐著吧——既然上帝要做這樣的安排，那就沒有人能夠改變，除了忍耐，我們什麼也不能做。」

聽了這話，帕拉蒙轉過頭來說道：「親愛的表弟，不是你想像的那樣，沒有什麼人曾經傷害我，囚禁的苦難對我來說也不再是最大的傷痛。我大叫只是因爲有另外一個身影進入了我的眼睛——就在花園那頭。那是一個絕色美麗的姑娘，我想世上再沒有人能比她漂亮。不知是維納斯化身來到我的眼前，還是她真的也是如我之人！」說著，帕拉蒙朝著窗口跪下來祈禱：「美麗的女郎啊，如果你是法力無邊的女神維納斯，要化身這形象在我眼前顯現，那就可憐我這悲苦的囚徒吧，請運用起你的法力幫我們逃離這牢獄之災。要是命運注定我們將老死監房，那就請照顧我的家族，使它那飽經摧殘的身體不再受到傷害吧。」

聽到這番話，阿賽特也抬頭朝窗外望去，就在萬花爭妍的花園中，果然有一個美麗的姑娘在閒蕩。那天使般的容顏湧上他的心頭，使他受到的傷痛比他的表兄還要重，他情不自禁嗟嘆道：「天啊，這世上真有一見鍾情的姑娘！她使我兩眼發亮，情難自禁，如果無法得到她的眷顧和愛憐，我情願死去。」

帕拉蒙聽完他的表白，立刻火上心頭，怒目而視：「親愛的表弟，你的話是當真的嗎？」

「那當然，上帝可以做證。」阿賽特說，「我句句真心，不是開玩笑。」

帕拉蒙皺起眉頭：「表弟啊，如果是這樣，那可就是你不對了。」他說道，「你是我的表弟，曾發下誓言要絕對忠誠於我，而我是你的表兄，也曾發誓與你同患難共生死。我們二人曾一起說定，即使是身受酷刑也不能互相出賣，即使是愛情也不能讓我們分開。可是我的表弟啊，我把我的痛苦告訴了你，認爲你會幫助我得到那美麗的姑娘。可誰知道，你竟然對我說，你也愛上了我愛的人。你這不是背叛嗎——背叛最最信任你的人？這可不是一個勇士應該做的事。如果你不趕快改變心思，我將永遠都認爲你這是背叛。」

阿賽特傲慢地回答：「既然你這樣指責我，那我就實話對你說吧：要說到背叛，其實你才是不講信義之人。在一開始，你說你愛上了一個姑娘，但你卻不知道她到底是人還是神，因此你的愛只是虛假的幻夢，不是真愛。而我從第一眼看見她時，就是把她作爲一個實實在在的女人來愛，從這一點上說，我才是第一個愛上她的人。如果你還堅信先愛上她的人是你，那你難道沒有聽說過這樣一句話嗎？愛情高於一切！我敢發誓，在這世上人們制定了一切的法律，卻絕對沒有關於愛情的法律，因爲沒有任何法律能夠縛住人們從心底裏發出來的愛情，即使你愛上的是一個寡婦，有夫之婦，或是姑娘，沒有法規叫你不要這樣。人們總是因爲愛情而打破了一切存在的法律，所以你也無法禁止我去愛上什麼人。

「再說，我們都清楚，你已被判處了終生監禁，不能被贖，這樣在你的一生中，又如何得到她的那種眷顧？當然，我也一樣，我們就像兩隻互相爭奪一隻骨頭的喪家犬一樣，爭來爭去不能得到，最後卻被一隻鷹叼走。表兄，在天底下人人都爲自己，尤其是在愛情上。我們既然誰也不能出去，就各自在心底裏愛自己所愛的人吧，只是即使我們的愛如太陽般熾熱，也不能溶化掉這牢屋上的柵門——我們聽從命運的安排吧！」

兄弟倆爭吵一陣又悲傷起來，就這樣斷斷續續又過去了很長一段時光。

有一天，有位叫底里托俄斯的君王來探看忒修斯。他們是從小的好朋友，曾經發過誓要同生共死。因此他們的感情很深厚，誰有什麼困難另一方絕不會袖手旁觀。這位老君王在底比斯時代就已認識了阿賽特，並且非常喜歡他，聽說現在被忒修斯關在了雅典的牢籠裏，於是就向他的好朋友請求能夠放了他。忒修斯經過一番思考，答應了底里托俄斯⑥的請求，並且還慷慨地不收贖金。只是有一個條件阿賽特必須接受，那就是：在今後阿賽特的一生中，不論有什麼事故發生，他都絕不能再踏上忒修斯的國土一步，如果不幸被忒修斯的衛士抓到，不管是在白天還是晚上，他的腦袋都要被立刻砍掉。

獲知消息的阿賽特萬分痛苦。這對以前的他來說本是一件天大的好事，但如今卻比死還讓他難受。

「天啊，你爲何要這樣對我，爲何要讓底里托俄斯認識我？」他悲苦地喊道，「你讓我走出地獄，卻又讓我進入煉獄。我在這牢中關著還好，即使得不到她的青睞也還能整天看到。可如今你卻只讓我的表兄得此殊榮，而我卻遠遠被放逐。親愛的表兄啊，看來我們的爭吵是你勝了，你待的這個地方如今不是地獄而是天堂。命運之神幫了你一個大忙，讓你能待在她的身邊，憑著你的機智勇敢和好運，我想總有一天你的願望就能兌現。而我呢，卻將永遠地離開我的天堂，我既然已經把腦袋做了擔保，就再也不能回來。天啊、地啊、世上的萬物啊！對我來說還有什麼意義呢？它們誰也不能拯救我的靈魂脫離苦海。永別了，我的生命和靈魂的主宰啊，我的心中除了憂鬱和哀傷再也裝不下別的什麼了！

「命運之神待人總是如此的豐厚，他給予人的往往比人想要的還要多。一個人如果獲得了他沒有想到過的幸福和造化，卻仍不滿足，還要不住地埋怨，這真是天大的錯誤！看看我吧！有的人想謀求發財，卻不幸為這個緣故死於非命，有的人歷盡艱苦方才出獄，卻又在自己家裏遭到侍從暗算——這世道真是風險無阻坎坷不平，就像喝醉了酒的老鼠找不到回家之路。我本來以為如果能掙脫這永世的牢獄之苦就是人生最大的幸福，可誰知從此後我就將再也見不到美麗的姑娘艾米莉了，那真是比死還不幸！」

內心受著煎熬的囚犯發出最後的感嘆，而此時還在牢中的另一個囚犯帕拉蒙得知阿賽特的消息後，卻更是悲傷不已。他不斷在暗塔中發出痛苦的號叫，腿上的鏈條被他弄得嘩啦直響。

「啊，」他說，「親愛的表弟，我們不休地曾爭論過多少個夜晚，而如今你取勝了。你能夠重返底比斯，就能夠重新召集軍隊，以你王帝之後的身分帶領他們攻打這座城池。憑著你的勇敢和機智及上天的垂憐，你一定有機會能夠靠著條約或其他什麼機遇讓她做你的情人和妻子，而我怎能同你相比——沒有自由，只能如行屍走肉！老天啊，牢獄之苦已使我受盡折磨，為什麼還要讓愛情來使我更加苦楚？」

嫉妒之火在帕拉蒙心頭熊熊燃燒起來，使得他的臉色頓時變得有如枯草般沒有絲毫光澤。他憤恨地對著上天說道：

「殘酷的天神們啊，爲什麼你們要把人像羊一樣的對待？你們憑著自己不變的意志統治世界，把所有的條令律例刻在堅硬的石頭上，可爲什麼對於愛情，你們卻一言不發？無辜的人受折磨，無罪的人被關進牢房，如果命運就是這樣，那天意裏還有什麼道理可言？動物有了欲望可以隨意發洩，可人有了欲望卻要爲了命運和道德而努力克制。有人聽說過人死了靈魂還會哭泣，可又有誰聽說過動物死了還會痛苦？在這世上諸多事情是如此的不公道——我看到過許多毒蠍子殺死人後還逍遙地向四方走去，可我們這些忠義之士卻要忍受牢獄之苦——可這一切都是命中注定。土星⑦最不通人情，帶著朱諾妒忌而憤恨的命令，把底比斯城邦踏得比草地還平。就連維納斯也青睞阿賽特，要幫助他恢復自由，而我卻只能等待死亡。」

帕拉蒙情緒高昂，神情激動，不住地想到阿賽特的命運和自己的苦難——各位同行的朋友們啊，我真不知道他們倆人哪一個最苦：一個是永遠的囚犯，命運已經決定他要在牢獄中度過一生，而另一個則是雅典城邦永久的被放逐者，除非他不想要自己的腦袋，否則他雖然可以騎著馬到處走動，卻不可能在今生再見到自己心愛的姑娘。

不過，不管他們中的哪一個人受到的苦難更多，我們還是先繼續我們的故事吧。

話說阿賽特回到底比斯後，就像換了一個人似的。以前英氣勃發、氣宇軒昂的樣子再也找不到了。他整日裏長吁短嘆，茶飯不思，無精打采，沒有過多久就消瘦下來。每一個見著他的人都爲他而擔心，小孩子見了他則會因爲那一臉的苦悶相而害怕。他兩眼深陷，顴骨突出，整日不言不語，只是一個人獨自徘徊。要是他偶然聽到哪裏傳來一陣樂器的聲音——不管是憂傷的還是喜悅的——他都會不由自主地想起那美麗的姑娘，於是淚水就像小溪一樣不斷地流下來。

世上再也找不到第二個像他這樣悲傷的人了！愛情的苦果已經把他折磨得神經緊張，瀕於崩潰，整日就像一具行屍走肉般沒有了知覺。

就這樣渾渾噩噩過了大約兩年的時間，忽然有一天晚上阿賽特正在床上睡覺，朦朧之間彷彿看見眾神的信使、那位長著翅膀的墨丘利⑧來到了他的床前。他的手中筆直地握著一支催眠杖，一頂閃著光芒的帽子戴在頭頂上。阿賽特心想：也許當年在他催眠百眼巨人阿耳戈斯⑨時，就擺的是這個姿勢。這位神人開口對阿賽特說道：阿賽特，你聽我說，痛苦的事情只有到痛苦的根源地才能解決——你必須再到雅典去。說完神人揮動他的金杖一下子就不見了。

阿賽特醒來，一躍而起下了床，對著自己的心說道：「神人說得對！不管我可能會遇到什麼凶險，我都必須到雅典去。如果不能見到我心愛的姑娘，那生死對我又有什麼意義呢！」說完，他拿起一面鏡子開始整理行裝。就見鏡子裏出現了一個滿面病容、枯瘦如柴的形象——這哪裏還是昔日英俊的貴族青年呢？不過，這一點對阿賽特來說，卻是極其有用的，就像有天神在一旁相助一樣，這副面容不是正適合阿賽特化妝到雅典去嗎？他可以穿上窮人的粗布衣服，打扮成勞動者的樣子，改名換姓混進雅典去，這樣只要他小心謹慎不在行動上露出馬腳，他就能整天看到他心愛的姑娘了。阿賽特不僅這麼決定了，而且還帶了一名隨從，讓他也化妝成貧苦勞力的樣子，跟隨他來到了雅典城邦。

有一天，他來到了宮門口，看到宮中的管事正在招收雜役人員，他就自告奮勇地報了名。而且經打聽，那個管事還是專門為艾米莉招收服務人員的，所以他就去找這個管事，答應願意承擔艾米莉宮中一切的雜役活計。管事很爽快地把阿賽特帶進了宮中，安排他在艾米莉的宮中服務。由於阿賽特年輕力壯，幹事勤快又俐落，對每一個人交給他的每一項任務都能毫不生氣地接受，並且沒有絲毫怨言就把它們做好，所以宮中的每一個人都誇他不錯。

這樣過了一年之久，艾米莉終於把他選為了她的近身侍從。他對艾米莉撒謊說自己的名字叫菲拉斯特拉特，憑著自己的英俊外貌和溫文爾雅的貴族氣質，很快就獲得了艾米莉以及她身邊每一個人的歡心。他們都說，要是忒修斯不能給菲拉斯特拉特一個體面的職位，那麼命運對他來說真是太不公平了。

這句話很快就傳到了忒修斯的耳朵中。忒修斯不禁對菲拉斯特拉特產生了好奇，就讓人把他帶到他的面前，他要親自看看這個人有沒有才能真的能夠勝任他給予他的好職位。長話短說，總之，這個菲拉斯特拉特的表現很令君王滿意，於是他就把他加封為自己的內侍，給予高薪厚祿，讓他待在自己身邊服務。這樣又平和地過了大約三年之久，菲拉斯特拉特越來越受到忒修斯的喜歡，得到他百般的信任和照顧。

我們暫且放一放這個菲拉斯特拉特不說，再來看一看這段時間裏帕拉蒙的命運如何。

痛苦之神的雙條枷鎖鎖在帕拉蒙的脖子上，一條是永久的牢獄之災，這不是一年、兩年或十幾年的事，而是終其一生都得生活的事；另一條就是相思之苦，心中有了自己理想的情人，卻不能得到她，這種痛苦真把人折磨得生不如死，我不知道有哪位偉大的詩人能夠把這種痛苦明明白白地說出來，反正我是沒有這個能力。我只知道就在這樣的情況下，帕拉蒙終於痛苦地過了七年之久。有一天，也不知是巧合還是必然，帕拉蒙的一位朋友給看守吃了許多的酒，這酒裏面有香料，有蜂蜜，有底比斯最好的鴉片，也有大量麻醉劑。看守吃完就呼呼大睡了過去，就是用手推，用嘴在他耳朵邊大聲叫喊，他也不能一下子醒來。於是帕拉蒙就在這位朋友的幫助下逃出了牢房。他用盡全力地向前跑著，天已經開始放亮，在被人發現之前必須先找個地方躲起來，就這樣，他來到了一片陌生的森林前。帕拉蒙小心翼翼地鑽進樹林子中間，心想：等到天黑以後再繼續趕路吧，這樣就不會被人發現了。在樹林子中，帕拉蒙決定等他回到底比斯後，一定要召集所有的武士們攻打忒修斯城，他要通過武力和戰爭把艾米莉搶過來做他的妻子——這就是出獄後的帕拉蒙所有的心願。

現在我們再回頭來看阿賽特的情況怎麼樣了。滿心歡喜的阿賽特不知道危險已經臨近了他。

小鳥唱著歡快的歌迎接黎明，太陽在萬物的期待中冉冉升起，火一樣鮮明的光芒照在四方，世界露出了一天中最初的笑容。在花園裏，在忒修斯的宮中，這時已經做了君王最主要的隨從之一的阿賽特正在沈思。五月的美麗與生機激起了心中長久的渴望和激情，想到一些事他覺得心頭很憋悶，於是就牽過自己那以暴烈著稱的戰馬，騎上牠走出宮外。他想到遠一點的地方去呼吸一些新鮮空氣，感受五月美好的時光。

烈馬在廣闊的土地上奔跑，很快就來到一片小樹叢中間。從這裏走進去，就是我們剛剛所說的帕拉蒙藏身的地方。這是天意還是巧合，帕拉蒙躲在樹叢中間害怕被別人發現，可誰知來到的竟然是他的兄弟阿賽特！當然，帕拉蒙起初並不知道來人就是阿賽特，而阿賽特也不知道樹林子之中躲著的竟然有一個人，而且還是他那位和他共同出生入死過的兄弟。

阿賽特唱著歌，從林中的枝條上折下一些鮮嫩翠綠的枝來，編成一個美麗的花環。他唱的歌是：「五月啊，美麗的時節！你帶給人們綠色，也帶給人們歡樂。我要把你編織成花環，永遠帶在我的頭間。」唱完以後，花環也編織完了，他就把它帶在頭上，一躍跳下了馬。他愉快地在林中走來走去，最後碰巧就停在了帕拉蒙藏身的地方。有句古話說得不錯，田野會長眼睛，樹木會長眼睛，可人有時卻是不長眼睛的。

命運就是會如此地捉弄人：他讓帕拉蒙躲身在了這片小樹叢中，卻又讓阿賽特來到了這裏。帕拉蒙靜靜地坐在隱蔽的樹林間，擔心會被人發現，這種謹慎的安靜爲他提供了聆聽來人動靜的好機會。只見阿賽特盡情地歌唱了一番，突然一下子就靜了下來——這種情況在害相思病的人身上再是常見不過了。他們的心就像是受著一種無名的繩索在牽引一樣，一會兒高興一會兒悲傷，一會兒想走一會兒想唱，有時候還會對著自己不由自主地說一些只有自己才能傾聽的話——此時的阿賽特就是這樣。他正在高聲歌唱著，突然就由興奮的極端一下子掉了下來，因爲他想起了自己心目中的姑娘。

他靜靜地走到面前的一叢小樹林旁，坐下來，長嘆一聲自語道：

「唉，命運啊，你爲什麼這樣殘忍，要把我出生在如此的時光！卡德摩斯和安菲翁⑩費盡心血才建起了偉大的底比斯城，你卻讓嫉妒的朱諾⑪一聲令下，就把一個美麗富饒的城邦消滅掉。卡德摩斯是我們的祖先，我是他的直系親屬。我是底比斯王位的繼承人，本該高高在上接受人們的拜禮，可你卻讓我化作了一個卑賤的奴役，匍匐在與我有不共戴天之仇的仇敵面前，做他的侍從。更有甚者，你還要讓我受盡人世間的屈辱，因爲我不敢說出我的真實姓名。阿賽特本是一個多麼高貴的名字啊，如今卻讓位給了低賤的菲拉斯特拉特。唉，凶殘的朱諾啊，你讓你的怒氣之神毀滅了我不幸的底比斯城，只留下了我和帕拉蒙，卻爲什麼還要讓丘比特的烈箭把我射中！我忠貞不移的心啊，好像生下來就已注定：要是不能得到美麗的艾米莉，要是不能讓我爲她做任何能夠使她高興的事，那我還不如死了的好。」說完，心力憔悴的阿賽特就像風中的稻草一樣，毫無預警地就昏了過去，過了好久才又清醒過來。

樹林背後的帕拉蒙聽到阿賽特的自白，看著他昏過去又醒過來，心中就像有一把冰冷的匕首刺過一樣，又痛苦又激憤。他再也不能忍受有人當著他的面說愛自己心目中的姑娘，尤其這人還是他背信棄義的兄弟。於是他就像是發了瘋一樣，從樹林後面衝出來，指著阿賽特的鼻子大罵道：

「你這個忘恩負義的壞傢伙！我是你曾經發誓要絕對效忠的兄長，可你卻當著他的面說你愛上了他的姑娘，你這不是背叛是什麼？虧得我還把自己的心事當秘密告訴你。你是個天大的騙子，不僅欺騙了我，還欺騙了忒修斯——欺上瞞下不敢用真名字。今天我就要和你來一個大決戰，雖然我剛剛才從牢獄中逃出，但我不怕會重新被人發現。我要和你來個決斷，不是我亡就是你死，因爲艾米莉只是我一個人的，我不准你或是其他什麼人也愛上她。」

聽到這話，阿賽特已經知道是誰在這裏。他不屑地拔出自己的佩劍也指著帕拉蒙說：「你這個天生的大傻瓜——你難道沒有聽說過，愛永遠是自由的？你是我的兄長，我和你共同發過誓，但在愛情上我們是沒有對與錯也沒有先與後的。爲了這份愛，我一定要和你做一次爭斷，讓所有束縛我們的線索都折斷。只是今天你既沒有戰馬，也沒有武器，我不願意占你一點便宜。現在我就要趕回去，給你帶一些上好的麵包、甲冑和武器，還要帶一床被子爲你取暖——今夜你就在這裏過夜，明天我再過來和你交戰。我絕不讓任何人知道此事。要是你能把我打敗並且殺死我，那你就把我的意中人帶走，像我一樣永遠的去愛她吧。否則，艾米莉就只能是我一個人的。」說完，他激動地看著帕拉蒙。

「完全可以，我同意你這麼做。」帕拉蒙回答道。然後二人各自以自己的信譽做了擔保，就分手離開了。

常言說的好，愛神丘比特的眼睛永遠是瞎的。它看不清誰才是誰真正的愛人，讓人永遠也不能把愛情獨佔。我們都知道，愛情就像是權力一樣，是永遠掙不脫的金蘋果，沒有一個人不渴望得到它，沒有一個人願意別人來和他分享。帕拉蒙和阿賽特深明其中的道理，所以二人沒有再說什麼話，就開始各自行動。阿賽特準備了兩份好武器和兩份好盔甲，第二天天還不大亮，他就把它們掛在了馬鞍的兩旁。沒有驚動任何人，他悄悄地騎上馬，向著昨天到的樹林子奔去。就像是出生時沒有人相伴一樣，騎在馬上的阿賽特孤零零地看起來真讓人感覺孤獨。不消一刻鐘的時間，他就已經和帕拉蒙又一次相見。俗話說：「仇人相見，分外紅眼。」帕拉蒙和阿賽特二人也是。他們從見面的剎那間，就臉色大變，沒有說什麼你早你好之類的客套話，拔出長矛就準備向對方的身上刺去。

色雷斯有位著名的獵手，我們都知道他就是那位手執長矛的英雄。每當他在林中狩獵的時候——他的獵物通常不是獅子就是黑熊——總是站在獵物的正對面。聽著樹枝樹葉在獵物的碰撞下嘩嘩作響，這位獵手就會對自己說：「我的強大的敵人就要過來了。我必須做好萬全的準備，用自己全身的力量來戰勝它。因爲二物相爭，不是你死便是我亡。」帕拉蒙和阿賽特就是這樣。他們兩人就像是恨大仇深的老對頭般，雖然一見面的時候還互相爲了對方的盔甲穿著不整而幫忙整理——那時他們看起來才真的像是親兄弟，但一旦兩人都準備好了，他們就立即把尖銳的長矛拿起，向著對方刺去。

帕拉蒙就像是草原上發了威的雄獅，異常凶猛；阿賽特也像是叢林中震怒的老虎，讓人膽寒。二人在林中的搏鬥就像是有千軍萬馬在齊爭，直打得天也爲之昏，地也爲之暗。他們渾身是傷，到處流血，卻還在拚命相搏。

各位同行的夥伴們，兄弟相爭沒有什麼好看的，我看就讓他們在一旁爭得個你死我活吧，我可要趁這個時機返回來說一說偉大的忒修斯王。

就像全天下所有英勇的王一樣，忒修斯王也是一個愛在林中馳騁的英雄。這一天，我們在前面說過，是五月裏一個陽光明媚的好日子，忒修斯王像往常一樣，早早就起身穿好衣裳，等待下人們侍候完畢，就準備要去皇家獵場。在他的所有生命中，除去爭戰、擴大疆土，最大的愛好就是狩獵了。在森林中，他可以帶著大隊的人馬——有奴僕，有遊伴，有獵人，還有機警的好獵狗——他可以帶著他們在廣闊的大自然中奔跑，呼吸王宮中呼吸不到的新鮮空氣，體會王宮中不能體會到的征戰者的勝利。他最大的心願就是能親手射死哪怕只有一頭小鹿，這樣就能為他所崇拜的戰神和狩獵女神上供，所以在今天這樣的好日子裏，他發誓：決不能錯過。

忒修斯王召集他打獵的隨從們，還讓人給他漂亮高貴的希波呂塔女王和妻妹艾米莉穿上美麗的綠衣裳。他帶領著他們，騎著一匹匹高頭大馬，向著皇家獵場浩浩蕩蕩地開過來。在走到離宮中不遠的一片樹林子邊的時候，君王聽說這裏有一頭鹿，於是就下令大家由此散開，大捕殺行動現在開始。

忒修斯這位君王獨自騎著一匹馬，沿著一條小河追趕著鹿，不知不覺間就來到了一片空著的林中地上來。太陽之神已經從東方升起，駕著他的金車火馬走到了人們的頭頂上方，強烈的陽光刺花了王的眼睛，使他不由自主停下來，把手搭在額前向遠處張望。這時，他忽然聽到近處傳來一陣兵劍相交的廝殺聲，在煜煜陽光下還有武器的光澤在閃動。王隨著聲音驅馬往前去，就看到在他的面前正有兩個人就像是林中的猛獸般進行著生死相搏。

王為有人在他的領地裏如此凶猛的相鬥卻沒有通知他而生氣，於是就大喝一聲拔出了劍。他說道：「呔！那裏是兩個什麼樣的人，竟敢在我的林地角鬥？你們要是再不聽我一句話馬上停下來，我就會用我的劍讓他人頭落地。你們要從實給我講出來：是什麼人准許你們在這裏決鬥，卻沒有一個公正的裁判站在身邊？你們還要告訴我，到底是什麼讓你們兩個如此年輕的人，不要命似地在這裏相搏？」

聽到王的呼喝，身為兄長的帕拉蒙首先停住了出手。他轉過身來對著忒修斯跪下說道：

「英明而公正的王啊，既然你已經發現了我們，並且問了我們話，我就把實話告訴你吧。

我就是你牢籠中關著的死囚帕拉蒙，我們因爲你的英勇，而不幸做了你的俘虜，被關在花園一角的堡樓中。這樣的生活對我們來說很淒慘，活著比死了還膩煩。如果你真的是一個仁慈而又有憐憫之心的好君主，那請你現在就把我們殺了吧，多說任何一句話都已經沒有用處，作爲您的俘虜我們甘願受罰，而不會有任何的怨言。但只是有一點，在你殺死我們之前我一定要告訴你，作爲對你讓我們死去的回報。站在我身邊的這個人，王啊，他就是你的另一個死敵阿賽特。他因爲你攻佔了底比斯而和我一起被關進牢籠，又因爲後來你的一句承諾就獲得了自由。按照你們的規定，他是再也不能重新回到這個城邦中來的了，但他現在卻又回來了——只因爲他也愛上了美麗的艾米莉，所以就把名字改成了菲拉斯特拉特。他不僅欺騙了君王你，還做了你身邊最信任的隨從。就衝這一點，君王啊，他也是罪有應得。那麼，現在就請你先把我殺死，再把他殺死吧，或者先把他殺死，再把我像他一樣殺死。既然我們都是罪該至死，我們就決不會有任何的怨言。不過，在我死前還有一句話要對艾米莉小姐講，那就是：可愛的艾米莉啊，我愛你愛到了極致，我雖然剛剛從牢獄中逃出來，但能讓我死在你的面前我卻更感覺到溫暖——這才是我最大的心願，現在我就要去受死。」

惱怒的君王沒有做出任何的思考便當即說道：「我沒有用任何的逼供，你就已經說得如此清楚，就衝你說的這些事，你們也必須被執行死刑。我現在就以戰神瑪斯的名譽爲證發誓，我一定要讓你們都死。」

這時在一旁觀看的女王和其他同行的貴婦都開始哭起來。這些崇尚愛情、喜歡爲愛情而獻身的勇士的婦人們，被這兩個高貴而又溫文爾雅的青年的行爲感動了。她們看著這兩個青年身上不斷流出來的鮮血，覺得要是讓死亡這樣悲慘的命運降臨在他們頭上，那真是一件令人難以忍受的殘忍的事。於是，她們不由得一起跪下，對著君王懇求道：「偉大而仁慈的君主啊，就請看在我們這一群女人們的身上，把他們放了吧。」

忒修斯看著面前一群幾乎都要把嘴唇吻到他的腳面的女人們，怒氣漸漸地消了下去。他沒有說話，卻在腦中做著思考。他想到，雖說這兩個人是自己的囚犯，又違反了他們之間的約定，要他們死是天經地義無可指責的，但命運之神啊，又有誰人不知道，愛情可以讓年輕人發瘋。他們本來逃出了自己的牢籠，可以遠走高飛了，但他們卻為了一個女人而重返險境。他們是底比斯王室的子嗣，是自己的死敵，明知道一旦被自己抓住了，就再無脫身的機會。但愛神卻讓他們長了一雙含混不清的眼睛，不顧生命的危險來到這裏——世界上還有比這更蠢的人嗎，我想只有愛情才會讓人這樣。而誰沒有經歷過愛情呢，就是我，不也曾經像他們一樣為愛而瘋狂？我知道愛神會拿什麼來報答他的子民們對他的敬仰——除了痛苦與耍弄再沒有別的什麼。這兩個自覺自己的腦袋是最聰明的腦袋的人，卻不知道他們所為之愛戀的姑娘竟也像我一樣：對他們的愛所知甚少，對他們的爭鬥瞭解得就像杜鵑對他們的爭鬥瞭解的那樣多。愛神總是很任性地拿著他手中的利箭亂開玩笑，把人們陷入不可掙脫的羅網而不自知。我也曾接受過愛神的奴役，就從我和他們這一點相同的地方來說，他們也是不應該被處死的。

王又想到，一個身為人君的人應該是一個仁慈而有憐憫之心的人——如果對待一個能夠承認錯誤而又肯承擔責任的人，就像對待一個自私而不知悔改的人一樣，那這個君王不是也是一個昏庸的君王嗎？這樣的君王沒有一點的識別能力，總是把傲慢與謙卑混為一談。如果我也這樣做，那不是就和他們一樣了嗎？

忒修斯想到這裏，又看看他面前仍然匍匐著的一群女人，於是下決心般抬起頭來，炯炯的目光一閃。他的語氣平和，嗓音洪亮：

「偉大的神吶，請你保佑我們吧。既然你讓命運做了如此的安排，那我們就要照著你的吩咐來。這兩個人本來是應該接受我的懲罰的，但這一次我就看在眾人的面上放過他們——就連我的美麗的愛妻和她的妹妹都跪在了我的面前，請求我不要對他們治罪，我還有什麼話能說呢。不過，在釋放他們之前，我有一個規定，那就是你們倆必須對我發誓——以諸神的名譽——從此後，不論是白天還是黑夜，你們都不能做出對我國不利的事情。你們不能把我看作你們的敵人，而要永遠都站在我這一邊為我效忠。如果你們不能答應這個要求，那你們現在就要受死。」

帕拉蒙和阿賽特都同意王的這個決定，於是就在他的戰馬前，憑著諸神的名譽莊嚴宣誓。並且請求從今往後，能夠得到王的保佑和庇護。王一口應承，隨即又說道：

「既然你們的死罪已免，現在我們就再來討論討論你們的爭端。我們都知道，憑著你們王室子孫的身分，再加上你們的財富，別說是我的妻子的妹妹，就是任何一個女王或者公主，只要你們願意，也都有充分的條件去迎娶。但問題是——你們也知道——一個女人無論如何是不能侍奉兩個男人的。不管你們兩人怎樣爭鬥，艾米莉只有一個。你們其中的任何一個人，不管願意不願意，總是有可能要一生都站在她的窗下吹笛或唱著孤獨的歌。現在我為你們想了一個辦法，如果你們願意，倒是可以在這裏聽一聽，我想如果聽從我的安排，你們中的一個人總會如願地做了艾米莉的丈夫，而另外一個人也會心甘情願地退出。」

眾人聽到這裏，齊聲懇求王快點說出他的計劃，帕拉蒙和阿賽特也露出急不可待的神情。於是王清一清喉嚨頓聲說道：

「我的計劃就是讓你們二人公平競爭。如果你們都同意，就可以不付贖金從這裏出去，各自選定一個自己想去的地方，不管這個地方是在陸地還是海上。只要你們出去五十個星期後——不多不少整整五十個星期——能夠各自帶回一百名裝備齊全的武士，你們就有資格在我的比武場上決鬥。我將以神的名譽發誓，我就把場地設在這裏。並且我還要自薦做一個公正的評判人，在這裏看著你們各自的一百名武士互相爭戰。我是說，這些武士也要像你們一樣互相參戰，直到一方的人能把另一方的人全部殺死或全部趕出比武場。不管是你還是另一方，憑著你們各自的本事，你們將受到神的憐憫：勝利的一方就將是艾米莉的丈夫。如果不是這樣，你們中的任何一方將都不能得到我的寬恕，更不用說和我講條件，請求我退步。你們看看這個決定如何，如果沒有異議，你們現在就要開始行動。」

阿賽特聽了高興地一下子蹦起來，帕拉蒙聽了也迅速地展開了笑容。在這個世界上再也沒有比他們更高興的人了，不僅剛剛從死神的手中解脫了出來，還獲得了如此公正的評判。

就連王身邊其他的人也都高興地通通跪下來，感謝神明賜給他們如此英明的一個王。長話短說，底比斯的兄弟倆，就像兩個剛剛採過蜜的蜜蜂一樣，在拜謝過王的恩惠以後，就都各自告別眾人，跨上馬回到了他們在底比斯的古老的家。

趁帕拉蒙和阿賽特兄弟倆準備的當頭，我們再回過來看看忒修斯王在他的雅典城——我覺得，對於一座花費了鉅額經費才建造起來的比武場，我們實在值得說一說。

自從爲愛而爭鬥的兄弟倆離去以後，權威的雅典王便開始著手修建供五十個星期後使用的比武場。他首先下令給全國的能工巧匠，只要是精通數學和幾何學就要來王宮報到。對於擅於雕刻和繪畫的技師，忒修斯供給充足的飲食並付出工資。在他的擺佈下，全國的能人巧士從四面八方湧來，沒有用多長時間就把一座雄偉的場地修完。圓形的周邊總共有一英里長還要多，六十英尺高的看臺上，座位林立，沒有任何能擋住人們視線的東西。要說到它的氣派非凡，我看世界上再沒有任何其他地方可與之相媲美。

這個場地共有兩個門，東面一處，西面一處，全是巨大的白雲石。爲了便於舉行祭祀儀式和向諸路神人供奉，他們還在每處大門的上面各建造了一個精緻的祭壇和小巧的祈禱房間。西門上供奉的是戰神瑪斯之像，東門上則是女神維納斯，爲了表達他們對貞潔女神狄安娜的崇敬，在北牆還特意闢出一個小神殿，裝飾了富麗堂皇的紅色珊瑚還有雪花石膏。三個神殿各有各的精美，在雕刻和繪畫方面卻是同樣的高超。

首先，我們到維納斯的宮殿裏看一看，你就會發現：這裏除了與愛情有關的一切，包括男人、女人，美麗的花朵，等等，就再也沒有其他什麼。愛神維納斯頭戴金冠，身穿華服，在悠揚的樂聲中高歌起舞，但受到她奴役的人們卻匍匐在她的腳下苦苦呻吟。他們白日裏吃不下飯，夜晚又久久不能入眠。想起的是昔日裏的海誓山盟、美貌青春、歡樂和希望，忍受的卻是無窮的相思之苦。欲望和財富、奢華和鋪張充滿了畫面，背後還有那美麗的維納斯居住的地方——西塞龍山⑫。那裏有安靜的山河園林可供人們休憩之用，還有漂亮而懶惰的看門漢。這裏古代的美男子應有盡有，有幹盡傻事的喀索斯⑬和聰明的所羅門，還有力大無比的赫拉克勒斯⑭，有兇惡的圖努斯⑮還有當了雜役的富人克羅伊斯⑯。這些人雖然不是勇猛無常就是法力無邊，卻都逃不脫愛神維納斯的掌握。她給了他們美貌和力量，卻又對他們施行詭計，在她的愛情羅網裏，人們不是嘆息就是哭泣。這樣的畫面這裏應有盡有，在此我們就從簡擇優。

再來看看人們敬仰的維納斯本人，她的雕像看上去十分輝煌：裸著的身體半浸在碧綠的海水中，手中握著一把彈琴；頭上的花環美麗又芬芳，引來一群群的鴿子圍著她起舞。她的兒子丘比特，正如往常人們所見的，站在她的身旁，一雙翅膀在肩頭處伸出，一筒金箭正掛在腰的一頭。他給予了人們許多的幸福也給予了人們許多的不幸，這一切只因爲一個原因——他早已是雙目失明。

看過了愛神的神殿，我們再進入到那偉大的紅色戰神瑪斯的神殿，就會發現這裏也畫滿了各色的肖像。一個陰森恐怖光禿禿的森林裏，正是戰神的住地。那裏沒有居民也沒有野獸，殘枝斷幹在冷風的吹動下發出嗚嗚的吼聲。一個小山的山坡下有個山洞，洞口又大又深看起來很嚇人。冷風不斷地刮進來，把大門撞擊得叮噹作響，實際上你卻不用擔心它們會被損壞。因爲這裏就是神的大殿，門都是用剛玉做成，上面還包裹了厚厚的硬鐵。爲了使這個神地堅固又牢穩，裏面還支撐了幾支大鐵柱，都有酒神的窖裏的酒桶那麼粗。

這個地方的四面還有許多窗戶，只是因爲照進來的是北極光，所以通過它們並不能辨別出黑夜和白晝。

就是在這裏，我首次看見了罪惡的深淵和人們醜陋的一面：發怒的大火比太陽的光芒還要灼人，卑賤的賊子蒼白著一張臉；滿面笑容的人斗篷裏可能藏著匕首，溫暖的床上也可能就存在有大逆不道的謀殺；營地的馬廄裏黑煙四起，悲淒沖天，廣闊的戰場上人聲喧鬧，血染刀劍。這裏除了有絕望的自殺者，冰冷的躺在血泊中，還有暴君發動的肆掠，把整個城池毀滅。噩運之神擺著一張臉坐在神殿的中央，就這樣看著一切事情在發生。有野熊掐斷了獵人的喉管，有母豬吃了搖籃裏的嬰孩；宮廷的廚師儘管用了長勺來舀湯，還是不小心被燙傷；趕車的人自己駕了馬，卻在一個泥濘的山路上被受驚的馬顛下車，車輪子在他身上碾過，從此後他就再也沒有能站起來。

在這裏，我還看到有一把長劍掛在前方，就在勝利之神的頭頂上。它是被兩根細細的繩子牽掛著，代表著勝利的一方。比如說英雄的凱撒、偉大的尼祿[17]，還有羅馬的卡拉卡拉[18]，他們的勝利就是靠了這把劍的幫助，他們的死亡也在這把劍的意願——它是人們吉凶命運的預測者，而它的主人就是戰神瑪斯。全副武裝的瑪斯氣勢洶洶地站在戰車上，一隻吃人的狼紅著眼睛站在身旁。他的頭頂上有兩個星座，據說是普韋拉和魯貝烏斯[19]，它們的光芒也是那麼冷豔，充滿了對人生命運的嘲弄——壁上的畫就像是真的人和物一樣，鮮活地代表著人們對光輝瑪斯的敬仰。

這樣暴力而又充滿力量的畫實在不忍再看下去，現在我就帶大家到獵神狄安娜的神殿轉轉。在這裏又是另外的一幅景象，但還是逃不脫生命和死亡。由於宙斯的罪孽，卡利斯托[20]被變成了熊，而後又成了北極星；與她一樣可憐的還有皮內烏斯的公主達佛涅，爲了逃避太陽神的求愛而變成了月桂樹。亞克托安由於下流地偷看了女神的洗澡，被毫不留情地變成了一隻公鹿，昔日的獵狗再也不能認出牠的主人，呼叫著撲過來，狠狠地咬下他的一塊肉。除此之外，還有梅利埃格之獵㉑，借那個機會狄安娜使許多人遭遇了不幸。

高高在上的女神決定了這一切。她腳踏月亮㉒，高舉箭筒，朝遠處張望：遙遠的冥府幽界，普路托主管著陰間的一切；一位臨產的產婦由於疼痛，高呼著：「魯西娜啊，救救我！㉓」

畫上的一切實在是栩栩如生，比真人真事還要更讓人看得清，它們花費了忒修斯王一筆巨大的財富，所以顯示出無比的莊嚴和雄偉。場地完工後，忒修斯王看了很滿意，現在就只剩下留在他的王國裏耐心地等待底比斯兄弟的歸來了。

再說帕拉蒙和阿賽特兩兄弟，既然仁明的君主給他們出了如此公平的一個題目，有關他二人的生命和愛情，二人就要想盡一切辦法來把它完成。他們各自到了一個或幾個地方——現在已經沒有人能說得清——在那裏招兵買馬，各自準備了一百名士兵。這些武士都是裝備精良，在他們的地方很有名。他們有著最忠貞的武士精神，認爲爲了愛和榮譽而戰可以使自己聲名遠播，那場面看起來也肯定會無比壯闊。就像帕拉蒙的那一隊一樣——他們各自穿著自己所喜愛穿的盔甲：有的穿著鐵鎖甲，手中拿著長矛和盾，有的只掛著兩片能保護胸膛的鋼甲；有的喜歡把雙腿包裹的嚴嚴實實，有的只在手中準備了棍棒和斧。總之，他們各按各的愛好，全副武裝追隨帕拉蒙而來。

其中，有著名的色雷斯大王利庫爾戈斯㉔，他的臉上長著長長的黑鬍子，一雙眼睛奇異地閃著紅黃光；兩道劍眉如霹靂，一雙眼睛有鷹之光；濃濃的頭髮梳得展展滑滑撇向後面，比烏鴉的羽毛還要黑；他的肌肉結實，兩條胳膊比樹木還粗。手臂上戴著沈甸甸的金冠，上面鑲滿了各色珍珠和明鑽。他的戰衣上沒有任何的紋章，只是一件黑乎乎的大熊皮。二十多條大如牛犢的獵犬緊緊跟在他身邊，由於脖子上有金色的鐵環，所以牠們不能走遠。這位大王帶領著一百多名貴族來參戰，而只有他自己才站在大車上，那是一架由四頭白色的戰馬拉著的車，看上去有一種威風凜凜的模樣。

帕拉蒙的隊伍是這樣，阿賽特的同伴也很不一樣。我們從記載古事的書上看到，與阿賽特同行的人有印度帝王埃梅屈武斯一行，他們也是公侯與君王相隨，全都披盔戴甲威風凜凜。印度王騎著一匹棗紅色的馬，身穿綴著白色紋章的短斗篷——韃靼絲是它的用料，紅寶石是它的點綴。就連馬身上還都披著金絲織的馬衣。這個王年齡大約只有二十五，一頭捲曲的頭髮黃又亮。他的臉色紅潤，鼻子高高，有豐滿的紅嘴唇，還有洪亮的好嗓音。這樣一個王，頭上戴著金桂冠，肩膀上還棲著一隻凶猛的大獵鷹。你們可以想想，當這支浩蕩的隊伍在幾百頭馴養豹子和獅的開路下，開進雅典城的時候，那景色是怎麼樣的一種壯觀。

總之，在約定的時間即將到達的時刻，帕拉蒙和阿賽特的兩支隊伍都已經開到了雅典城。世界上再也沒有比偉大的忒修斯王更權力無邊的王了。在他的佈置下，雅典城早早就做好了迎接的準備。他們把客人們讓進雄偉的宮殿，獻上美味的食品和烈性的酒，還讓人把那些漂亮而又嬌媚的舞女們叫來，爲客人們表演唱歌和跳舞。忒修斯高高地坐在他的王位上，再沒有人比他看起來更高貴了。他俯視著眼前這一切的英雄和美女，臉上掛滿了滿意的笑容。爲了節省時間，這一切我們就不再細細敘說，單把話題放到大家期待的主戰場。

那是一個星期一的凌晨。天還沒亮，無法入眠的帕拉蒙就已興奮地穿衣起床，他不是爲了要早早地趕到戰場——距那個時刻還有很長一段時間——他的目的地是敬奉著強大的基西里婭㉕的神廟。在那裏，他懷著一顆極其虔誠而又卑賤的心向著神像跪倒，口中發出真誠的祈禱：

「我的女神維納斯啊，這天上人間最美麗的人！你是偉大的朱庇特之女，是伍爾堪㉖的妻。你的法力無邊，可以讓西塞山上的人們生活愉快㉗。你也曾愛過美麗的阿多尼斯㉘，那你一定能夠瞭解我對艾米莉的心。我在牢籠中已經受盡了折磨，只是爲了愛情我不想述說那一切。今天我這麼謙恭地跪倒在這裏，只是想請求你一件事。

「我的英明的女神啊，願你能夠看到並體諒我對艾米莉的一片情。爲了她，我食不能進夜不能眠，就是付出生命也無有所怨——願你能看在我對你的一片忠貞與虔誠上，把她賜給我。如果你能垂憐我受到的可憐的傷害，如果你能把她賜給我做我的愛，女神啊，我將永生做你忠實的奴僕，爲你獻上天下最豐厚的祭禮。我不求今天在戰場上能把阿賽特打敗，讓我的英名傳播到遠方；我也不在乎自己是否武藝高強，能把人們崇拜的對象來擔當。女神啊，我只有一個心願，那就是得到我可愛的姑娘。

「我知道你在天庭裏雖然不像戰神那樣凶猛，但你卻有足夠的威力能令所有的人都服從，如果你能如我所願答應我的請求，我的女神啊，我將永遠做你廟宇裏的朝拜者，無論每到一個什麼樣的神廟裏，只要有你的祭壇在，我就會爲你點燃一團聖火，並且爲你上供。

「女神啊，如果你不願意這麼做，那麼我請求你，在今天的戰場上就賜給阿賽特一支鋒利的長矛吧。讓他把它刺進我的胸膛，這樣他就可以得到他也愛著的姑娘，而我——痛苦也罷，羞辱也罷，死了就什麼也不會在意了。

「這就是我的祈禱啊，女神，願今早的你更加美麗，願仁慈的你能夠聽見！」

做完祈禱的帕拉蒙又再次倒地拜頭，雖然神情淒然但心底卻是無比虔誠。就在這時，供臺上的神像忽然動起來了，就像有人正在推動它一樣。滿心歡喜的帕拉蒙知道，這是神告訴他他的話她已聽到，由於為他的誠心所感動，所以答應在爭鬥中一定會幫他的忙。帕拉蒙不由自主又拜了幾拜，然後就高高興興回到家中。

時間大約過了三個時辰，太陽升起來了。這時剛剛從寢室裏清醒過來的艾米莉也計劃到神廟裏去拜祭。她讓侍女為她準備了乾淨的祭拜服，還有香火和祭爐。在角質容器裏她裝填了甜美的蜂蜜汁，在穿上祭服以前還把身子洗得乾乾淨淨。她讓人從花園裏新鮮的常綠橡樹上採下柔軟的枝條，親自編成一個美麗的花環戴在頭上，然後就領著一群侍女來到了狄安娜的神廟。在這裏，她先把聖火點上，然後就拜跪在地虔誠地向女神祈禱。她的祈詞是這樣的：

「貞潔的女神啊，你住在綠樹成蔭的森林之巔。山川和河流盡收眼底，你看得透人世間的一切。你是普路托冥王的王后，法力無邊的處女神，所以也一定知道我心底裏的想法。我是和你一樣的處女啊，我的願望也是終生做一個貞潔之女。我不喜歡嫁給一個什麼樣的男人，更不喜歡為他們生兒育女；我的最大的喜好就是和你一樣，在山川田野裏遊蕩，哪裏有獵物就奔向哪裏，得來的戰利品就把它獻在祭壇上。

「我知道帕拉蒙愛我愛得發狂，阿賽特愛我愛的心都痛——人們都這樣說。但三重形象化身的女神啊，你可知道我心中根本就沒有對他們的愛！我所愛的人只有你一個，我願意做你終生的侍奉者，但願你能體諒我的這一切，開開恩，不要把我嫁給他們中的任何一個，也不要嫁給其他男子中的任何一個。我願意你把他們所有對我的愛互相轉移到對方身上——讓他們互相愛對方！我願意把我所有的歡笑和眼淚奉獻給你，還有我最最貞潔的處女之身。女神啊，但願你能聽到！

「如果上天注定了我必須要嫁人，那麼，女神啊，就請你爲我挑出最愛我的一個吧，這樣我的眼淚就可能會少往下流一些，我對你的眷戀也就會更多一些。

「女神啊，但願你能聽到我所說的一席話，希望你能賜福給我！」

艾米莉說完正要往聖火裏再填上些香料，忽然就在這個時候，華美的神壇上出現了一些異象：一個本來燒得很旺的火焰在刹那間竟然熄滅掉了，而另一個本來就要死亡了的火焰卻在閃了幾閃之後，突然又燒得更旺。這個異象驚嚇了艾米莉一跳，她不知道這代表什麼。尤其是那個熄滅了的火焰，在畢畢剝剝幾聲爆響之後，還流下了幾滴似血非血的紅液，這把艾米莉驚得不由得尖叫，還流下了膽怯的淚水。

就在這麼哭泣的當頭，一身獵裝的狄安娜形象降臨在她身後。就見她手裏拿著弓，對著艾米莉說：「我的女兒不要哭。你們的命運早已經在天庭裏注定，這不是能靠一些祈禱就可以改變的。既然他們中的一個人爲你吃盡了生命的苦，那你就必須要嫁這個人。剛剛我的聖壇之火已經向你顯現了這種徵兆，只是那人是誰我還不能告訴你。你只有回家去靜靜地等待，而不是在這裏繼續哭泣。」說完，女神晃了晃她手中的獵箭隱去了身形，只留下驚異的姑娘還在那裏思索。只是無論她怎麼猜測，神的意志總是她所不能知道的。面對這種情況，可憐的姑娘只有對自己說：「神啊，無論結果會怎樣，我就把一切都交給你吧！」說完，姑娘也回去了自己的宮殿。

這裏我們已經說完了為了這次爭戰，帕拉蒙和艾米莉兩人各做了什麼準備。如果不也說一說阿賽特的情況，我想這對於各位聽眾來說，是極不負責的，而對於阿賽特本人來說，也是不公平的。所以接下來，我也要不厭其煩地說一說阿賽特所做的祈禱了。

阿賽特祭拜的神不是別的神，而是紅色的戰神瑪斯。他也帶著充足的犧牲和祭品來到神廟裏，對著瑪斯的神像，以異教徒的虔誠和方式跪下：

「居住在那寒冷的色雷斯的戰神啊，所有國土和征戰的主宰！你手裏握著勝利的神劍，意願中控制著征戰雙方的命運。如果因為我的年輕和力壯，有幸能得到你的垂青，做了你忠實的侍從者，那麼就請我的主人可憐我這一腔悲苦的情緒吧。

「我知道你也曾像我一樣愛過，就是那美麗的女神維納斯。你把她抱在懷裏，撫摸著她的手姿，那時你是多麼的幸福啊，但我知道你也曾遭到過打擊——伍爾堪不是把你套在了網罩中嗎——只因為你和他的妻子在一起。這種相思的痛苦你也曾嘗過，我相信你一定能瞭解我此時的心情——愛而得不到的生命是多麼苦惱啊，願你看在我們共同的遭遇上而憐憫我。

「我非常清楚，要是我僅僅憑靠現在的力量，絕對得不到美麗的艾米莉姑娘，因為即使我是這麼的愛著她，在她心中我卻還不如一根羽毛那麼重。我的生死浮沈她全不放在眼裏——這就是人們所說的單相思之苦。因此，我只有在戰場上勝得了這次征戰，才能夠得到她對我的垂青。——仁慈而英勇的戰神吶，爲了你當初也曾受到過的煎熬，就請降福給我吧，讓我勝得這場戰爭。

「我將爲你把所有的禮物奉上：把我的光榮歸於你，把我的英勇歸於你。我將終生在你的殿堂裏掛滿旗幟，還有我所有的戰士的紋章。爲了能做你的奴僕，我願意把我從出生到現在還沒有經受過刀剪修剪過的頭髮和鬍鬚全都奉獻給你，只願你能接受我的請求和意願。」

剛強的阿賽特剛剛把祈詞說完，猛聽得神廟上的門一陣叮叮噹噹的碰擊之聲，就像有什麼人在使勁用手搖晃一樣，神廟的各種飾品都開始顫動。阿賽特驚奇地退後一步，就見聖壇上的火焰忽然照得通紅。在一片刺眼的光亮之中，一股奇特的香味四散傳開。在阿賽特的耳邊，一個含混的聲音掠過，聽起來好像是「勝利」二字。阿賽特不由得心花怒放，對著神像又報以最崇高的敬禮，隨後也回到了他投宿的地方。

帕拉蒙、艾米莉和阿賽特三人的祈禱好像都有了顯現，這可急壞了天庭裏不同的神。一方面是美麗的朱庇特之女維納斯，另一方面則是凶猛的戰神紅瑪斯。他們二人各自聯結不同的神組成隊伍，在天帝的面前展開了爭論。

最後，一位年老的神走出隊伍，對他們二個各自說：「爭吵不是解決的辦法，現在最主要的是要有一個平和的心情。」俗話說，年老人的經驗多，雖然這個年老的天神薩杜恩㉙在體力上已不如戰神瑪斯，也不如愛神維納斯，但要是論起計謀來，這二人卻不得不甘敗下風。

薩杜恩爲了平息這場神的爭戰，就對維納斯說道：

「我親愛的女兒啊，不要在那裏爭吵。你知道，我是法力無邊的農神，我的本事遠遠超過了人們所能想像的空間。我可以毫不費力地隱藏在大海的深處，也可以悄無聲息地消失於森林小屋；我可以製造出人世間的犯罪，令邪惡的人走上絞刑架，也可以運用計謀，使得親如手足的兄弟與哥哥的妻子一起，把兄長謀殺；只要我還佔據著我黃道上的宮殿位置，我就能隨心所欲地發號施令，讓房屋高樓爲之倒塌，讓森林樹木無端焚燒；在我的權力範圍內，我管轄著的疾病與瘟疫，可以給人們帶去許多的痛苦，還可以把一個城池完全毀滅。總的說來一句話，只要我願意，我就能使你也得你的滿意。我將會盡我的所有的力量，幫助你把你的心願實現，雖然瑪斯也許下了他的諾言，但我卻只會讓你一人滿意。所以，親愛的女兒啊，不要再哭啦！」

天庭裏的事情我們無人知曉，只知道從此後他們還是互不滿足，每天爭吵。對這些事我們只要知道個大概，我想也沒有人會非得刨根問底，問問最後結果怎麼樣了——最主要的結果還是兩個底比斯人的戰爭吧，我看我們現在就應該來說說他們。

歡快的雅典城就像是正在舉行集會一樣，到處是一片喜氣洋洋、載歌載舞的景象。五月的天公作美，給了人們喜氣的心情，尤其是明天兩隊底比斯武士要比武的消息，更是令所有的人們都異常興奮。爲了能早早起床觀看比賽，人們在夜幕剛一降下的時候，就紛紛上了床睡覺。

第二天，太陽神剛剛打了一個哈欠，所有旅館的大門就已經敞開。來參加比武的貴人們以及外地來的觀眾們成群結隊、絡繹不絕地走出大門，吵吵嚷嚷奔向比武場。在這裏，你可以看到各種樣式的武器和冑甲，有亮晃晃的盾牌和鋼帽，有金燦燦的盔甲和馬飾，有鋒利的匕首和長矛，還有織工精細的斗篷和紋章。端坐在馬匹上的武士們精神抖擻，氣勢威武，頻頻向對他們歡呼的市民們舉手致禮。就連他們的奴僕和隨從們也都披盔戴甲，志氣高昂，作爲他們堅實的後盾，計劃在場地的邊緣各自爲自己的主人吶喊助威。

宮廷裏的樂師早早就準備好了，看到樂官的手勢劃下，萬管齊奏，鼓號聲、喇叭聲，還有軍笛聲，聲聲響亮，聲聲充滿了殺氣。王宮的門外，到處是集聚的群眾，興高采烈三五成群地擠在一起，討論這場比式的勝負。有的說：「我看那個大鬍子厲害，一身的肌肉，滿臉的凶相，一看就不是好惹的。」也有的支持那個個子高高、腦袋禿頂的人，說：「這人看起來頑強又凶險，光他那把大板斧也不下二十多英磅重。」還有的說：「爲了愛情，這場爭鬥很值得，但是看到這兩個漂亮的人兒中，總有一個要敗在或死在另一個人的手中，真是讓人看著就心痛。」

喋喋不休的猜測，再加上越奏越起勁的號角聲，這一切不用人報告，就已經自己傳到了王宮裏。還在寢室裏的忒修斯王被喧鬧的聲音驚醒，從床上爬起來，呼喚侍者爲自己穿衣洗刷，然後就端坐在王殿的頂端，等候兩位底比斯青年的進覲。早已等候在門外多時的兩隊武士的領導人被帶進了王宮，只見在他們面前的高殿上，穩穩地坐著一位君主就像神一樣。他的臉色溫和，目光卻很威嚴。

從四面八方來的人們聽說君王升殿，紛紛湧來觀看，他們朝著一個方向擠著，伸長了脖子還是不能看見。大殿裏人聲鼎沸，最多的話是向這位偉大的君王問候致意。

君主向身邊的人一個示意，傳令官就開始高舉他手中的旗幟，「請大家肅靜，現在開始宣讀王的旨意。

「我們偉大而聖明的王，有著神一般仁慈的心腸。他爲兩位高貴的青年主持了這次比賽，卻不願意看到他們中的任何一位因此而喪生。爲了愛情而爭，這是武士的榮譽，但讓許多無辜的人就此而流血犧牲，卻不是一位仁慈君主的初衷。高貴的血不能白流，比武者的榮譽應該得到保障。爲此，我們的王重新做了安排，他要對原先的規定有所更改。下面就是王的新的旨意。

「任何進入比武場的人，除了正式參加者外，一律不准帶匕首或者其他可投擲的武器。如果有誰不遵守規定，他就要當場被處決於賽中。比賽者雙方只許使用沒有鋭尖的長矛，衝刺的次數每人只能有一次。如果一方戰敗或落於馬下，勝利者不能繼續追殺，要趕快住手，否則另一方就可以做出猛烈的回擊。你們都看到在場地的那邊有一個豎滿了樁子的地方，那就是戰俘應該待的地方。勝利者要把失敗的一方押到樁子前，失敗的人就再也不能重新出戰。如果一方的主帥被殺害或被擒住，爭戰就算結束。

「比賽的雙方聽好了，如果你們沒有什麼異議，現在就可以開始上場，用你們的勇氣和手中的武器把對方打敗，願天上的神保佑你們。」

人群中爆發出一陣歡呼，聲聲都在頌揚王的仁慈。剛剛停止了的鑼鼓戰號聲也適時而起，樂聲中一隊隊排列整齊的人馬開始出場，他們要追隨到比武場觀看的君王，還要負起保護他的責任。

威風凜凜的君王坐在馬上，身後就是美麗的王后和艾米莉。所有的武士按照地位的高低分成兩列，一列站在他的右面，一列站到他的左邊。他們井然有序地出了城，來到比武場上，君王先在高貴的地方坐下，其他人才開始各歸各位。群眾們高聲叫著擁擠著也紛紛在有利的位置上坐上來。

一聲爆響，比武場西門的瑪斯神殿下的大門打開，阿賽特帶領著他的一百名武士出了場，他們手中都舉著一面鮮豔的紅旗。又一聲爆響，東面維納斯的大門也打開了，在一面面白色旗幟的掩映下，帕拉蒙帶著他的一百名武士騎著馬湧了出來。我從來沒有見過世上哪裏還有過如此相當的兩支隊伍，他們有著共同的高貴氣質和武士的英勇精神，排列得整齊端正，都是百裏挑一的好手，我想，要不是他們此時是共同出現在戰場上，那麼他們真的會成爲親密無間的好兄弟，但愛情之神的職責總是讓父子反目，兄弟成爲仇敵。

兩支隊伍在傳令官的指揮之下，各自彙報了各自的姓名，以免有人在數目上進行欺騙。然後，大門一關，命令大聲傳過來：「高傲的武士們，盡力打吧！」傳令官退回了自己的位置，開始坐下來觀看。君王和所有在場的觀眾都停止了說話和議論，引頸向前。只見東面西面兩隊武士各自把自己手中的長矛和盾牌向前一遞，馬兒嘶鳴，戰鬥真正開始了。

天上的神們也按捺不住各自心中的好奇，按下雲頭，站在天之頂端向下觀看。有的戰馬向前奔跑，有的戰馬嘶叫著高高抬起前腿；有的人擅於獵騎，有的人擅於格鬥；有的人感覺到冷冰冰的斧頭從自己肩上滑過，帶起一面血雨，有的人手中的長矛猛地一震飛向天空；有的人劍還沒有出鞘，頭盔已經成了碎片，有的人被受傷的馬狠狠地摔下馬背；人群一會兒分散，一會兒密集，沒有過多久地上已是血河一片。

有的人倒在了地上，嚎叫著打滾，有的人站在那裏用斷矛抵抗；有的人轉眼之間被人打昏，有的人受傷後不幸被對方的人馬捉住，送到了遠處的木樁處──雖然他們都不願意這麼做，但先前的規定卻是沒有什麼人敢於違反。再來看看王室的那兩位好兄弟：世上再也沒有比他們更凶猛的人。阿賽特就像是一頭紅了眼的老虎一樣，即使是一隻失去了母親的幼獸也不願意放過；帕拉蒙也像是受了傷的獅子一樣，遇到哪怕是一隻饑餓的惡狼，也要把他追到再也沒有力氣逃跑。嫉妒的火燒壞了這二人的心靈，使他們各自在對方的身上留下了一道道的傷口，地上還有灘灘鮮血。

時間飛快，任何的戰爭到了一定的時候總要有個結果出來。就在爭鬥的最緊要當頭，勇猛的埃梅屈武斯國王殺到，他在帕拉蒙的大腿上狠狠地砍了一刀。帕拉蒙吃痛，不由自主彎下了身子，埃梅屈武斯趁此機會，使出二十個武士才會有的力氣，把帕拉蒙拖出了戰場。帕拉蒙的朋友利庫爾戈斯大王看到這種事情，用帶著刺的馬靴在馬的肚子上一頂就衝了過來。然而，雖然力大無窮的利庫爾戈斯把埃梅屈武斯拖離了戰馬差不多有二十多英尺遠，阿賽特的二十多個手下卻趕了過來。他們共同把帕拉蒙按住，然後就把他拖到了有木樁的地方。

此時的心情，有誰能比帕拉蒙還悲傷啊，他雖然努力掙扎，卻還是逃不脫被拖到木樁下的命運。捉住了就要待在那兒，這是規定，帕拉蒙也不能違反，所以他只有滿含著悲苦的淚水，呆呆地站在那個地方。高臺上的忒修斯看到一方的首領被打敗，就判定戰鬥已結束。

傳令官在看臺上高高舉起手中的旗幟，大聲宣布說：「不要再打了，統統都住手。作爲這場比賽的公正的裁判者，我現在代王宣布：阿賽特贏得了這場比賽，艾米莉將成爲他的妻子。」

人群中爆發了一陣陣的歡呼，紛紛湧向勝利的武士，以各種方式向他致敬。美麗的天神維納斯在天空中看到這種結果，不由得痛哭流涕，淚水竟都流到了比賽場上。

「他們一定會笑我言不守諾，從此我的聖壇上將少了許多的供奉。」女神哭泣著扭過了臉，就看到那個年老的神薩圖恩正站在她背後。

薩圖恩對女神說道：「我親愛的女兒不要再哭，既然我說過了會幫你那就一定不會失言，現在這種結局還不是最後的結局，待會兒奇蹟發生，你的武士就會遂了願。」

下了戰場的阿賽特好不威風，好不得意！他在嘹亮的號角聲中脫下戰帽，面向全場露出心滿意足的微笑。然後他把帽子往高處一舉，在馬的兩側稍微用力，騎著馬繞場一周。做這個動作的時候，他還不忘記抬頭向高臺上望去，在那裏有一個美麗的姑娘正露出了幸福的笑意——還不知道誰才是自己真正的愛人的姑娘們，總是首先傾向於能在戰場上取勝的英雄。

所有的人都為年輕的騎士驕傲——當然帕拉蒙一行是除外的。但他們不知道，就在他們歡呼的那一刻，更大的麻煩已經來到。應薩圖恩的請求，冥王普路托派出了他的得力助手——惡魔。這個長相兇惡，讓人一看就會感到膽戰心驚而不由得要窒息的怪物，就是動物看見了也會為之失色。他徑直地穿過人群來到場地邊緣上，對著阿賽特的戰馬一揮手，就見這匹剛剛還是威風凜凜不可一世的戰馬，猛然間一扭頭，往旁邊一跳，就把牠的主人阿賽特摔下了馬背。

人們不知道發生了什麼事，驚叫著湧上來。忒修斯的衛士們把他們攔住，走到阿賽特落馬的地方一看，只見躺在地上的阿賽特就像死了一樣，滿臉灰色沒有任何的表示。沈重的金色馬鞍從上面砸下來，把他的肋骨和胸腔砸爛了好幾根，有一些還從前心插過穿透了後心。鮮血染滿了阿賽特的戰衣，雖然他很痛苦，人們卻不得不把他抬起來，送到忒修斯的王宮。在舒適的軟床上，士兵們把阿賽特的戰衣脫下來，發現他依然活著，並且神志還頗爲清醒，他大聲叫著艾米莉的名字，說要在最後的時刻再看一看自己的妻子和表兄。

率隊回城的忒修斯心中十分高興，雖然阿賽特發生了意外，但有人已經向他報告說，阿賽特不會死掉，他的傷很快就好。這次比武，嚴格遵照了他先前定下的規矩——就是人人要儘量避免不必要的流血犧牲，所以雖然有很多的人斷了胳膊傷了骨頭，但卻沒有一個人被殺死。忒修斯下令對受傷的武士要盡力醫治，用草藥的用草藥，用斷骨膏的用斷骨膏；還下令對於那些沒有受傷的武士要好好款待，把禮物都按照各自等級身分的不同分成許多份，派人送給他們。

整個設宴大庭裏觥籌交錯，笑語不斷。人們都覺得忒修斯王很仁慈也很慷慨，這一次的比武雖然有人獲勝，卻也沒有人失敗。因爲帕拉蒙是不小心落馬，又用了二十多個勇士才把他拿下。俗話說，一個英雄的力量總是抵不過十個醉漢，所以，即使阿賽特贏得了艾米莉，這對帕拉蒙來說，卻一點也無損於他的武士名譽。

鑒於這種共同的思想，忒修斯王特意請人宣布，這一次比賽，不分高低，雙方都取得了勝利。今後所有的武士，包括前來參戰的其他國的君王，都要以兄弟相稱和平共處，不得互相結怨和報復。在座的賓客們聽完後齊聲歡呼鼓舞，紛紛說著「你好！你好！」「祝你好運！」之類的話。

整整三天，雅典城就像過節一樣，到處都是一片喜氣洋洋。三天之後，各路賓客開始告辭回家，他們紛紛向忒修斯表示他們的尊敬，還感謝他這幾天來對他們的照應。忒修斯讓人把帶來的禮物分發給告辭的人們，對一些君王，他還要親自送出城。這樣一走就是一天，直到有一天興盡而歸，有人來向他報告說，阿賽特恐怕快不行了。忒修斯聽了非常著急，沒有說任何的話就向阿賽特休養的地方急急奔來。

阿賽特死灰著臉躺在床上。他感到心裏很是痛苦，但卻沒有力量爬起來。他的胸部積滿了腐水，用任何的藥草都不能排掉，人們給他吃一些東西，讓他上面吐下面瀉，但都沒有什麼功效。他的肌肉從胸部以下開始爛起，他的血液在關節的地方多處淤積。這樣他自然的機能已經瀕於死亡，所有的毒氣和腐朽都已無法治療。人們看著這個曾經風馳電掣在沙場上的勇士，感到十分悲哀，卻只能毫無能力地看著他等死。阿賽特也感覺到了死神的呼吸離自己不遠了，因此在最後的時刻，他希望能再見一見他美麗的妻子，還有，他要人們也要去請他的表兄過來，因爲他有話對他說。

悲傷的帕拉蒙和艾米莉聽到召喚，急急忙忙來到阿賽特的床前。就見阿賽特雙眼直直地望著艾米莉，說道：

「親愛的妻子，美麗的艾米莉！我今天請你來這裏，是因爲有些話想要對你說。你知道，你是我心中最至高無上的形象，我對你比對自己的生命還要珍惜。爲了你我願意做所有不願意做的事，包括和我的表兄決鬥。

「我本以爲如果我取勝了，就能如願以償地把你娶回家，但命運卻讓我在最後的時刻受了馬的驚嚇，摔到了地下。我不知道這究竟是怎麼回事——我求神明保佑得到了你，卻不能真正讓你做我的妻子。這世界是爲了誰才高興，這命運是爲了什麼事才會降福？前一刻我還在看著我美麗的情人，下一刻卻就要趕赴陰冥。在這最後的分離時間，我甜蜜的情人愛人艾米莉啊，我有幾句心裏的話還想對你說。

「過去的很長一段時間裏，我由於對你的愛和對我表兄的妒嫉，曾經一度心中充滿了怒火和仇恨。雖然我們倆同是王室的子孫、發過誓的好兄弟，但愛情卻讓我們分離。只有最仁慈與英明的神才能明白我對你的愛有多深——我敢用我作為武士的忠貞氣節和名譽，以及我作為王室子孫的高貴血統來發誓，我對你的愛絕不比你對你自己的愛少。我把你奉為心中的神，為了你和帕拉蒙戰爭。但是實際上——我現在已經明白——在這個世界上除我之外，還有一個人也瘋狂地愛著你，就像我愛你那樣，他就我的表兄帕拉蒙。

「現在我就要離開這個世界了，我的靈魂已經進入了朱庇特的領地，但我不願意看著我心愛的姑娘從此傷心流淚，所以我要用盡我全身的力量對你說——」

說到這裏，阿賽特看到一個冰冷冷的死神來到了床前，他的胸口開始麻木，雙手和雙腳早已失去了活力。他感到心中一陣空蕩蕩的孤獨，拚著一股痛苦的力量繼續說道：「在我死後，如果你還要選一個為你效勞的人，請你一定不要忘記你身邊的這個，你要嫁人，就一定要選他做你的丈夫——這是我最後對你的忠告。」說完，阿賽特就開始呼吸緊促，手腳抽搐，朦朧中他看到自己的靈魂輕輕地飄了起來，一直向著一個自己從來不知道的地方飄去——既然這個地方他都不知道，那我們當然也不會知道了。所以，對於阿賽特我們已經沒有什麼好說的了，就一起來看看帕拉蒙和艾米莉怎麼樣了吧。

看到曾經與自己發過誓要生死相依、最後卻為了愛情而反目為仇的兄弟的靈魂已經離開了這個世界，帕拉蒙的心就像是上了絞刑架一樣地痛苦；不久前還歡天喜地地聽從神的旨意，準備要嫁給這個世界上最愛自己的人的艾米莉，看到自己的未婚夫還沒有享受眾人的道賀就已經先她而去，也不由得放聲大哭，不一會兒就昏了過去。

這時，忒修斯剛剛從外面趕來，看到這種情況，雖然他的心裏的痛苦比起他們來並不少多少，但他還是急忙走過去把妻子的妹妹扶起來，說：「天下的女子在他們的丈夫去世之後，總要哭得連自己都會得病——但這樣對於死去的人，對於我們自己又有什麼好處呢？要讓悲哀在心底漸漸化去，這樣才是對於死人最好的報答。」雖然如此說話，但誰都能看出來：這位仁慈的國王爲了這樣一個英勇的武士的去世真正地悲哀。

整個雅典城的人民在聽到這個消息後，也一下子由歡喜的氣氛轉入了悲哀的情緒。男女老少都在爲雅典城失去了這樣一個英勇的年輕朋友而哭泣。尤其是女人們，一想到這樣一個癡情的青年已經逝去，就不能再繼續她們手中的活，而是跪在神像前爲他祈禱：「爲什麼命運如此不公，要把他帶走？願神保佑他在另一個世界能幸福地生活。」

很長一段時間，忒修斯的王宮裏彌漫著低沈的氣息。忒修斯飽經風霜的老父親看到兒子整天唉聲嘆氣，於是就來勸說他，給他舉了許多諸如此類的好例子。這是一個洞察世事、有著豐富的生活經驗的老人，所以他說出來的話含意很深。他說：「人生在世，難免不了一死。生是什麼，死是什麼？生不過是靈魂的一次旅行，死不過是旅行道路上所有痛苦的終結。」

聽了這話，忒修斯思考了半天，覺得非常在理，於是就停止哭泣，準備爲阿賽特舉行葬禮。

阿賽特的葬禮要適合他的身分，還要最能表達人們對他的尊敬和愛護，所以忒修斯就選定了一個地點——阿賽特和帕拉蒙爲了愛情而第一次決鬥的地方。因爲這裏不僅是阿賽特抒發自己的思戀，把自己纏綿緋惻的情意和火一樣熾熱的愛表達的地方，也是注定了他爲愛而死亡的地方。忒修斯下令，要爲阿賽特砍伐最好的樹木，做成最優秀的棺木，在棺木裏要爲他鋪上最華麗舒適的錦緞，還要爲阿賽特穿戴適合他身分的衣服和佩飾——這些東西包括：潔白的手套、鮮綠的桂冠，還有他生前使用過的鋥亮的劍。阿賽特被放進棺木，只露出一張蒼白的臉，忒修斯爲了讓別人能瞻仰他的遺容，還下令把棺木先移入王宮大廳，到晚上再送回到林子中。

忒修斯的哭泣還沒有停止，又來了悲傷的帕拉蒙。他穿著一身黑色的喪服，鬍鬚和頭髮又長又亂。在他的身後是艾米莉，自從阿賽特死後，她就沒有停止過哭泣。

葬禮顯得很隆重，也很莊嚴。三匹白色的高頭大馬，是忒修斯親自爲阿賽特挑選的，牠們身上都披滿了華貴的緞綢，還有黃金的飾品。三個拿阿賽特遺物的人騎在馬上，一個手中是長矛，一個手中是厚盾，還有一個背上背著土耳其弓和箭囊。雅典城最最有身分的貴冑親自爲阿賽特抬靈柩，他們一邊走，一邊不停地哭泣。

送葬的隊伍從城市最主要的大道上通過，道路兩旁站著身穿黑衣的市民，還有特意從鄉下趕來的人們。黑色的綾布從王宮門口一直鋪到了下葬的林子裏，就連道路兩旁的房屋也從上而下被用黑布遮起來。靈柩的兩側跟著忒修斯王和他的父親，手中托著美酒、牛奶、蜂蜜和血，身後就是拿著火把的艾米莉。當隊伍到達森林中時，展現在他們眼前的是一個巨大無比的木材堆——拉開了可以伸展到一百英尺還要多，從下往上看，望不到頂。

我不知道人們是從什麼地方、如何把這些高大的樹木砍伐下來的，也不知道它們都有些什麼名字。當火堆燃燒起來時，林中的鳥獸爲之驚嚇，紛紛逃竄，久不見陽光的地面也爲之震撼。人們往樹木中投擲綾羅綢緞、各種香料、珍珠寶物，還有無數的花朵，林中散發出濃濃的奇香。

艾米莉按照習俗點燃木堆，然後就昏了過去，忒修斯讓人把她扶下去，就開始和老父親一起，往火堆中傾倒酒、牛奶、蜂蜜和血。阿賽特的遺物也被投進了火堆，連同他的遺體一起被燃燒成了灰燼。人們還繞著阿賽特的骨灰轉了三圈，婦女們還要大叫三聲。之後，就是爲阿賽特守靈，自願報名的人太多，最後還是忒修斯親自點命。這一切我都不想太多敘述，讓我們還是回到主題，看看以後的結局是怎麼樣的。

隨著時光的推移，多年以後，人們終於停止了哭泣，抑下了悲哀。有一天，雅典城的王公貴族一致同意，在這個大好時光裏應該召開一次會議。會議的主題沒有什麼，除了解決一些日常事務外，就是研究如何徹底征服底比斯人。忒修斯想好了一番話，特意讓人去請那位至今還穿著黑色衣服的帕拉蒙，以及他的妻妹。

忒修斯拿眼睛看了所有人一眼，長嘆一聲才開始了他的發言：

「造物主創造這個世界的時候，頗費了一番心血。他讓空氣隨著他的法則運轉，讓土地按著他的心願行事。他還創造了愛的枷鎖，套在人們的靈魂上，讓所有的人爲它而生活呼吸，這樣他就掌握了整個世界。就如樹大會死，路多會損，人的生命到了一定的時段也應該會結束。年輕與年老不可兼得——不是年輕就是年老，除此之外就是死亡。國王再高貴，也有死亡的時候，乞丐再低下，也有消失的時候。只是有的人死於戰爭，有的人卻死在床上；有人死於陸地，有的人卻死於茫茫大海之上。

「大河在它細小的地方乾枯，城市在它繁盛的時刻毀滅，人們應該在什麼時候走向死亡呢？我認爲：聰明的人應該選在他得了盛名的時候。如果一個人帶著榮譽死了，人們會永遠紀念他，而一個人即使是年輕的時候有過輝煌，但他卻在碌碌無爲的老年時去世，那麼對於世人來說，他也不過是一個平凡的人。所以，我們何必要固執地爲死去的人而悲傷呢？

「阿賽特這位武士中的勇士，在他獲得人們的尊敬和讚揚的時候，離開了世界，這對他來說是再好不過。但他的妻子和表兄卻不能從沈迷的悲哀中清醒過來，這有什麼好處呢？它能叫死人的靈魂得到安息，能叫我們所有人轉悲爲喜嗎？不，不能。我在這裏特別向大家提出：既然愛艾米莉的阿賽特已經死去，爲什麼與他有著同樣愛情的帕拉蒙不能得到他應該得到的愛情呢？帕拉蒙對艾米莉的愛情，我們所有人都知道，並不比阿賽特的少，爲了艾米莉他吃了那麼多的苦，到現在還依然愛著她。作爲憐憫和仁慈的人，我們不是應該給予他同情和幫助嗎？我認爲，無論從家世到年齡，從相貌到感情，帕拉蒙與艾米莉無一不般配，因此，他們應該結成幸福的一對。」

忒修斯說到這裏，看了看艾米莉對她說：「如果你要讓你的夫君得到安心，你不是最應該嫁給帕拉蒙——他的表哥嗎？這可是他臨死時候的囑言。而且，對於如此一個甘心爲你效勞的人來說，你不是也應該給予他你們女人的同情與憐憫嗎？」忒修斯又把方向轉到帕拉蒙一邊說：「如果你同意並接受了我的意見，而且你也能保證你至今以及以後，都能像以前一樣愛著艾米莉，那麼，就請你伸出你的手上前握住你面前那位女士的手吧。」

從悲哀中露出笑容的帕拉蒙走上前，伸手握住了艾米莉的手。這時，大廳裏一陣歡呼，人們都爲一對有情人終成眷屬而高興。

高貴的神啊，願你保佑這一對人間的楷模幸福歡快吧——從此後，他們二人相敬如賓，白頭偕老，男子溫柔，女無怨言——阿門！

——**騎士的故事至此結束**。

①忒修斯是希臘傳說中的大英雄，有許多斬妖除怪的事蹟，後繼承雅典王位並統一全國，還曾降服亞馬遜女王希波呂塔並與之生子。亞馬遜人為此入侵雅典，致使希波呂塔戰死忒修斯軍中。

②西徐亞，一譯錫西厄，是古代歐洲東南部以黑海北岸為中心的一個地區。

③亞馬遜指希臘神話中一族女戰士中的成員。當希臘人開闢黑海一帶的殖民地時，那裏被說成是亞馬遜人的地區。據希臘傳說，英雄赫拉克勒斯也曾率領遠征隊去奪取亞馬遜女王希波呂塔的腰帶。

④底比斯為古希臘中東部一主要城邦。

⑤瑪斯，是羅馬神話中的戰神。

⑥據希臘神話，底里托俄斯是英雄忒修斯進行各種冒險活動時的同伴和助手。有關他的最早傳說，可能是他與養蜂人布特斯的女兒希波達彌亞結婚。

⑦在占星術中，土星是「冷」星，是行星中最凶險的。

⑧墨丘利是羅馬神話中衆神的信使，司旅行、技藝等等。

⑨阿耳戈斯是羅馬神話中的百眼巨人，奉朱諾之命看住朱庇特喜歡的姑娘，但朱庇特派墨丘利去唱歌，唱得他一百隻眼睛都閉上睡覺後，終於把他殺了。

⑩希臘神話中，卡德摩斯是腓尼基王子，曾率人建起底比斯城並引進了文字。安菲翁則是宙斯之子，曾以七弦豎琴的魔力建起底比斯城牆。

⑪朱諾是羅馬神話中主神朱庇特之妻，因此也稱天后，她因為朱庇特與多名底比斯王家女子私通而與底比斯為敵。

⑫西塞龍山是希臘山脈，是舉行酒神節和祭祀赫拉的勝地。古時，從雅典到底比斯的大道穿過山上的隘口。但這裏作者誤把此山當作維納斯居住的基西拉島（在希臘南部）。

⑬喀索斯是希臘神話中的美少年，因拒絕山林水澤仙女厄科的求愛而受到懲罰，死後變為水仙花。

⑭赫拉克勒斯的妻子名叫德傑妮拉，她覺得即將被丈夫拋棄，便把一件她以為有魔力的襯衣給丈夫穿，目的是讓丈夫永遠愛她；不料這襯衣把赫拉克勒斯燒得遍體鱗傷，使他自殺身死。

⑮圖努斯是羅馬神話中盧圖利人之王。

⑯克羅伊斯（?～546）是呂底亞的末代國王，後被波斯人俘虜，在波斯宮廷任職。

⑰尼祿（37～68）是西元五四到六八年間的羅馬皇帝，在位數年後便轉向殘暴統治，後被處死（一說自殺）。

⑱卡拉卡拉（188～217）羅馬皇帝，二一一至二一七年間在位，因嗜殺成性，後被臣子刺死。

⑲普韋拉與魯貝烏斯是泥土占卜和標點占卜的名稱。

⑳卡利斯托是希臘神話中的人物，是狄安娜手下居住在山林水澤中的仙女，被主神宙斯（或朱庇特）愛上並受其引誘後，狄安娜（一說赫拉）將她變成了熊。後又被變成大熊星座，而不是北極星。

㉑梅利埃格一譯墨勒阿革洛斯，是希臘神話中卡呂登國的英俊王子。該國國王因祭祀時忘了狄安娜，她便使一頭凶猛的大野豬蹂躪該國。王子召集所有獵手來捕殺野豬，結果野豬死在他手裏後，他和其他很多人都遭到了不幸。

㉒羅馬神話中的狄安娜即希臘神話中的阿耳特彌斯，她既是狩獵女神，又是月亮女神。

㉓魯西娜是羅馬神話中司生育的女神，有時認為她就是狄安娜。

㉔古希臘有兩位著名的利庫爾戈斯，但都不是色雷斯國王。

㉕基西里婭是希臘神話中的愛與美的女神，即羅馬神話中的維納斯。

㉖伍爾堪是羅馬神話中的火與鍛冶之神。

㉗作者在這裏誤將西塞山當作維納斯居住的基西拉島。

㉘阿多尼斯是希臘與羅馬神話中的美少年，為這位愛與美的女神維納斯所眷戀。

㉙薩杜恩是羅馬神話中的農神。就像瑪斯（Mars）和維納斯（Venus）分別是火星和金星一樣，薩杜恩（Saturne）就是土星。

磨坊主的故事

騎士的故事剛剛講完，所有的人就拍手鼓掌，說這個故事真是既高尚又感人。旅店主人，就是那位給我們出主意並自願做眾人裁判的旅店主人說：「看來我的主意不錯。既然騎士先生已經給我們開了一個好頭，那麼接下來我們就要把故事講得更精彩。我說，修道士先生，是不是你也爲我們講一個有趣的故事呢——我記得你抽到的籤長度僅次於騎士先生的。」

修道士先生還沒有說話，那位喝得醉醺醺的磨坊主開口了。他蒼白著一張臉，在馬上坐都坐不穩，卻逞能地操著一口彼拉多①的語氣、連帽子都沒有脫一下就說：「憑神的名譽起誓，我現在正有一個非常精彩的故事要講給大家聽。」

店主人一聽，馬上很有禮貌地對著磨坊主稍一欠身說道：「萬事都要有個禮數和先來後到，既然輪到了修道士先生，那麼，我的朋友，你就稍後一下再講吧。」

「不行！我肚子裏既然有了故事，那就必須講出來才舒暢。否則，憑上天之靈起誓——我們就各走各的路吧。」

話既然已到了這種地步，旅店主人只有說：「那你就先講吧——真是魔鬼附了身，說話做事都不講究規矩和禮數了。」

磨坊主說道：「各位聽好了——我現在要講的是關於一個木匠和他妻子的故事：這個木匠

吃了一個讀書人②的虧，他的妻子卻另有分說。這個故事我知道——既然我喝多了一點酒，就難免帶有了一點酒氣，所以，如果有什麼地方大家覺得不太妥當或不合心意，就請你們能夠體諒並且不要怪罪於我——要怪就怪那些薩瑟克酒好了。」

聽到這裏，管家有些不服氣地站出來說道：「既然你已經知道自己的故事會有不妥之處了，那你倒還不如不講了的好。再說，你的事情還會牽扯到人家的妻子和一個讀書人，這不是極不合道德的嗎？」

「你怎麼能說我的故事不合道德呢，我親愛的兄弟加朋友？既然有人能夠做出那樣的事來，我就不能講出來嗎？再說，你也知道，這世界上的女人們，一千個中也才只有那麼一個是好的。既然一個人有了老婆，就難免會有機會當王八——這種事誰也知道。當然，這並不是說你，我和你一樣，都有一個好老婆。憑著上帝的名譽發誓，我的老婆絕不會做出什麼有損我的名譽或讓我戴綠帽子的事來。既然這樣，還有什麼可怕的東西能讓我們不要講這些故事呢？」

這個磨坊主，自以爲思緒清楚，認理正確，才不管人家會不會說什麼，就要往下講他的故事。既然這樣，我也沒有什麼話好說了，只除了按照他所講的把故事複述下來。如果他講得很粗鄙，又下流，我也只有複述得很粗鄙很下流——如果不這樣，那和白酒裏摻假又有什麼區別呢？如果有人覺得這樣的故事實在有損自己高貴的耳朵，那麼儘可以把這一章故事翻過去另找一個，後面有的是高貴而又聖潔的故事，千萬不要在一根繩子上吊死，更不要因爲這樣一個粗鄙下流的磨坊主就把我來埋怨和責罵。

——下面就是磨坊主的故事。

從前，在牛津有一個木匠，他有著一門好手藝，還有著幾間小房屋以租賃，所以資產倒也頗豐。在他的租客中間，有一位是來自某個學校的窮學生，靠著親友和家庭的支持，日子過得還不算糟糕。

這樣一位學生模樣的人，報了文學的課程，卻對星象學有著濃濃的興趣。在他的書桌上，有關語法、修辭、邏輯這樣的書不多③，測量天體高度的星盤和用來做運算的算盤卻堆了很多。如果你要想知道哪一天會下雨，哪一年會乾旱，那就去問他好了——在這方面的推算上，他倒是還沒有出過錯。

這位學生名叫尼古拉，有個外號叫特殷勤。除了對星象學有一點瞭解外，最拿手的就是對女人心事的猜測和偷歡作樂。他靠了一張白白淨淨的面皮和一副溫溫順順的性格，獲得了許多女人的歡心——其實，對於他的內心，誰又能知道是不是也是那麼溫順呢？他從木匠那兒租來一間小小的房屋，裏面佈置了些鮮花芳草，一方紅絲巾罩在衣櫃上，上面還放了一只索爾特里琴④。每到夜晚，夜深人靜的時候，這位獨居的學生就拿起那把琴，放開歌喉，先唱一首優美的讚美歌，再唱一首流行的小調子。整個大街都能聽見他那悠揚的歌聲，每到這時，女人們就會在心底裏默默讚嘆幾句。

話說這位木匠不久前剛剛娶了一位新娘。新郎雖然已經是上了年紀的人了，新娘卻還是個年輕的姑娘。生就一副小巧嬌羞的身材，無論誰看了都會喜歡。面皮就像剛開了的梨花般嬌嫩，小嘴比櫻桃還要好看。姑娘穿著一襲白色的裙子，上面紮一條絲綢織成的腰帶。衣領、襯裏上都繡了小花，黑線白底對比的比春天的花還豔。她的帽子上有幾條緞帶，是根據衣領的顏色和形狀來搭配的，再加上那高高束起的頭髮，使她整個人看上去很妖媚。姑娘還有一雙漆黑如夜的眼睛，配上紅色的櫻唇，看著就讓人感到舒心。如果說她是倫敦塔上的金幣，或者說是春天剛到時的第一隻報春鳥，那絕不是誇張的語言。尤其是這位姑娘還有一副很清爽的歌喉，唱起歌來時就像夜鶯在嬉戲。這是人們口中的小寶貝，無論哪一個富人都想把她娶回家。

木匠不知道從哪裏飛來的運氣，竟然討到這樣的好老婆。整天跟調皮嬉戲得如同母羊後面的小羊一樣，那低垂的胸口直惹得男人們往她身上看。而這個老年、沒有多少知識文化的木匠先生，雖然不知道加圖⑤先生曾說過「婚姻應是門當戶對的」這句話，卻也知道自己娶回的是一朵嬌豔的花。他愛她就像愛自己的生命一樣，恨不能整天把她裝進自己的口袋中，因爲他知道自己這樣的人很容易就戴綠帽子，總得想個法子把她圈在籠子裏。

我們先不說木匠做了哪些打算——我想這樣的打算每個男人都知道。單來看一看他那位十八歲的新娘是如何做的。

有一天，那位木匠去了奧斯納，留他妻子一個人在家。住在他們隔壁的小夥子尼古拉跑過來，摟著新娘的細腰說：

「啊，親愛的，你可知道我有多麼多麼的喜愛你嗎？爲了你我可以不吃又不喝。愛情之神將他的箭射中了我，親愛的，如果你不能答應我的要求我就會死去。求求你了，現在馬上就愛我吧！」

小夥子說著就要去動手，這時新娘子把腰用力一扭，就像馬兒不願意被人家捉住釘上鐵掌一樣，從小夥子手中掙脫出來。她用手指著小夥子的額頭說：「尼古拉，你沒有這種權利這麼做。我決不會吻你，你也決不能碰我，否則我就要大聲喊救命，讓所有人都來看看你是個什麼樣的人。」

尼古拉見狀，單腿跪地向著姑娘苦苦哀求，說盡了世上一切最好聽的話語。姑娘最後沒有辦法——她被小夥子的深情深深打動，於是就答應以後如果有機會，一定願意照著他的意思去做——當然，這種機會要姑娘親自通知小夥子他才能知道。因爲姑娘的丈夫是個很有醋心的人，如果被發現，姑娘的命運必定會有很不尋常的改變。

小夥子撫著姑娘的手說：「這有什麼可擔心的，如果一個讀書人連一個老木匠都鬥不過，那他還有什麼臉面繼續活在這個世界上呢？」

姑娘聽了滿心歡喜，於是就和小夥子一陣親熱以後，各自發了一個海誓山盟。小夥子臨末還爲姑娘彈唱了一曲，曲調優美又富有挑逗性——二人玩得非常盡興。

這以後有一個禮拜日，姑娘要到她那個教區裏的教堂去，她先把家裏擦洗得乾乾淨淨了，就把自己也打扮得光鮮亮麗。這個教堂有個人名叫阿伯沙郎，一頭黃金般的捲髮從中間分開梳下，一雙灰色的眼睛像遠處的天空。他是教堂的管事，諸如替人放血、剪頭髮、刮鬍子都歸他負責，有時還替人寫寫地契和租賃文書。平日裏穿件短的藍外衣，穿在身上不大不小不肥不瘦，很招人喜歡。但到了做法事或禮拜的時候，他就會在上面加上一件雪白的法衣。

阿伯沙郎的風度整個城市都知道，你到隨便哪個店鋪酒館的侍女跟前問一問，她們都會對你說：「阿伯沙郎最聰明，富有紳士風度。二十幾種舞步他都會跳，六弦琴、三弦琴他也會彈。隨便一首歌你挑出來他都能唱出，只是說話做事有些小心翼翼——就連放屁也要看看周圍人的臉色。」

阿伯沙郎的另一個風度是每到聖日爲女客教徒薰香完畢後，他從來不收女人們的錢。他總說爲女士效勞是他心中所願，出於禮貌和尊敬他決不能收她們的錢。尤其是到了那天木匠的妻子參加聖日活動時，阿伯沙郎簡直就像是久枯的樹木看到了春天。他的眼睛流露出深深的愛意，傾注在姑娘的身上久久不願離開。但姑娘對這一切好像很不在意一樣，也許她是真的沒有看見。

這樣，到了月亮高升的時候，不能入眠的阿伯沙郎就拿著那把六弦琴，出發來到了木匠家的窗戶前。報曉雞已經叫過第一聲，阿伯沙郎擺好姿勢，在那扇拉著的窗戶前用深情的聲音唱道：「我親愛的姑娘，請你聽聽上帝的聲音吧，他正在爲一個可憐的人兒而嘆息。」

歌聲吵醒了睡在床上的木匠，他翻個身問妻子道：「艾麗莎，你可曾聽到有人在外面唱歌嗎？怎麼好像是阿伯沙郎的聲音？」

艾麗莎回答道：「是阿伯沙郎的聲音，天哪，他想幹什麼！」說完後，嬌小的身體翻了個，繼續睡她的覺，可憐的阿伯沙郎卻還在窗外不停地唱著。就這樣，日復一日，艾麗莎聽了阿伯沙郎的歌聲毫不動情，阿伯沙郎卻漸漸消瘦了下去，他想辦法讓人把他買到的最好的禮物給姑娘捎去，還親自下廚爲她做美味的糕點、餡餅。要想得到就必須有所付出，他這樣對自己鼓勵說，卻不知道美麗的姑娘心中只有俊俏的尼古拉先生。阿伯沙郎費盡了心不能得到姑娘的青睞——有一次他還試圖以在舞臺上扮演一個角色來吸引姑娘的目光，可這一切給他帶來的只有恥笑和譏諷。人們都說，阿伯沙郎就像一隻猴子一樣，卻不知道艾麗莎的身邊有了情人。

艾麗莎和尼古拉商量，要找一個好的時機把愚蠢的丈夫好好捉弄一番，這樣，說不定他們從此後就可以整天混在一起，晚上也可以互相摟著睡覺。他們把這個日子定在了一個星期天，那天木匠又要到莫斯納。木匠走後，尼古拉就讓艾麗莎把許多的食物和水偷偷地送到他的房間——這些東西足夠他在裏面吃上幾天，然後吩咐，如果木匠回來後問起他，就說不知道他去了什麼地方，也不知道他現在怎樣。說完他讓艾麗莎趕快出去，自己就從裏面把門插上。

艾麗莎回來後待了不久，就讓傭人上去喊尼古拉先生下來，說有事找他。傭人回來彙報說，尼古拉先生的房門緊鎖著，裏面沒有任何的聲音。就這樣過了一個星期天，小夥子在屋裏偷偷地呆著，吃著艾麗莎爲他做的新鮮點心，再翻上一會兒他的書。黃昏時刻終於來臨，木匠回家後許久不見尼古拉，就問起住客的情況，妻子和傭人一問三不知，這讓木匠很懷疑。

「真是怪事，」他想，「難道他是病了？願上帝保佑，千萬不要讓他出什麼事。上個星期我才看見有人被抬到教堂，這個星期難道又要讓我遇上一樁？不行，我得派人去看看。」他吩咐傭人上樓去敲敲房客的門，再喊幾聲，可傭人下來報告說樓上一點動靜也沒有。木匠慌了手腳，於是就親自跑上來查看。他知道在樓上房間的門鎖下有一個小洞，可以往裏看到房間正對面窗口處的一切，於是他就輕輕走到房客門前俯下身子，正好看見那個叫尼古拉的青年坐在一張椅子上正抬頭往天上看。他膝上攤著一本厚厚的書，兩眼發直，嘴巴大張，就像魔鬼附身一樣一動不動。

「我的天，他不會是癡了吧！聖菲德斯懷德，救救我們！我知道讀書的人不會有好下場——

上帝已經告知了我們一切，他卻偏偏還要去自己研究什麼，這不是和上帝做對嗎？俗話說，天機不可洩露，窺探天機就等於違背上帝的意旨，這不報應已經來了麼！

「不行，我得去叫醒他。憑上帝耶穌的名譽發誓，告訴他一定不能再做什麼書呆子——看我們不讀書的人不是也吃得好穿得暖更有福氣嗎？」想到這，木匠吩咐僕人去拿一根棍子來。他力大無窮，把棍子插到門下一撬就把門給卸了下來。

尼古拉依然大張著嘴巴坐著不動。木匠衝過去抓住尼古拉的雙臂使勁搖晃，大喊道：「醒醒吧，尼古拉，不要再犯癡呆研究什麼天文了，想想耶穌受難，把頭向地上看看吧。我會替你驅除邪魔鬼怪的。」說完，木匠推開傭人衝到門口，對著門前的耶穌像大聲祈禱道：「聖耶穌基督，救救我們吧。不要讓魔鬼前來附身，不要讓邪魔侵入人心。」

終於，那位「癡呆」了的尼古拉長出一口氣開了口：「唉，難道真的要毀天了嗎？」

木匠說：「什麼？你說什麼？靠了上帝耶穌的聖靈，求你醒醒吧！」

尼古拉動了動身子，急切地說道：「親愛的房東先生，給我點東西喝吧，喝完我有重要的話對你講——你一定要聽，這是有關你我性命的重要大事。」

好奇的老房東急切地想知道他將會有什麼有關性命的大事，於是就派人下樓趕快取點他櫃子裏最好的麥芽酒來。二人各自喝了一碗下肚後，尼古拉站起身子走到門邊，向四周看了看，就退進身子緊緊地把門關上。

「我尊敬的房東先生，我敬你是一個善良而又誠實的好人，所以有一件秘密要和你分享。這是上帝給我的旨意，不過，你要先發誓絕不會洩露給其他人知道，我才會把它告訴你。否則，你就要遭到雷打雷劈，受上帝耶穌的懲罰。」

木匠一改想教訓人的口氣，用莊嚴的神情發誓道：「我主在上，要是我有一句半言洩露給別人，包括我的愛人老婆知道，就讓我死後不得升入天堂。」又說道，「我向來就不是一個愛閒聊的人，有什麼事我絕對會守口如瓶的，就請你快說吧。」

於是小夥子說道：「你知道挪亞時代，上帝曾經降過一場大雨吧！那場大雨把整個世界淹了個片土不露，人類只剩下了挪亞一家。

「這幾天，據我觀察，天邊有一顆預示大雨的星星竟然殞落，這說明不久後我們現在的世界也將會有一場大暴雨，它的厲害程度只怕比挪亞時的大雨還要大——那時這星星不過是暗淡了許多，可現在它竟然不見了。你說這是不是一件人命關天的事啊！」

木匠大驚失色地叫起來：「哎呀，我的天哪，那就是說我的妻子，美麗的艾麗莎也會被淹死嗎？」

「毫無疑問。」

「天哪！我最最尊敬的尼古拉先生，您能推斷出這會是什麼時候的事情嗎？」

「據我計算，下一個星期一晚上九點，總會發生。」

「哎呀呀，我主在上！」木匠都快被嚇癱了，只知抓住尼古拉的肩膀大聲問道，「您可有什麼呼救辦法？」

「憑上帝起誓，」尼古拉說道，「辦法當然是有的。就像上帝預告挪亞一樣，你是一位善良老實的好先生，自然上帝會照顧你的——如果你能保證按我說的去辦，連你的傭人僕人也不知的話，你自然會被得救。事情很緊急，你現在就去找三隻木盆吧——一定要大得能夠浮在水面裝下一個人才行，還要準備三個人一天吃的充足的食物——據我推斷，這場洪水到第二天早上九點就會退下去的。

「等你爲我們準備好三隻大面盆後，就要把它們悄悄掛在椽子上，這樣人們看不出我們用它的動機，也不知道食物就藏在裏面。這一切都做好以後，你還要準備一把斧頭在手邊，等到一見有洪水，就要立刻把拴盆子的繩子砍斷。在花牆朝馬廄的地方你要打個洞，等到洪水一退下來時我們就能自由返回自由暢遊。到時候連著你的妻子艾麗莎，我們就是整個世界的新主人。

「不過有件事我要特別提醒你，就是到那天晚上任何人都要保持靜默不准說話，上帝聽見了會讓艾麗莎回頭，她就要變成了一堆石頭。還有，你和艾麗莎的盆子要距離遠一些，免得到時情難自禁，胡作非爲，染汙了上帝的眼睛——就是眉目傳情也不允許。

「好了，我該說的已經說完。俗話說，對聰明的人你不用交代得太清楚，他就會明白，我想你已經完全明白了我的意思。千萬不要洩露秘密，現在就去準備吧。願上帝保佑我們——救命要緊——阿門。」

愚蠢的木匠離開後就開始長吁短嘆起來。他的妻子艾麗莎假裝好奇地問他是怎麼回事，他向四周看了看，再上前把門閉緊，就把秘密洩露給了妻子。

「哎呀呀，上帝保佑，我的夫君啊你聽我說，我是你明媒正娶進來的老婆，我對你體貼又關心，你可千萬要聽從尼古拉的忠告，救我啊！我親愛的夫君。」艾麗莎裝出一副吃驚而又恐慌的神情催木匠趕快依計行事去，木匠領命而去。

唉，幻想這東西真讓人不可琢磨。它讓木匠的眼前不斷出現洪水沖垮一切的景象，還讓他美麗的艾麗莎在水中掙扎著喊救命。一想到艾麗莎將會有生命的危險，木匠就加快動作製作了一架梯子。他爬上屋頂把找來的三個面盆好好地掛在椽木上，裏面還放上了足夠的食物和一把斧子。做這一切的時候，他把家裏的奴僕和女傭一起放了假，告訴他們一家要去倫敦旅遊，這段時間不會在家。

時間很快就過去。到了星期一夜幕降臨的時候，三個人悄悄順著梯子爬上了屋頂，摸索著坐進面盆裏，每個人都緊閉嘴唇。木匠把耳朵豎得比任何時候都直，想提前聽到洪水來到的聲音。做這事的時候，他還一邊在心裏對上帝祈禱說：「萬能的主啊，求你一定要救艾麗莎和我。」說著說著，木匠的眼皮不由地往下掉著，沒過多久，他的木盆裏就傳出了一陣響亮的鼾聲。

尼克拉和艾麗莎心裏竊喜，沒有商量就各自順著梯子爬下了地。二人一言不發進入屋裏，轉眼間就摟著上了木匠平時睡的床。興高采烈的歡呼呻吟和動作，尼古拉、艾麗莎這對男女不顧屋頂的木匠，只忙著尋歡作樂。直到遠處報曉雞叫了一聲，教堂上的大鐘敲響了黎明的警鐘，木匠的屋裏還傳來陣陣歡聲笑語。

我們再來說說那位教堂的管事阿伯沙郎。自從遭到艾麗莎的拒絕，他備受人們的奚落，日子一天一天過去，他的身形也一天一天瘦了下去。有一天他到奧斯納的朋友那裏去做客，又想起艾麗莎來。他想，今天是星期一，艾麗莎就住在這裏，不知道木匠在不在，不在的話我就要再去向她求求愛。滴落的水可以穿石，經久的行動可以打動她的心。主意打定了他就出發到奧斯納去，先找那位修道院的朋友，向他打聽木匠的情況。

「從星期六到現在我都沒見到他的影子，我想一定是院長派他到外地做些事，每個星期一他都做相同的事，就是替修道院購置木材，如果天氣晚了他就在那些地方住上一宿，到第二天中午才能回家。」

阿伯沙郎一聽心頭高興，尋思著自己這幾天悲傷終於有了個頭。「既然木匠從晚上到第二天早上都不會在家，那我何不好好把握這個機會。我要到艾麗莎的牆下敲敲她的窗，向她訴說我對她的相思病。如果她不能像愛木匠那樣愛著我，至少我可以求她親親我。這樣從上帝的角度來說，對人才公平，也可以解了我多日來的欲念之火。怪不得昨天夢見吃雞吃鴨，嘴巴香噴噴，原來今天上帝賜我一個好福分。」

色迷心竅的阿伯沙郎越想越開心，整點裝束，不到天亮就來到了艾麗莎的家外。他先把幾片成雙草的葉子放在口中嚼了嚼，這樣就能噴出香噴噴的口氣，然後他來到了艾麗莎的窗前。那面窗戶在牆的正中間，高度還不到阿伯沙郎的胸間。阿伯沙郎用手敲敲窗櫺，把耳朵貼在窗口，小聲地叫道：「親愛的艾麗莎，我最最甜美的小寶貝！夜色是所有情人行動的幕帳，求你現在就聽我訴說衷腸。我愛你愛得茶不思飯不想，卻為什麼得不到你的回應，難道你看不見我渾身淌著的熱汗，就像饑餓的小羊想著母羊一樣，急切地想著你。」

「滾開，傻瓜！」艾麗莎隔著窗口說，「我愛的人已在我的床上，不要讓亂言穢語汙了我的耳朵。如果你不聽勸告離開這裏，我就要大聲喊人讓你做不成教堂管事。」

「這可真是傷了我的心。」阿伯沙郎說道：「我對你的愛就像耶穌對你的愛一樣，你卻一點都不知道。至少你應該給我一個吻，安慰一下我受傷的心吧，否則，我就攪擾到你不能入睡。」

「給你一個吻你就會離開，並且發誓不會再來嗎？」艾麗莎對躺在床上的尼古拉悄聲說道：「快起來，親愛的，我讓你看一個笑話，保準你會開懷大笑。」說完她又對著窗外說道：「那你閉上眼睛不許偷看，吻完了就要快點離開。」

阿伯沙郎已經雙膝著地，焦急地等待，「我的心肝寶貝，求你發發慈悲快點來，我發誓我的眼睛緊閉得會像盲人的眼睛一樣，什麼也不看。」

艾麗莎匆匆把窗打開，挪動身子把一個部位探出去，「快點吧，鄰人們看見了我就要沒命。」阿伯沙郎把嘴唇擦了個乾乾淨淨，閉著眼睛往前一探，溫溫熱熱碰著了一個東西，阿伯沙郎使勁用嘴咂吧了一口。站起身來退後一步，還在回想剛剛的滋味，猛然間就覺得哪裏不對。「女人的嘴唇怎麼會有鬍鬚，而且還粗粗糙糙那麼長？」

窗內的艾麗莎聽了「嘻嘻」一笑，便把窗關了個死。

「女人的鬍鬚？哈——哈哈！」尼古拉明白了是怎麼回事，捧著個肚子笑得直打滾。

阿伯沙郎氣得身體發顫，昨晚的欲火像被冷水澆了個遍。「我竟然爲了個女人受人侮辱，此仇不報我枉稱男子漢。」有了這念頭，對艾麗莎的相思病飄然而去，阿伯沙郎就像換了個人似的又有了精神，他徑直來到鎮上打造鐵器的鐵鋪前，小聲敲門把維斯師傅喊醒。

「天哪，這麼早你不在教堂裏布餐來我這裏幹什麼？可是有哪個騷貨讓你睡不著，你想找我聊一聊？」

此時的阿伯沙郎對所有的打趣聽而不聞，直接走到鐵匠爐前那把燒得通紅的犁刀前，「把這個東西借給我，不用多會兒我就會把它歸還。」

「要借金子銀子我不怪你，借一把犁刀我實在覺得好奇。」

「這種事情你不用管，明天我告訴你，你自然就會明白。」說著，阿伯沙郎拿起那把犁刀的柄就離開鐵鋪直奔艾麗莎家。

來到艾麗莎的窗子下，阿伯沙郎學著剛才那個樣子甜蜜地叫著艾麗莎，說：「我的母親留給我一個大大的金戒指，我要把它獻給我最親愛的人，如果你能讓我再吻一下，我就把它送給你。」

尼古拉聽了，心想再捉弄阿伯沙郎一番，他想好了一個主意，讓艾麗莎答應著把窗口打開，他自己卻把屁股伸了出來，還盡力地往後面蹭著，希望能好好地感受一下那種滋味。

「說話呀，親愛的，我看不見。」阿伯沙郎又低喚了一聲，尼古拉聽了，心裏一激動不由地就放了一個大大的響屁。臭氣把阿伯沙郎熏得差點昏過去，不由得怒火從心底裏湧起。舉起手中的火犁朝著暗夜中的東西刺過去，這一搗不偏不倚正中尼古拉的屁股中間。兩邊的皮被各燙掉一半，尼古拉痛得差點死去，大聲叫喚艾麗莎：「水！快點！水！」屋頂上的木匠猛然間從夢中驚醒，聽得有人發瘋似的喊「水」！顧不得左右看看更不敢互相叫喚，操起身旁那把斧頭，對準了繫在椽木上的繩子就砍了下去。「叭！」還沒有等他反應過來，連人帶盆就全都掉到了屋頂下，只摔得木匠頭暈眼花心轟鳴，兩腿一蹬就昏死了過去。

尼古拉和艾麗莎聽得聲響，驚得一下子跳下床，打開門一看，二人張口就喊「救命」。

四鄰八舍圍過來看木匠，就見他躺在地上，口吐白沫不省人事。尼古拉和艾麗莎向著眾人說，可憐的木匠得了可憐的幻想病。「他說挪亞時期的洪水又要來了，這個世界今夜就要毀滅。爲此，他買來了三隻大木盆，要讓我們各坐一隻離開這兒。憑上帝的名譽發誓，他一定是得了幻想症。」

驚慌的眾人平息下來，開始譏哭木匠的胡思亂想。女人們大聲祈禱，希望上帝降福給這個可憐的木匠，他想幹出點不平凡的事來想瘋了。從地上清醒過來的木匠張口想辯論，可惜尼古拉和艾麗莎的聲音不比他的低。再說，人們也沒有心情再去聽一個瘋子說什麼話，只是互相傳告鎮子上的人說：「他真的瘋了。」

從此後，木匠雖然醋心依舊，可卻是有苦難言。他把老婆關在屋子裏不讓出來，可誰知她在屋子裏就和人睡覺。她讓阿伯沙郎吻了她的那個地方，還讓尼古拉爲她燙傷了屁股。你們說這個故事有趣沒趣，到這裏它就全部結束。

——願上帝保佑我們每個人不要做了那個木匠和阿伯沙郎。

①彼拉多（?～36）羅馬的猶太總督（26～36），曾主持對耶穌的審判，並下令把耶穌釘死在十字架上。
②中世紀時的這種讀書人，指大學生或受過大學教育的人，而受教育的結果往往是擔任聖職。
③當時文科學生學的七門課程中，前三門是語法、修辭、邏輯。
④索爾特里琴是中世紀的一種撥絃樂器。
⑤這位加圖似指狄奧尼西·加圖，他生活在三至四世紀。中世紀時有一本用作識字課本的諺語集據傳是他的作品。

管家的故事

磨坊主的故事聽了讓大家發笑。雖然各人有各人的看法，但所有人對那個木匠都抱以譏諷。這讓在場的一位聽眾下不了臺，他就是與我們同行的那位管家先生。我們前面說過，他沒做管家以前，就先做的是木匠的營生。

「聽我說，各位先生。雖然可惡的磨坊主講了這樣一個下流而且卑鄙的事情，但這不表示我就沒有比他更厲害的故事。現在我就要還給他一個更可笑的命運，以報復他對我的不敬和譏諷。

「你們大家都可以看出，我的年齡已經過了青春的時候。睜眼胡鬧變成了冷靜思考，我的頭髮也由烏黑變成了雪花，剩下的幾根只不過是秋末的乾草，或者說是過了季的韭菜，枯得沒有了活下去的力氣。而我的心就如我的頭頂一樣，在經過青春到它花白的時候才成熟起來。當然，就像是桃子成熟了就預示著它快要腐爛了一樣，心成熟了也就離死亡不遠。

「以前，人們一吹響笛子，我們就開始跳舞，現在已經沒有那份活力了。但身體的衰弱並不等於心靈的枯竭，蠢動的欲望仍然在我們心頭激蕩。

「年輕的時候，我們的生命就像是一桶酒。上帝在把我們放在這個世界上的那一刻，就把桶塞給拔掉了。隨著時光的飛逝，生命之溪也在流淌。到如今，我這個桶已經沒有了大杯大杯香甜的美酒，卻還有幾條沒有乾枯的細流在桶沿滴下。還有，人們口中依然還有一種餘香在回繞，這就是對以往生活的回顧。

「年輕給年老留下了四點餘火：添油加醋的吹捧、不知羞恥的胡說、無緣無故的發怒和沒有節制的貪婪。現在，我就要用我剩餘的慾火和還沒有枯爛的舌頭對你們說一說這類的故事，請大家仔細聽好了。」

對一個老人囉哩囉嗦說了這麼多，我們的店主人有些不耐煩了。他用一種仲裁者的口吻對管家說：「我們的旅途已經進行了這麼多，看，先生們，馬上就到德普福了。現在是九點鐘，如果你有什麼故事就趕快講出來吧，這樣我們就可以邊聽著邊走到格林威治去。難道你在家讀《聖經》讀得多了，非要在這裏以魔鬼的名譽給我們說教嗎？」

「店主先生，你實在是冤枉了我。我不想浪費大家的時間，但有一個聲明要提前：磨坊主先生剛才以一個故事來諷刺我，現在我就應該以牙還牙也給他講一個。我主有言說『爲什麼你只看見你兄弟眼中有刺，卻看不到自己眼中有樑木呢』①，磨坊主人就是這樣。所以，我要講一個故事來給大家聽，希望上帝准許我報復他。」

——管家的故事現在開始。

這個故事不是發生在牛津，而是發生在康橋。它是一個千真萬確的事情，主人公就是那個名聲昭著的磨坊主先生，地點就是我說的離康橋不遠的那個特魯平頓地方。

這是個吹笛、釣魚、織網樣樣都精通的傢伙，除了磨麵還會摔跤、射箭。由此，他就有了吹捧自負的資本，對人狡猾又不客氣。雖然他長得並不怎麼起眼——光溜溜的腦袋上沒有一根雜草，圓圓的臉好比是一張大石板——但在他那個地方卻是個有威勢的人。他的身上經常帶著一把磨得鋥亮鋥亮的大腰刀，在口袋的皮套裏還有一柄鋒利的匕首。與人說話有了氣，他就會拔出別在長襪裏的那把設菲爾德刀②。所以全鎮上沒人敢招惹他，即使他又偷又會搶。人們都叫他蠻橫的西姆金，說他這堆臭牛糞倒是娶了朵好鮮花。

磨坊主的妻子是鎮上牧師的女兒，論出身倒也還算是個千金。結婚以前磨坊主說過：「要是找不到一個有教養的好女人，我這一輩子倒還不如不結婚。」牧師聽了很高興，說這樣的男人有志氣。結婚的時候奉送給了豐厚的嫁妝，既壯了女婿的家財，也抬高了女兒的身價。

牧師的女兒與磨坊主真的是一對很好的搭檔，剛出修道院的時候也高傲得像喜鵲一樣。結婚後每當去參加聖日活動，總是男的走在前面，女的跟在後面。女的身穿一身紅色的長裙，男的腳上也套一雙紅色的長襪。一路上人們見了他們總是恭敬地叫一聲「西姆金先生」和「夫人」，沒有一個人敢想著去撩逗——西姆金是出了名的大醋罈，身上有刀又有劍，除非你是活得不耐煩。再說那個女人名聲也不好，碰著她就等於陰溝裏翻了船。她擺出一副受了極好教育的高貴樣子，只因爲是從修道院裏出來，就要等著其他人家的女人來給她請安。

這對夫婦除了有一個二十歲的女兒外，還有一個剛剛半歲的兒子。他們的女兒長得很結實也很俊俏，生就高鼻灰眼飽胸脯，一頭金黃的頭髮最惹眼。她的外公見外孫女生得如此漂亮，將來少不了來求婚的高官貴族，於是就想讓她繼承他的產業，包括他在教會的所有不動產。爲此他不惜把神聖教會據爲己有，還放出話來說，達不到要求的條件，就別想來向他的外孫女求婚。

毫無疑問，從此後磨坊主家的生意又好了許多，人們從四面八方把麥子送來讓他們磨。就連離他們很遠的那個索雷爾館——康橋的一個大學院，也把他們的東西送來交給磨坊主，只是那時還有一個管事的人在旁相助。磨坊主心裏高興手上可沒軟，趁著沒人偷了麥子又偷麵。對著人家他還說自己從來都是清清白白做人、誠誠懇懇幹活，不偷不搶只憑著良心生活，「這不是上帝的意旨麼，我們是他老人家的良民，自然要按他老人家的話去做。」

話說修道院裏有兩個調皮的窮學生，據說生於斯特羅鎮一個不知名的小地方。看到伙房管事人生了病，磨坊主竟更放肆地百倍偷起東西來，於是就請求院長答應讓他們去治治那個人。仁慈的院長不答應，兩個學生就三番五次地胡鬧哀求，終於院長受不了他們的蠻纏，答應讓他們去看看磨坊主是否真的有做假行爲。兩個青年誇下海口說，要是不能把磨坊主的罪行揭露出來，他們就不會活著回來。這兩個青年，一個叫約翰，一個叫阿倫，在我們以下的故事中將會占主要地位。

阿倫和約翰準備好了兩袋麥子，掛在各自的馬前就出發了。他們帶了刀和盾牌，因爲認得路也沒有請嚮導。不久後，就到了小溪邊磨坊主的家，二人把麥子卸下，走進屋裏和主人打招呼說：「早安，親愛的西姆先生。你的生意還不錯吧。」

「是什麼風把你們二人吹了過來，我代表我的妻子和女兒向你們表達最衷心的歡迎。」西姆金一臉笑容迎了上去，邊說還邊幫他們把麥子放好。

「俗話說，別人不幹的事自己就要幹。我們院裏因爲管伙食的人牙疼得快要了命，所以院長就派我們來請你幫忙，把這些麥子磨一下。你能馬上就替我們磨嗎？」穩重的約翰說。

「當然可以。只是在我磨麵的時候，你們二位可還有其他貴幹？」

「沒有了，西姆先生，」約翰說，「不過，我聽說磨麵的過程很是有趣，所以我打算站在磨斗旁看一看麥子是怎樣進去又怎樣出來的。憑著上帝的名譽發誓，這種事情我從來也沒有見過。」

阿倫見約翰開了口，也急忙緊跟著說：「憑著我父親的在天之靈發誓，西姆先生，這種情況我也像約翰一樣是個外行。所以我打算也站在磨斗的下面，看一看粗陋的麥子是怎樣被灌進麥槽，又是怎樣變成細細的麵粉篩出來。」

精明的磨坊主人一眼就識破了他們的詭計，奸詐地一笑在心裏想道：「兩個乳臭未乾的小子竟然想來算計我？論學問你們雖然比我讀的書多了一點點，要論才智和聰明你們卻還不及我的一半。既然你們想要我出醜，我就要你們更不好過。那種事情只需要個手段就可辦成，我要把麵粉換成麥麩讓你們帶走。」

磨坊主人不動聲色地應付著兩個青年走進磨棚，顯出很賣力的樣子把麥子倒進磨鬥。磨麵的過程中，他瞅準一個機會溜了出來，走到兩個青年拴馬的地方——那是他們家屋後的幾棵綠樹地，兩匹高頭大馬正拴在其中的一根上。磨坊主人手腳俐落地把韁繩解開，兩匹馬兒就像解放了的黑奴一樣飛奔而去。幹完這一切，磨坊主仍舊回到磨棚中，一邊往磨斗裏加著水，一邊就把粗糙的麥子磨成了雪白的麵粉。他還和兩個青年一邊閒聊著，一邊幫他們把袋子紮牢。兩個青年心裏竊喜，以爲真的把這偷麵粉的賊的氣焰消滅了，高高興興背著麵粉走出屋子，一邊還和主人說著告辭的客氣話。可等他們走到屋後的時候，就發現他們的馬兒不見了。

「親愛的阿倫，我的兄弟快來看，我們的馬兒去哪裏了？」約翰驚慌地喊道，「那可是院長最喜歡的兩匹馬！」

「我看見你們的馬兒掙脫韁繩，朝著沼澤地的方向跑去了，因爲你們兩人中的一個沒有把牠拴好，而牠又恰巧聽見了沼澤地裏母野馬的嘶叫。」磨坊主的妻子跑出來說。

「阿倫，你這個大傻瓜，爲什麼不把馬兒好好拴牢，卻給牠機會到處亂跑！現在我們必須帶上刀和劍到沼澤地裏去追，願上帝保佑牠們不要跑得太遠！」約翰一邊大聲埋怨著阿倫，一邊飛也似的衝出門外，阿倫緊隨其後，兩人剛才的機智與精明都已不見了蹤影。

磨坊主人看他們的身影越來越遠，直到再也看不見，於是就走回來從他們的麵袋裏挖了兩斗麵出來。「你去把它和成麵做成點心放在門後，我相信這兩個傻瓜回來一定找不到任何破綻。」磨坊主人吩咐他的妻子道，說完他們就各自去幹各自的事情了。

再說兩個倒楣蛋一路跑來一路互相埋怨，約翰說：「我真是命運不濟，想要治治別人卻選了個你。」

阿倫說：「你早先衝動誇下大話，現在回去一定會遭所有人的笑。我們只有把馬抓住了，才會減少一點這樣的羞辱。」於是二人又拚命追起馬來。

馬兒跑到了沼澤邊，約翰和阿倫也追到了沼澤邊，馬兒抬起後腿向後踢，阿倫不幸被踢翻。二人費了好大一番力氣，最後終於在一條小溝邊把兩匹馬都捉了起來。

「看天色已經不早，只怕我們今天不能回到學院了。」快走到磨坊主家時，滿身濕漉的約翰開了口，阿倫也抬頭看了看天：「我已經沒有任何力氣再往前多走一步了，所以我們今晚只得借住在磨坊中。」

二人回到磨坊主人家時，發現主人正坐在熱乎乎的爐子邊。阿倫懇求他看在上帝的面上，留他們住上一宿，並且供給食物和水。

磨坊主人不緊不慢地說道：「按照上帝的旨意，我本是應該留你們一宿的，但是你們二人自己看看：我的家就這麼一間房子大，除了我的妻子和我外，還要睡下我們的女兒和兒子。沒有空地留給你們，你們總不能憑著讀書人的嘴把一間說成兩間、把我的無奈說成吝嗇吧。」

「神靈在上，我們決不敢這樣子說您和您的房間。」約翰又哀求道，「只是天色實在太晚，而我們又沒有了力氣。俗話說的好，『沒有不付酬金就得來的美味』，因此，我們情願給你大量的金錢，只要你能讓我們住下，並供給我們吃喝。」

磨坊主人一聽，馬上讓女兒去鎮上買些烤麵包燒肉，再買些上好的酒來，還吩咐他的老婆去把馬兒重新拴好，免得半夜再跑。他親自到自己的房間爲兩位青年把被子和毯子拿出來，鋪在地上，旁邊就是他的床。而他女兒的床鋪則是在離他自己不遠的地方——房間就這麼大，要想所有人都睡下去就只能這麼辦。

三個人在一起烤火喝酒說了許多話，直到深夜人靜了才決定上床。磨坊主人先上了他的床，因爲他今天心裏高興，難免喝得多了一些，到現在已經醉得不成樣子了：滿臉不是發紅而是煞白，光禿禿的腦袋還泛著青光。他一邊說著含混的誰也聽不清的話，一邊栽倒在床上。他的老婆人也有了點飄飄然，於是就緊隨其後上了床。在她的身邊就是他們剛剛一歲半的兒子，小東西躺在搖籃裏正等著睡到半夜他母親起來給他餵奶。他們的女兒見父母已經上了床，不顧客人也爬上了床，客人見主人都已經入睡，也就上了自己的床。總之，一家人夜深人靜的時候，都已經佔據了各自的地位。

睡得像死豬一樣的男主人發出馬嘶般的鼾聲，在他的旁邊是妻子的伴奏。女兒離父母稍微遠了一些，所以發出來的聲音只能算和聲。這一切的聲音加起來，比一場音樂演奏會還要聲大，我想就是一英里之外的夜行人也能聽見。

阿倫碰一碰約翰問道：「睡著了沒有？你知道這是什麼聲音嗎——他們不會是在做晚祈禱吧？但願野火燒到他們的身上，讓他們停止這種演奏，但願睡神降臨這屋子，給我一個好夢。只是我們今天丟了麵粉又倒了大楣，我心裏不痛快，所以只怕是睡神也不能讓我痛快入睡。

「約翰，我想到了一個法子可以讓我們樂一樂。你聽說過有這樣一條法規嗎——要是你在什麼地方受到了損失，你就應該在什麼地方找到補償？我們今天正好就是在這個地方受到了磨坊主的欺侮，還要給他付出金錢，所以，我們是不是也應該在這個地方得到補償呢。我現在就要去和他們的女兒快活快活，這樣我的心靈才能感到舒暢，約翰，你覺得這個主意怎麼樣？」

「阿倫，你難道不知道那個男人是個非常厲害的人，如果他從夢中醒來，只怕你我都要倒大楣。」約翰回答道。

「我才不怕他呢——而且我也會做得讓他一點都聽不見。好了，我現在已經決定要這麼去做了，沒有什麼能攔住我。但願上帝在天，能夠保佑我！」阿倫說完，起身來到了姑娘的床邊。

姑娘正仰面躺著，微微的鼾聲傳過來表明她睡得已經很熟，不知道身邊有人躺下，也不知道有人正要爬上她的身子。等到她感覺到一切有異，想張口大叫時，可惜為時已晚：二人已經合二為一。

只剩下那個約翰靜靜地躺在那裏，豎著耳朵傾聽聲音，提心吊膽地為自己的朋友祈禱，可是過了大約有一刻鐘之久，除了聽到一小聲歡愉的聲音以外，他卻什麼也沒有聽到。於是他在心裏嘀咕道：「你看我，可真是一個大傻瓜呀！我們今天一起受了別人的氣，阿倫卻用他的冒險為自己取得了補償——此時他正抱著人家的女兒睡大覺呢。可是我呢，卻因為自己的謹慎和膽小而像一堆沒人要的垃圾一樣躺在這裏，還為別人而祈禱。這事要是傳出去，別人不會說我是一個懦夫，一個傻瓜，還會說什麼呢？不行，我也得起來做點什麼事才對——常言不是說『沒有嘗試就沒有成果』嗎！也許我的運氣比阿倫的還好呢。」於是，他也輕輕地爬起來，走到磨坊主人的床邊，把那個嬰兒的搖籃提起來，放到了自己的床邊。

這時，磨坊主人的妻子因為尿急停止了鼾聲，爬起來摸著黑出去小便。等她回到床邊時想摸摸搖籃在哪裏，可誰知伸手處卻摸了個空。「天哪，好險！差點就走錯路上了學生的床，那樣豈不是自己出了個大洋相。」一想到這，她轉身朝另一個方向走去，摸來摸去，終於摸到了搖籃的邊兒。再伸手朝床上再一摸，正好摸見一個空出來的位置。於是她長舒一口氣，什麼也沒想就爬到了上面。

約翰感到有個人躺到了自己身邊，隱約中看出好像是磨坊主人的老婆，他什麼也沒有說，猛地一下子就壓到了這個人身上。磨坊主人的老婆好多年沒有感到過自己的丈夫有這種激情，於是也不顧死活地配合起他的行動。直到雞叫三遍了，二人還在那裏狂歡。

黎明時分，阿倫有些疲累了，於是就對床上的小女人說：「親愛的，我的瑪琳，你是我的心肝寶貝，我是你終生的男人。只是現在我不能再待在這兒——天就要亮了。再見吧寶貝，願上帝保佑，你和我一樣交到好運。」

「親愛的阿倫，我的守護神。好好地去吧！這一生我再也不會有其他奢望，只願能再和你在一起。不過，我知道我的父親是個什麼人，要是被他發現我們倆在一起，那倒楣的肯定不會是他而是我們自己。所以我不想也不能挽留你——只是在你走以前，有一件事告訴你：在你經過我們家的磨坊前時，請務必到磨坊門的後面看一看，那裏有我的父親讓我偷的你們的麵粉，我的母親把它做成點心放在那裏了。」說著，姑娘開始哭起來，抽抽咽咽放開阿倫的手，重新躲到了被子裏頭。

阿倫趁著天還未明，主人還未清醒，想悄悄地摸回到床上去，可是等到他走到朋友身邊時，卻不小心碰到了一個搖籃。「天哪，我主保佑！喝酒喝得我暈暈乎乎，做事又做得我眼花撩亂。我怎麼能受到魔鬼的引路，走到磨坊主人妻子的身邊。幸好現在機會還來得及，我一定得趕快回去。」一想著，他又摸來摸去，終於摸到了一個沒有搖籃的空床旁邊，只道是這一回定然沒錯，誰知道卻躺到了男主人身邊。

阿倫摟住對面人的脖子小聲地說道：「約翰約翰快快醒來，我有一個最好的事要講給你聽。你可知道這一夜，我有三次爬到了那個魔鬼的女兒身上，而他自己卻睡得像一頭死豬！你真是一個膽小鬼，害怕之神讓你不能享受這種人世間最最美的事情。」

「是嗎，這麼說你這個無賴是恩將仇報了？」磨坊主人恨恨的聲音傳出來，把阿倫嚇了一跳。

「我幫你用我的磨斗磨好了麵粉，你卻要來敗壞我女兒的好名聲。今天我要是不教訓教訓你這個不知羞恥的魔鬼，我就枉稱是磨坊主人西姆金。」說著，磨坊主人朝著阿倫打了一拳，阿倫也還了他一掌。

二人從床上打到床下，不是你跌倒，就是我爬下。突然間有一拳頭不長眼，一下子就打到了磨坊主人的鼻梁上。鮮血順著他的嘴巴流到胸膛，又流到地上。磨坊主人一腳踩在自己的鮮血上，不小心打個滑就壓到了他老婆身上。

「哎呀，天哪，我的媽！有什麼東西掉在了我身上，有什麼魔鬼不想讓我活下去。是兩個人在打架嗎——我想一定是那兩個窮學生。我親愛的，西姆金，快快起來救救我，上帝啊，我快要被他們給壓死了！」

約翰一驚，從床上迅速爬起來，想找一根棍子給朋友幫幫忙。可誰知，要論起對這屋子熟悉來，再沒有人更能比得上磨坊主人的妻子了。只見她先是躲到牆角處，摸出一根不粗不細的棍子來，然後又小心地走上前，想對著兩人中的一個狠狠的來一下。窗外皎潔的月光透過屋頂上的天窗漏進來一點點，正好照在一團白影身上。

「這一定是那個穿著睡袍睡覺的學生，我想我最好是對著他來一下。」女人舉起棍子狠狠地砸了下去，卻聽得一聲慘叫：「天哪，殺人啦，救命啊！」原來是她丈夫的聲音。只因為他的頭頂太光滑，在月光下就像個會發光的玻璃杯。

兩個青年聽聲音知道機會來了，於是就各自奔回床邊，匆匆忙忙穿好衣服，打起行裝，臨走時，還到磨坊門後把他們的點心取上。二人策馬加鞭回到學院不說，我們只來說說這個磨坊主人。

磨坊主人因爲做下的惡事太多，所以就連上帝也來幫忙這兩個青年，使他們神推鬼使上錯了床，和磨坊主人的妻子與女兒一起狂歡了一夜，還把被磨坊主人偷走的麵粉也取了回來。而磨坊主人真叫作是偷雞不成反蝕一把米，賠了夫人又折兵。不僅給兩個人磨好了麵，供給了食物和住處，還被人家把妻子和女兒偷了去，臨走又狠狠地挨了一拳頭。這真是「善有善報，惡有惡報」，有的人欺侮了別人，總歸自己也沒有好結果。現在我講這個故事就是因爲磨坊主侮辱了我，所以我也要講一個來作爲回報。如今我的故事講完了，願上帝保佑，我們不會遭到此種下場。

——管家的故事至此結束。

①語出《新約全書·路加福音》。

②設菲爾德為英格蘭城市，中古時即以冶鐵著名。

律師的故事

旅店主人看了看天。他知道今天是四月的第十八個日子，強壯的五月馬上就會來臨。在他的前面有一棵樹，它的影子和它本身的高度是完全地相等，由此旅店主人在心裏推算——根據太陽所處的經度和緯度，再根據今天這個日子在一年中的位置——現在是上午十點不到，離吃飯的時間已經很近了。於是他猛地一下勒住了馬，對各位朝聖者說：

「親愛的朋友們，我想有一件事情很需要提醒大家，現在的時光是上午十點少一刻，不用多久，太陽就要升到最高頂了。爲了上帝，爲了我們自己，諸位要儘量抓緊時間。

「記得塞內加①曾經說過，時間好比生命，失去了就再也不能補回來。這比黃金還要珍貴的東西，在我們睡著的時候悄悄流走，在我們醒著的時候也決不手軟。就像高山上的流水，就像女人的處女膜——你讓它倒著流回是不可能的，你讓它破了再好一回也是不可能的。所以，我們一定要珍惜時間，不要在睡夢和不知不覺中讓自己腐爛。

「我說律師先生，根據我們的諾言，你是不是也應該講一個故事來給大家聽？這樣既可解了大家一路上來的疲勞，也能盡了你的義務。」

律師聽了說：「尊敬的哈利・貝利先生，你說得非常對。俗話說，欠債還錢，許下了諾言就要實踐。按照我們先前規定的，到現在本該由我來給大家講個故事，但是，我以我父親的名譽發誓，我真的很想講一個故事，只是怕這個故事不大合大家的口味。

「你們都知道喬叟先生吧，他能用他很粗糙的音節來寫出許多美麗的故事，我卻沒有這個本事。我記得他曾經寫過賽伊和奧瑟的故事②——那是在他年輕時。還寫過盧克麗絲和提斯巴等人的故事。在他的那本《烈女的頌歌》中，他記述了狄多被埃涅阿斯拋棄後的痛苦，也記述了得莫豐、菲麗絲以及她那棵樹；還有海倫的眼淚、勒安得耳的死亡、德安尼拉與赫米恩的悲情故事，以及美麗的王后美狄亞是如何幫助伊阿宋取得了金羊毛，最後卻遭到丈夫的遺棄——爲了報仇，她把自己的兒子先殺死，最後再把自己殺死。

「這一切的故事包含了一個道理，就是世人應爲那些聖潔的女人唱讚歌。至於像卡納絲那樣，愛上自己兄弟的放蕩女人，在喬叟的書中你找不到任何一點蹤跡。他的書一本又一本，卻沒有哪一本記述過那位把自己的親生女兒姦污並摔倒在地的國王安條克斯。

「罪惡與不貞讓人聽起來就覺得生氣，喬叟怎麼會去記下那些事呢。而我，雖然處處都趕不上喬叟，有一點卻是和他相同，那就是我決不願意也去講一個那樣的故事。

「但是，不講那樣的故事我又講什麼故事呢——在我的腦海中實在想不起來有什麼好的、有益的故事可講。奧維德的女人們爲了和繆斯比個高下，被變成了可悲的動物③，我決不敢和喬叟有什麼比較。既然諸位非要讓我講個什麼出來不可，而這也是我所許諾下來的，那麼就讓我想一想吧。」

律師想了一會兒，然後開口說了一席話：

「貧窮可以帶給人苦難的處境：饑餓、寒冷，以及心靈的折磨。如果沒有錢財來買到生活的必需品，那麼這種人除了乞討，就只能去偷去搶。而他們在做這些事情的時候，還會一邊說著：『願上帝開開眼，看到人世間的不平。財富分配出了差錯，鄰人相處沒有經過選擇。窮人們應該睡上溫暖的床鋪，富人們應該放在烈火上煎燒——這樣他們才能知道什麼叫傷心，什麼叫痛苦。』

「其實要我說，聰明人有一句話說得很不錯。他們說：人窮了志就短，不僅天天受活罪，就是朋友也會給你翻白眼；這樣的日子倒還不如不過，到了陰間也許還能攤上個好運氣。所以當心，別讓自己活著的時候也落得個如此結果。

「窮人們享受兄弟對他們的恥笑，富人們卻在賭場上擲骰子賺錢。他們的手藝永遠高明，他們的骰子永遠是停在有錢的一格；即使不這樣，靠了武藝他們也能夠賺到錢——難道你沒有聽說過，在陸地和海上尋找財富，在各國爭戰的時候斂到金錢？這樣的故事當然我不會講，不過曾有一個商人給我說過另一個事情。

「要是諸位不嫌棄，我現在就把這個故事講給大家聽吧——但願它至少能夠作為一個小小的點綴，放在喬叟的故事前面，給諸位的旅行添點樂趣。

——**律師的故事正式開始。**

古老的敘利亞有這麼一批富商，他們的品行高尚而嚴謹，行為端正而誠實。在他們所經營的絲綢和香料生意上，遠的近的人們都願意和他們交往，並且會把自己最好的貨物賣給他們。

這批富商中有幾個喜歡到處周遊的首領，他們去過許多地方——有時是爲了談生意，有時是爲了純粹觀光。但有一個地方他們這許多人卻都沒有去過，那就是遙遠的羅馬城。據說那裏是一個繁華的國度，人們的穿著生活很有特色，爲了了卻自己周遊世界的偉大願望，於是這幾位首領就商量著到羅馬去走一趟。他們沒有派任何的信使到那裏聯絡同行的朋友，就悄悄地上了路。一路上經過了許多的陸地和大海，終於到達了目的地。在那裏，疲憊的商人們什麼也沒做，先找了一家合衆人口味的旅館住了下來。

這些商人們漫無目的地住在那裏，除了到處看看走走，就是聽人們說羅馬的故事。這其中他們聽到最多的一個人物是康斯坦絲，關於她的故事人們百說不厭。她就是現任羅馬皇帝的女兒，也就是羅馬城高貴的公主。據說她有兩個最值得人們稱讚的優點，就是美麗和德行。她的容貌是全羅馬最最漂亮的，她的行爲高貴卻不驕橫；她的品性謙遜但不諂媚，行事仁慈而不做作；她是全羅馬城女人們的楷模，也是她們的一面鏡子——她的高貴能映照出你的卑下，她的聖潔能對比出你的污穢。她是全羅馬人最喜歡的女人，他們整天都在爲她祈禱：「願上帝保佑我們美麗的康斯坦絲，使她不僅是全羅馬的公主，也成爲全歐洲的女王。」總之，她是他們心中的神。

也許你會覺得我說話有些誇張了點，但我不得不說：「實際上那些敘利亞商人聽到的就是這樣。」他們在羅馬住了很長一段時間，直到把所有美麗的地方看過，把所有關於公主的事情聽完，才在自己的船上裝了滿滿的貨物，返回到家鄉。

這些人回到敘利亞後，先是和往常一樣工作和生活了一段時間，然後就迎來了國王的召見。這些人原本都是敘利亞國有頭有臉的人，因爲他們的閱歷非常豐富，所以國王經常把他們叫進宮去瞭解外面世界的情況，包括哪個國家有戰爭，哪個國王有功德，哪些奇特的地方有奇特事情。這些商人把自己往返羅馬途中所看到的和聽到的一一說給國王聽，其中特別提到了那位美麗的公主，說她既有美麗的容貌又有高尚的德行。國王對一切新鮮的事都表示出濃濃的興趣，尤其是對康斯坦絲公主的事情。美麗的容貌勾起了他對她的嚮往，國王在心中發誓今生一定要娶到這位姑娘。

我們都知道，人的生命是由上帝創造的，人們的命運也自然由他來決定。在他那本掌管人間世界的天書上，一切都有定因：何時出生，何時發財或者何時遭噩運，以及人們何時何地會因爲什麼而死亡。並且，人們死亡的記載總是先於生的記載而出現在那本書上，就像希臘的英雄在他們出生以前已經決定了何時要死亡，底比斯城在建立以前就注定了要成爲毀滅戰場。每個生命、每個事物都有一個星宿與他們相對，當這個星是亮著的時候，就是他們興盛的時期，當這個星暗下去的時候，就是他們遭噩運的時期，而當它悄悄隱去或滑落的時候，他們的死亡就降臨了。同樣，敘利亞國王的命運在天上也有一顆星預示著——他將爲愛情而死亡。可惜的是，人們的智力太愚鈍，不能看透其中的玄奧，否則許多事情都可以避免。

話說這位國王派人去請來了他最得力的助手宰相，告訴他自己愛上了一個人，今生如若娶不到她，那他的生命也將燃盡。宰相召集了其他大臣一起來商量，大家各抒己見、眾說紛紜。有的說國王可以派使節去求親，有的說國王可以通過戰爭來訂立條約，還有的說如果有魔法師或者耍計謀也能得逞——總歸一句話：如果真的危及到了國王的性命，那就一定要把公主娶過來。

可是最大的問題還在後頭：羅馬是信基督教的王國，而敘利亞則是穆罕默德的子民。沒有一個伊斯蘭教徒願意娶一個基督徒爲妻，更沒有一個基督徒願把女兒嫁給穆罕默德的信徒。信仰問題是最大的困難，大臣們因爲這個事情一籌莫展。最後國王說：「沒有愛情我的生命便沒有了意義，爲了娶到康斯坦絲，我情願改信耶穌基督。」於是大臣們就開始爲國王的婚事奔波勞走：他們先派使節通會了羅馬，又選定日子進行了商榷。最後還送去大量的金銀珠寶——到底有多少，我也說不清。這些長了基督徒的志氣，滅了穆罕默德的威風，卻倒也徵得了羅馬國王的同意。

他派出大量的親兵護送公主入敘利亞國，那場面宏偉壯觀，羅馬人至今都記得。街道兩旁全站滿了王公貴族和大臣，還有千千萬萬來相送的群眾，人們高聲歡呼祈禱著，祝願她一路順風。康斯坦絲公主從早上淒淒慘慘地起了床，就一直哭個不停，因爲從此後她將離開自己所有的親人，去到一個完全陌生的地方，還要和一個自己從未見過也從不瞭解的人生活一輩子。且不說距離之遙遠，她這一生將孤立而過，只就女人們出嫁後的命運，就讓她難過——女子一旦爲人婦，就要努力恪守清規戒道：不能與男人相嬉戲，更不能違背丈夫的旨意。

康斯坦絲公主上車的時候，對她的父母說：「我偉大的父親和親愛的母親啊，你們生我養我愛護我，論恩情，除了基督外，沒有人能比你們的更大，但你們爲什麼要把我嫁給那個野蠻的國度呢？從此後，我們將遙遙相望而不可見，我還要忍受一個婦人不幸的命運。如果說這是上帝的旨意——他非要我去受男人的拘束，那你們就爲我祈禱吧，祝願我能平平安安。」說完後，公主開始哭起來，整個羅馬城也開始哭起來。

我從來沒有見過哪個人的哭聲比康斯坦絲公主的哭聲還要悲慘，我也從來沒有聽說過哪個地方人們的哭聲比羅馬人們的哭聲還能震天。當皮洛斯④攻進特洛伊，底比斯成爲俘虜場，或者漢尼拔⑤三次大戰羅馬人，打得他們七零八落，我也沒有聽說過他們的哭聲能比那天的還痛苦還可憐。但是哭泣歸哭泣，這婚禮還是得進行。康斯坦絲公主強裝笑臉對眾人揮揮手，就登上車子開始了旅行。

在這裏，我要先說一說偉大上帝的無端意旨：上帝啊，你創造了世界萬物，卻爲什麼又要去毀滅它？你讓美麗而地位顯赫的公主遠嫁，卻在天上又讓那顆眾星之中最亮的一顆突然殞落。火星的心理實在太壞，可憐的月亮啊，你遠離了對你有利的地方，所到之處卻又不能接受你。公主的父親——羅馬皇帝啊，你也太是輕率：你的王宮裏有那麼多學識淵博的星象學家，可爲什麼你偏要讓人選出這麼一個凶險的日子把女兒出嫁？還沒上路，天上的星宿已經預示了她的命運，在那不知是什麼樣的國度，她一定會遭到無情的打擊——這不幸不是來自別人，而是敘利亞蘇丹的母親。

卻說這位萬惡的母親、撒旦的化身，聽說兒子爲了一個女人竟要拋棄他們的信仰，於是就召集自己手下的謀臣，對他們說：

「我們的祖先、聖靈、先知穆罕默德，給我們留下了一部偉大的《可蘭經》，這是我們的信仰，也是我們的生命。可如今我的兒子竟然要爲了一個基督徒而拋棄他固有的信仰，這種行爲我們怎麼能容忍？

「新信條⑥給我們的能是什麼——除了桎梏、羞辱和悔恨？我們所有人都將成爲耶穌的奴隸，穆罕默德的叛徒，生著沒有好名聲，死了還要令子孫蒙羞。為此，我想了一個計策來救大家，如果同意，就請所有人緊閉嘴巴不要出聲。」

王后的謀臣們都靜悄悄地表示了自己的贊同，後來得到允可還發誓說要團結合作同甘共苦。於是王后說道：「我的想法是先穩住國王，再暗下毒手。康斯坦絲的肌膚再白，也經不起鮮血的染紅，我們要假裝為基督徒接風洗塵接受他們的洗禮，然後再施行我們的計謀。」

這就是可惡的蘇丹之母，塞米勒米絲⑦第二說的話，她的口氣令所有在場的人都倒抽了一口氣，令所有聽這個故事的人怒火中生。自從上帝把撒旦驅逐出伊甸園後，他就把仇恨暗懷在心。他最擅長的就是引誘女人上當，或者隱身為女人向世人施行報復，蘇丹的母親就是他的工具，她受了魔鬼的控制，要對新來的王后暗下毒手。所以她不惜親自跑來對國王說，為了兒子的幸福著想，她情願放棄原有的信仰。並且，為了表達她的誠意，她要在宮裏舉行一個盛大的宴會，為所有的基督徒接風洗塵。

國王一聽大為高興，吻了吻母親的手說：「您有什麼命令，我一定執行。」隨後就興高采烈地送母親出宮，直等到康斯坦絲公主的隊伍到達的時刻，又派人趕快通知母親。

羅馬人的隊伍十分壯大，前前後後、連人帶車總有幾英里長。和出城迎接他們的敘利亞隊伍相合後，那場面，我想，就是盧坎⑧筆下的凱撒凱旋回城時也不曾有過。

國王的母親親自來迎接兒子的妻子，她衣飾華麗，滿面笑容，張開雙臂時的熱情就像親生母親的樣子，進城時還故意叫牽馬的兵士放慢腳步。這之後不久，英武的蘇丹王也親自來迎接新娘，他穿著如何，說了一些什麼話，我想就不必說了。總之，他在把公主迎接進宮後，就按照母親的意旨舉辦了一次盛大的筵會。

所有的基督徒，包括男的女的，老的少的，都來參加宴會。他們打扮精心，吃的是少見的山珍海味。和敘利亞人一樣，他們都興高采烈、互相道賀，卻不知道一場大的災難已經降臨。就像人們常說的：「悲傷是歡樂的孿生姐妹，災難總是跟著好運走」，這場盛大的宴會就是許多人性命的終結之處。

爲了節省同行諸位的時間，以及滿足大家強烈的想知道結果的好奇心，我就長話短說把結果給大家做個交代吧——總之，蘇丹的母親在宴會上佈置了大批的武士，在宴會正進行到關鍵的時刻衝了進來，他們見到人就殺——不管是羅馬來的基督教，還是敘利亞國王的親信，最後竟連國王自己也被他們在脖子上抹了一刀，爲的是國王的母親要獨斷專行稱霸朝廷。但在大屠殺中卻有一個人沒有遭到噩運，這就是美麗的康斯坦絲公主。

國王的母親下令把這個異教徒趕上船隻——就是她來時所乘的那隻，然後把她帶來的珍寶和食物分別裝了一些，就下令讓她自己駕船出海，回到她原來的地方。

可憐的康斯坦絲，從出生時起就眾星拱月、嬌生慣養，哪裏懂得如何駕船出航？她的船在海浪中漂來漂去，接受了一次又一次的風吹雨打。餓了就吃些粗糙的食物，冷了就躲進船艙，太陽東升又西落，不知過了多少輪歲月。每當有幸躲過一次劫難，滿面憂傷的康斯坦絲就用手在胸口畫著十字祈禱說：「哦，光明的神靈，庇佑眾生的十字架！你用基督的血把人間痛苦洗去，又用魔鬼的血把罪惡做下。只有你才配享受聖壇上的供奉，只有你才能做我的庇護者。但願你能聽到我的祈禱，伸出仁慈的雙手，引導我逃離這人世間最大的不幸。」

船隻在海上漂流了一天又一天，經過了一個又一個國度和海灘。就在它流離顛沛的時候，再讓我們來說一說上帝吧。

是誰讓康斯坦絲沒有被殺死？是誰讓康斯坦絲沒有被淹死？除了我們萬能的主啊，還能有誰。但以理⑨隻身入獅窟，而安然倖存；約拿⑩在魚肚子裏生活了三天三夜，又回到了尼尼微；五塊麵包兩條魚，救活了五千人的生命（這是《福音書》上說的）——這一切除了萬能的上帝，有誰還會有如此大的手段？

他既然能駕馭風雨雷電的四大精靈，使他們不致侵擾海洋和陸地，他就能使希伯來百姓免於被淹死的危險，安全渡過紅海⑪；他能使埃及瑪麗⑫在沙漠中有吃有喝，不會死去，他就能使我們的康斯坦絲公主也逃過所有的危難。這不，在一個清新明麗的早晨，他終於使康斯坦絲的船隻擱淺在了一個岸邊，任憑多麼凶猛的潮水也不能把它重新沖下海洋。這是一個叫諾森伯蘭的地方，那裏有一個不知名的城堡。這個地方的長官一早起來聽人說在城門外的海灘邊有一隻破舊的船隻靠上來，於是就帶人上來查看。他們發現了一個滿面愁苦的姑娘，還有一些金銀財寶，可是問姑娘是哪裏人，爲什麼來到了這裏，她卻一聲不吭只是哭泣。

於是，這位仁慈的長官就把姑娘帶上了岸，安排她在自己的家中幫妻子做些事。

好在康斯坦絲會說一些不大流利的拉丁語，時間長了人們也能懂得她說話的意思。她說自己在海上受了很多的驚嚇和風險，所以有許多事情想不起來，如果人們再拿一些情況去逼問她，她情願以生命來作出拒絕。

康斯坦絲在城裏幹活勤快，手腳俐落，說話溫柔又大方，所以當地人都非常喜歡她，還說她的臉就是一副天使的容顏，看著就讓人舒心。長官的妻子赫曼吉也非常喜歡這個外地來的姑娘，她對她比對自己的性命還熱愛。在和康斯坦絲長期相處的日子裏，她受到了上帝的指引和康斯坦絲的感化，就拋棄了自己原來的信仰，改信基督教。這在她那個地方是件非常危險的事情，因爲那個地方的人不准許信基督的人踏上這片國土。其實那裏原是布立吞人的領地，因爲被異教徒攻佔，所以許多的基督教徒就從海上逃出去到了威爾士。如今這裏只剩下了三個基督徒，其中有一個還是盲人。他住在靠海灘的城堡下，不用眼睛而是用心靈和上帝做著交流。

這一天，是個天氣晴朗、陽光明媚的日子，長官和他的妻子不想浪費掉這大好時光，於是就約康斯坦絲一起出來到海灘上散步。他們走著走著，在離城堡不遠的地方遇到了那位盲人。

「憑基督的名譽起誓，」他說，「請保佑我重見光明，赫曼吉女士。」一聽這話，赫曼吉夫人吃了一驚：她怕丈夫知道了自己改教的事會把她的命斷送。但康斯坦絲卻大膽地鼓勵她把所有的事情，包括上帝的顯現和功德，向她的丈夫說一遍，於是她們兩人就對那位長官進行了開導。到天快黑的時候，她們終於憑藉著上帝的幫助讓長官消了氣，還說服他也加入了基督教。從此後長官一家再加上康斯坦絲，生活得很高興也很美滿。

但我們都知道，邪惡的撒旦總是不喜歡人們生活得太幸福，而要努力找機會報復人。她讓康斯坦絲由於美麗和能幹，名聲越來越大——人們都說赫曼吉家有一個公主般高貴的人兒——又讓其中一名年輕的武士對她產生了邪念。這名武士對康斯坦絲展開了熱烈的追求，心想哪怕是在她身上只遂一次願，這生命也就沒有了遺憾。但貞潔的康斯坦絲拒絕了他的請求，於是這名武士就懷恨在心，想出個計策來報復。有一天，長官受國王的召見去了宮裏，這名武士就趁赫曼吉睡熟的時候溜進了她的臥室。他把赫吉曼的喉管用小刀子割斷，最後把兇器放在了康斯坦絲床邊。由於臨睡前做祈告做得太累了，兩個女人睡得聽不見一點動靜，所以最後一個被慘烈殺死，一個被誣作殺人兇犯。

長官從王宮回來，見到妻子的屍體，悲傷不已，哭得昏了過去，醒來後就把康斯坦絲押進宮裏，交國王審判。這位國王不是別人，正是那個征服了蘇格蘭的阿拉王。他治理國家很英明，也很有手段，一顆心更是如上帝耶穌般仁慈。聽了長官的敘述後他雖然表示難過，但看到那位女子後，卻滋生了同情和憐憫——實在是因爲她看起來又溫柔又高貴，不像一個殺人犯。

國王讓百姓來做證，人們都說康斯坦絲是一位美麗善良的姑娘，受過許多的苦難，但卻不忘記時時幫助別人，這樣的人絕對不會是殺人兇手。其中只有一個人不肯這樣說，他就是那個被撒旦引誘了的武士。國王心想，這人心中必定有人們所不知道的東西，我必須做一些事情才能讓他說出來。

不幸的康斯坦絲和一群臉色蒼白、已經判決要執行死刑的罪犯一起跪在地上，她向上帝祈禱說：「神聖的瑪麗亞啊，在你的兒子出生以前，天使高唱『我們祈求被拯救』，如今，我也跪在這地上向你祈求說『救救我吧！』我是你最忠實的信徒和子民，和蘇珊娜⑬一樣受人誣告，但願你能用你的法力讓人們明白：我是清白的。」

有誰能想到，這位淚流滿面的姑娘就是昔日裏最最高貴的羅馬公主、敘利亞國王的王后？當那些公爵夫人和貴婦人們正在自己的家中享受人世間的榮華富貴的時候，這位皇帝的女兒卻在這裏受盡人間淒苦。上帝啊，願你能看到這一切，並阻止魔鬼的肆虐！

國王心裏對這位姑娘表示同情，但由於並沒有證據能夠證明她的清白，那就只剩下一個法子了——讓上天來評判。他讓人們取來一本布立吞⑭人的《福音書》，眼裏含著眼淚說：「如果這位武士敢對著這本書發誓，說是這女子殺了人，那我們就要對她判以極刑。」

那武士伸出胳膊正要把手按在書的封面，忽然無端中生出一隻手，照著他的腦袋就打了一拳頭。鮮血從他的額頭上汩汩地流下來，他的眼珠子也迸了出來。這個情況把在場的人都嚇了一跳，不知道發生了什麼事，就只康斯坦絲一人知道，這是上帝在對眾人顯示他的神靈。

就聽得空中有一個人聲道：「你這個不知羞恥的無賴，竟敢誣衊一個忠實的基督教信徒，還妄想對著我的書發誓——這就是對你的教訓。」說完聲音消失，頭骨迸裂的武士也倒在了地上。

驚恐的人們議論紛紛，於是康斯坦絲就站起來對眾人講述了耶穌受難的事情，以及他的種種聖靈。由於親眼所見，再加上康斯坦絲說的誠懇，於是阿拉國王當時就同許多人改立信仰，入了基督教。國王下令，對於卑鄙的武士要處於死刑，在上帝的指引下，還宣布他要同這位女子結合，娶康斯坦絲爲王后。

所有城堡的人都喜氣洋洋互相慶賀，這其中只除了那位心思歹毒的國王母親王太后。她不能滿意自己的兒子竟然會娶一個外邦女子作爲妻子，就像那位敘利亞太后不能容忍一個異教徒媳婦一樣。但是生米已經做成了熟飯，國王的戒指已經戴在了康斯坦絲的指間。

做了人家的妻子，天經地義就要和人上床生子，到了夜間，那種聖潔就必須爲妻子的義務退避忍讓，所以過不了多久，康斯坦絲就懷上了一個孩子。這時，阿拉王正要出兵打仗，於是就把康斯坦絲留在王宮，交給主教和那位長官照顧。

沒有多久，一個小男孩降生了，在行洗禮的時候，主教給他起名字叫莫里斯。舉國上下爲國王新得貴子而高興，那位長官於是就寫了一封報喜信派人給國王送去。

信使出了長官的門，沒有逕自去戰場卻去了國王的母親多納吉的王宮。他懷著一種不可告人目的對王太后說：「恭喜太后，我們的王國得一貴子。現在我就要去把這個情況報告給國王知道，如果您有什麼話要對國王說，就請現在吩咐。」

太后想了想說：「我有許多話要說，只是一時想不起來了，不如你在我王宮裏住上一宿，等明天我想好了再告訴你。」於是這位信使就在太后的王宮裏住了下來。

晚上的時候，太后派人給信使送去了許多的菜和酒，還把那封信也偷了出來。回到住所後另寫了一封信裝進信使的腰包，第二天天還沒亮就催促他上了路。

國王收到信後展開一看，只見上面寫著：我們的王后是個魔鬼派來的妖精。她使用法術來到了我們的地方，還生下了一個嚇人的大怪物。現在城裏的人都在往外遷徙，說不敢和一個妖怪同處一城。

國王看後覺得非常悲傷，心想：不知我做錯了什麼事情，命運要如此捉弄我。但這些悲傷他又不能對別人說，只好提筆給長官寫了一封信。信的內容是：「我既已把自己的生命交給了上帝耶穌，我的一切就由他來決定好了。不管我得到的是一個高貴的王子還是一個妖魔，都等我回來再說吧。我相信，由於我對上帝的虔誠，上帝一定不會忘記我。」他強忍心中的疼痛，把信封好口交給信使，讓他迅速回去。

啊，魔鬼啊！你化作酒神讓人們神志不清，更讓這個信使一再做出蠢事。你看他回來後又先到了王太后那裏，被人灌得臉色發白、兩腿打顫，呼吸急促，還像一隻不受人歡迎的烏鴉一樣把一切事情都說了出來。迷迷糊糊中，他不知道自己的腰包又已被人掉還，卻還大聲喊著：「我沒醉！」

可惡的多納吉啊，你早已不配稱王太后！你的身體雖然尙在人間遊走，但你的靈魂卻已經交給了魔鬼撒旦。你就像一個狠毒的老巫婆一樣，運用你的陰險狡詐和魔鬼手段讓信使著了魔，還要把可憐的康斯坦絲送上絕路。

像醉鬼一樣的信使第二天快到中午時才醒來，仍然搖搖晃晃地走到王太后跟前告辭後，就騎馬來到了長官的家門口。懷著滿腔喜悅正在翹首期盼的長官把信拆開，不由地發出了一聲淒烈的叫聲。只見信上寫道：「康斯坦絲是一個不祥的徵兆，必須把她連同她的孩子，以及她來時所帶的一切通通趕到船上，給她一些吃的喝的，讓她再回到她來時的地方吧。這件事必須在三天之內辦妥，否則將被處以極刑。」

老巫婆的信震撼了長官的心，它令康斯坦絲就是在睡夢中也感覺到了那份危險。這封信很快傳遍了整個城堡，老百姓們聽到這個殘忍的命令時，全都痛哭流泣。他們仰頭對著天空說道：「命運哪，你爲什麼這麼不公，要對善良的康斯坦絲施以這種苦刑！」

長官也流著淚對康斯坦絲說：「我最最尊敬的王后，雖然國王下達了這個命令，但我的心中是多麼不願意執行啊！只是要違背了國王的意旨，就得以腦袋和生命來付出代價，所以我不得不把你現在就送走。」

長官命令人把非常多的食物和用具搬到船上，還把小王子莫里斯也交給了康斯坦絲。接受上帝意旨的康斯坦絲不知道她的丈夫為什麼這麼無情，她跪在海灘上對著天空說：

「我主耶穌啊，既然你如此引導我，我將以最大的自願接受。你曾經保佑我躲過了一場兇殘的殺戮，又使我擺脫了海上的災厄，但願你也能像從前一樣，做我的航行帆和引路星，保佑我再次在海上平安度過。」

這時她的孩子在懷裏哭了起來，康斯坦絲把孩子的衣物整理了整理，從頭上取下自己的頭巾蒙在孩子眼上，說：「我的孩子不要哭了！讓夢神帶你離開這種悲傷吧。」接著她又對著天空說道：

「聖母瑪麗亞啊，最最貞潔的女神！雖然我們女人曾因為受到誘惑而犯下大錯，但你的兒子已經以生命換取了贖罪。你親眼看到他被釘在十字架上，我想人世間的痛苦再也沒有比你的痛苦更大的了。你是女人的同情者、保護神，如今我的兒子也將遭受厄運，請你看在同是女人的份上，憐憫我保護我，不要讓我的兒子受到傷害吧。」

她又對著兒子說：「啊，我最最無辜的孩子！不知道你的父親為什麼如此無情，要把你也推上死亡之路，但願神靈能在暗中保護你脫離凶險。」她轉過頭來對著長官請求說：「請你看在上帝的分上，把孩子留下吧——你也知道海上的風浪有多大，危險有多少。如果你為了國王的意旨而不能接受，就請你以他父親的名譽吻吻他吧。」

最後，她站起來在胸口畫了一個虔誠的十字，朝著船上邊走邊說道：「我無情的丈夫，永別了！」就登上船開始了她的又一次旅行。

海灘上的人們遠望著船隻在順風裏——這肯定是上帝的聖典——越來越遠，都大聲地痛哭著爲她祈禱說：「願這個善良的女子能平安地到達彼岸。」

過了不久，阿拉王打了勝仗班師回城，他下馬後第一件事情便是去看自己的妻子和兒子，可誰知長官卻對他說：「王啊，既然你已經下了命令，我就只有照著做了——她們早在很久以前就已經離開這裏了。」說著還拿出了那封信來。國王一看，就明白是有人在中間搗亂，於是就下令把那位信差抓來拷問。信差不敢撒謊，一五一十對國王說了送信的經過，國王終於明白：是自己的母親在中間使了奸計。再看那信上的筆跡，確實是王太后的手跡。憤怒的國王於是就下令把那個惡毒的女人處以極刑——她終於受到了上帝的報應，而這種報應比起她所耍的手段來也還不及一二。

從此後，這位國王日日以淚洗面，思念他的妻兒。他卻不知道，這以後的五年來，在上帝的保佑下，他的妻子和兒子歷經了一次次的凶險，終於又到達了一個不知名的城邦下。

這許多的凶險我就不一一細說了——沒有上帝的指引和幫助，她怎麼能平安地躲過呢？想當初，沒有盔甲而且年紀尚幼的大衛能把身高力壯的歌利亞⑮打敗，不是上帝的傑作嗎？他還讓孤寡的猶滴⑯生出無窮力量把奧洛菲努殺死在帳篷中，從而救了全城的人民。這種種事情真叫是有驚無險啊！就像這一次康斯坦絲來到這個異教地一樣，首先是全城的人都出來觀看，接著管城的長官來了——這是個有著醜惡的淫欲的賊子，是背叛了耶穌基督的叛徒。他看到康斯坦絲孤零零一個女子，風霜又遮不住她天生的美麗，於是就在心裏生了惡念，想要占康斯坦絲的便宜。他趁著半夜無人的時刻，悄悄地摸到康斯坦絲的船上來，但康斯坦絲卻受了聖母瑪麗亞的保佑，奮起反抗，終於使這個賊子一個失足就掉進了深深的大海裏淹死了。

我們先放下進城了的康斯坦絲不說，再回頭看看早先那個羅馬皇帝。自從他把女兒嫁出去以後，就在宮中高高興興地等待消息。可誰知從敘利亞傳來的消息卻是，國王的母親使惡計，自己的兵士被殺害，女兒也被流放到了不知什麼地方。這個皇帝聽了大爲震怒，馬上就親點了幾萬的大軍，派幾個大臣和將帥帶領攻打敘利亞城。大臣和將帥們領命而去，他們所到之處，人們無不望而生畏，沒過多久，就勝利回師。大臣們的船隻在海上航行，忽然有兵士進來報告說發現了一隻孤獨的破船，船上沒有舵也沒有帆，只有一個抱著小孩的女人。大臣們把這個女人救上船來，問她是從什麼地方來，又要到哪裏去，爲什麼船上只有她一個人。他們不知道這站在面前的愁苦姑娘就是他們日日思念的公主，而康斯坦絲因爲害怕也緊閉嘴巴不透露一個字。大臣們見這個女人氣質非凡，於是就把她帶回了羅馬，並安排在一個大臣的家裏。這是上帝又一次徹底地解救了康斯坦絲。她在這位大臣的家裏不僅生活愉快，與大臣的妻子相處融洽，共同行善，而且還知道了很多的國事。其中一件就是據說有一位阿拉王要來訪問。

阿拉王爲什麼要來羅馬呢？說來話長，我就簡單地給大家做個交代吧——比起結果來，我想大家更渴望知道的是後者而不是前者。

阿拉王自從把母親殺掉後，雖然泄了心中之憤，卻不能彌補他對康斯坦絲的悔恨和思念。他認爲是自己的疏忽害了康斯坦絲，也害了自己的兒子，於是就決定親自到羅馬去，向教皇請罪，請上帝懲罰他或者饒恕他。阿拉王要來的消息震驚了整個羅馬，因爲他們與他並沒有什麼瓜葛。但作爲一個國王親自來訪，這事可非同一般。那個大臣作爲主要的接待者，爲了表示自己以及整個羅馬城對來訪國王的尊敬，準備了宏大的儀式，還帶了大批的隨從，其中就有那位在自己家中安居的女人的兒子——他已經長成了一個漂亮的小夥子。

在歡迎儀式結束後，晚上在王宮裏舉行了盛大的宴會。阿拉王注意到有一個奇怪的小夥子一直在注意自己——臨行前，她的母親曾經囑咐過他要站在阿拉王的面前好好看他的容顏。於是阿拉王就問大臣這個孩子是誰。大臣誠實地對阿拉王說：「憑著上帝的名義起誓，我真的不知道他是誰。我們在大海上航行的時候救了他的母親，但對於他的父親是誰，她卻寧願讓刀架在脖子上也不肯說。根據她的高貴的舉止、不俗的談吐和貞潔的行爲，我敢斷定：她肯定是哪位大富人家的小姐，只是受到了極大的傷害，所以對往事一概不想談起。」

阿拉王聽了，對著那個孩子細細看著，他的容貌上讓他想起了一個非常熟悉的人的面孔——那面孔他幾乎每天都要在夢裏看見一回。但他卻對自己說：「我真是想入非非得了幻想症。世上哪會有這麼湊巧的事，讓我在這裏碰見我的妻子和兒子？再說，一個女人和一個孩子獨自在大海上這麼長時間，哪還有生還的道理。」於是，阿拉王長嘆一聲離了席。

這隨後的一段時間，阿拉王常常想起那個孩子的面容。他對著上帝祈禱說：「也許就像她第一次到達我的國土一樣，神靈啊，你也保佑她漂洋過海來到了這個國家。」於是他就請人告訴大臣說，他想到大臣家做客，並希望能見見這位孩子的母親。大臣很尊敬這位國王，馬上就安排了一切的事宜，還讓人把康斯坦絲請到了他的家庭舞會上。

心潮起伏、激動萬分的康斯坦絲哪有心思跳舞啊！從孩子回家對她說起阿拉王的一切，她就預感到要發生什麼事了。她努力抑制住自己隱隱發軟的雙腿來到舞會上。阿拉王從見面的那一刻，就認出這個女子正是他日夜思念的妻子。他流著淚對她說自己是如何地想念她，並爲他當年的輕率行爲而道歉。他的面容，我相信，任何人看了都會受感動，但康斯坦絲想到自己經受了這許多的磨難，兒子跟上她還差點沒命，於是就又心痛起來。她哭一會兒，悲傷一會，不禁昏暈了兩次。

最後，阿拉王對著上天說：「我主在上，請你饒恕我的罪過吧！想當年我因爲遠在戰場，不知道這一切全都是我母親所爲。爲了這無邊的罪行，我殺害了我的母親，還忍受了許多年的思念之痛。如今，終於又讓我見到了我的妻子和兒子，就請上天作證，爲我證明清白吧：如果我言語有詐欺騙了她，那就讓魔鬼現在就把我的靈魂帶走。」

聖明的上帝聽到了他的祈禱，於是就讓康斯坦絲醒過來，並讓她聽完了阿拉王對她的解釋。康斯坦絲想到當年的事情並非是因爲自己的丈夫絕情，而完全是由於他狠毒的母親從中作梗，於是就原諒了他。二人抱頭痛哭，互相傾訴自己這許多年來所經受的事情和相思之苦，並且當眾親吻不下一百次。我想，那種感傷的場面，就是讓我們再重活一次只怕也不可能見到。他們合歸於好，爲世人的美滿婚姻樹立了楷模。

康斯坦絲極謙恭地對阿拉王說，這麼多年來她一直沒有見她的老父親，希望阿拉王能設一次宴，請他來讓他們父女團圓。阿拉王爽快地答應了，修書一封親自於送到了王宮。有人說，這封信是他的兒子送過去的，我覺得這種說法不可信——對於這麼一個大國的國王，又是自己妻子的父親，阿拉王怎麼會這麼冒失地就讓一個小孩子去呢？

老羅馬皇帝非常高興地答應了阿拉王的邀請，還設宴款待了他。席間，他特別注意到了坐在阿拉王身邊的那個孩子，他的容貌讓他也想起了自己不知下落的女兒。「要是我的女兒有了兒子，只怕也有這麼大了——你看他長得和她多麼像啊！只是天下不可能會有這麼湊巧的事，讓我在這裏就見到了她們。」老國王悲傷地想道。

第二天，阿拉王夫婦一起騎馬到大街上去迎接羅馬皇帝。當這位帝王的車子剛剛出現在街道的一頭時，康斯坦絲就翻身下馬跪倒在地上說：

「我尊敬的老父親、羅馬的帝王啊，你是不是早已經忘記了自己還有個遠嫁他鄉的女兒呢！想當年我被您一聲令下就漂洋過海到了遙遠的敘利亞城，在那裏，被人逼得獨自上船出海，經歷了許多的風險，多虧上帝耶穌的保佑，才得以和您重見。求父王開恩，不要再把我送到什麼地方去了，我情願和您一起生活到老，還有我好心的夫君。」

老皇帝一聽，大吃一驚，走下車來仔細地把康斯坦絲看了看，又把阿拉王和他的兒子看了看，最後高興的差點昏過去。三人顧不上赴宴吃飯，就抱頭痛苦起來，一邊還各自訴說了自己的情況。

各位，我想：就是現在把我們所有人的幸福和歡愉加起來，恐怕也不及當時康斯坦絲和他父親、丈夫、兒子在一起時的歡快多；就是把所有能作詩、會唱歌的文人請來，他們也不可能就會用幾句話把這一家四口苦盡甘來後的幸福說完。所以，我要簡短一點地只把結果給大家作個交代。康斯坦絲的兒子莫里斯長大後，成了一個虔誠的基督徒。他繼承了外公——老羅馬皇帝——的王位，做了羅馬的新皇帝。執政期間，他爲人仁慈、英明果斷，辦下了許多大事——如果各位有興趣，可以到那些古書中去找一找，我相信，在那裏一定會有滿意的回報。

康斯坦絲和她的丈夫在羅馬幸福地生活了一段時間後，就選最近的海路返回了英格蘭。

他們本擬以後會有更幸福的日子過的，可誰知阿拉王的陽壽卻已經到了頭——一年後，他安靜地去世了。

——死神真的是對世人再公平不過了：他不管你地位高低，也不管你是男是女，既然給了我們各人一次生命，就會再把它收回去。有的人對於貧窮，可以拿金錢來交換，有的人對於喜悅，可以因痛苦而中斷，可是對於死亡，卻沒有人能夠拿任何東西來改變。阿拉王的死讓康斯坦絲很悲傷，她決定離開這個地方重回羅馬。在那裏，她見到了她的年邁的老父親，痛哭一場後就相依爲命生活在了一起。他們共同積德，共同行善，直到死神再次降臨他們頭上以前，就一直這樣生活著。

諸位，我的故事講完了，願耶穌基督能保佑我們，不受此等苦難——阿門！

①塞內加（西元前4～65年）古羅馬哲學家、政治家和劇作家。
②賽伊和奧瑟是喬叟早期作品《公爵夫人之書》中的人物，後面的幾個人名大多是希臘、羅馬神話或傳說中的人物。
③奧維德的一個故事中，皮厄魯斯的女兒們想與繆斯一爭高低，結果被變為喜鵲。
④皮洛斯是希臘神話中的人物，他在奪取特洛伊城時殺死了特洛伊國王普里阿摩斯。
⑤漢尼拔（西元前247～前183）為迦太基統帥，曾率大軍遠征義大利，因缺乏後援而撤離，後多次被羅馬軍隊擊敗而自殺。

⑥這裏的「新信條」指的是，如果蘇丹和他的臣民接受洗禮，他們將奉行基督教信條。
⑦塞米勒米絲是古代傳說中的亞述女王，以美麗、聰明和淫蕩聞名，相傳為巴比倫的創立者。
⑧盧坎（39~65）是生於西班牙的古羅馬詩人，作品有拉丁史詩《內戰記》。因密謀暗殺羅馬皇帝尼祿之事敗露而自殺。
⑨但以理是《聖經》中的人物，據說他因為篤信上帝，雖被拋入獅子坑而安然無恙。
⑩約拿為《聖經》人物，事見《舊約全書．約拿書》。據說他曾在一次航行中被人們作為驅除風暴的祭祀拋進大海，耶和華安排一條大魚吞下約拿，讓他在魚腹中待了三日三夜。
⑪以色列人過紅海的故事見《舊約全書．出埃及記》。
⑫埃及瑪麗又稱埃及的聖瑪麗，據說是五世紀的人，早年生活放蕩，皈依後遁入約旦附近的沙漠四十七年，遂獲正果。紀念日為每年的四月九日。
⑬蘇珊娜為《聖約．舊約》的《次經》中的女子，被誣告犯了通姦罪，幸有希伯來先知但以理為其辯護，恢復其清白。
⑭布立吞人是古代居住在不列顛島南部的凱爾特人，他們是信奉基督教的。
⑮歌利亞為《舊約全書．撒母耳記上》中的非利士族巨人，為大衛所殺。
⑯猶滴為傳說中的古猶太寡婦，據說她殺了亞述大將奧洛菲努，從而救了全城。

水手的故事

律師的故事比較有趣，聽完後眾人半天沒有說話，沈浸在對那種命運和報應的回味中。

這時，旅店主人在馬上伸了伸腰說：「各位，這個故事對我們很有益。他警誡我們做事要憑著對耶穌的忠誠，不能做出有違良心的東西來。現在，根據我們先前的約定，就請教區主管先生再爲我們講個故事吧——先生，開口吧，憑著上帝的名義起誓，你肚子裏一定有許多好東西。」

教區主管先生沒有好氣地說：「上帝有眼，看看這個人是如何地亂發誓吧。」

旅店主人說：「怎麼，翰金先生，你要給我們說教了嗎？我聞到了風中傳來的羅拉德①的氣味——又是上帝耶穌受難的那一套嗎？」

「千萬不要，」在一旁的水手插話說，「我早已聽煩了那些千篇一律的長篇大論。我們信奉同一個上帝，他的事情我們所有人都知道。要是必須在勞苦的旅途中還要聽一次枯燥的說教的話，那倒還不如讓我來給大家講一個故事。我沒有什麼嚴肅的拉丁文語言，也沒有什麼執拗聱口的醫學或法律學術語，不過，我卻有快樂的鈴鐺，可以讓大家輕鬆一下。」

於是，所有人都贊成，並豎起耳朵聽水手給大家講故事。

我們都知道，男人和女人的不同就在於，女人是天生的獲得者，而男人卻是倒楣的付出者：結婚以前，男人爲了得到女士們的青睞，在她們面前點頭哈腰，大獻殷勤——這在女人們來說，只要抬抬眼就可以得到；而結婚以後，爲了不讓別的男人有機會再來對自己的妻子獻殷勤，男人就必須時時跟在她們後面，爲她們買漂亮的衣服，還要陪她們跳舞花錢。在聖但尼②城就有這麼一家。

這家的丈夫是個非常有錢的商人，由於有錢，人們也說他很聰明。他的妻子是城裏有名的貴婦人，人長得好看，更喜歡在家裏舉行舞會。城裏人都說他們熱情好客，又說他們慷慨大度，因此他們家幾乎每天都是高朋滿座。從四面八方聚來的人當中有一個修道士最是引人注目，他不僅有著王子般的面孔、紳士般的風度，還有著其他男人所不具備的超人膽識。這個人是這家裏最常見的客人，據說他和他們的關係親密無間、非同一般，首先是因爲這家的男主人和他是同一個鎭裏出來的。他們在第一次交談中——那次修道士是慕名而來——就都互相瞭解了對方。男主人認爲修道士先生是個十分討人喜歡的人，所以看見他就打心眼裏高興，只要他說什麼話，就一定替他辦到。

其次，這修道士還有另一個討人喜歡的地方，就是他很慷慨大度。每次來這家，他都會帶著豐盛的禮物，先是漂亮的女主人，接著是熱情的男主人，還有奴僕雜役等等，一律可以得到他特意從其他地方帶來的稀罕精巧的東西。所以對於這個人，不僅是兩位主人家喜歡，那些下人們沒事了也會悄悄嘀咕一句：「約翰修士怎麼好久不來了呢？」

話說有一天，這位修道士先生得到了商人的一封信，說他在離開聖但尼城前往布魯日城前，希望能夠邀請修士先生到家中遊玩幾天。布魯日城是比利時的名城，那裏以買賣商品而出名。商人要去採購一批貨，估計會走好些日子，所以先派人到巴黎送信給修道士，說希望在走之前能夠陪他在聖但尼玩幾天。

修道士得到訊息，馬上找院長請假，由於他是修道院糧庫倉房的執管者，很有需要經常出去巡視檢查，所以院長沒有說任何一句不必要的話，就批准了修道士的要求。修道士先到鎮上買了一些上好的野味，又到修道院的酒窖裏取了兩瓶好酒——一瓶是珍貴的馬姆齊酒，一瓶是陳年的義大利名酒，然後就直奔商人家而來。

至於主人和客人是如何地高興消遣，喝酒猜拳，我想大家都能想像到那種場面，也就沒有什麼需要再費口舌了。單說到了第三天早上，商人起床後忽然想起，應該在出發前算一算自己的賬，看看這一年自己的生意是賺了還是賠了，財產是增加了還是減少了。於是他吩咐家人說，沒有什麼必要的事不要來打擾他，然後就關上門，上了閂，把賬本和錢袋等等東西都放到了桌上——這真是一個富有的商人，他靠著自己的才智與運氣，在生意場上聚斂了大量的財富，光那些賬單與錢袋就花費了他不少的時間，從早上到中午還沒有整算完。

卻說這段時間，也就是從早上起床後開始，那位修道士先生先是虔誠地禱告了一番，然後就起身到花園裏準備呼吸些新鮮空氣。這時，迎面走來了商人的妻子，身後還跟著一個小小年紀的侍女——這種侍女的好處就在於：主人家說東她不敢往西，主人家說揍她就得挨打，所以當時很多有錢的女人都喜歡雇這樣的奴僕，商人的妻子也不例外。她見到修道士從對面走來，就吩咐侍女旁邊待著，沒什麼事不要過來打擾她和修道士的談話，說完就走上前向修道士打招呼說：「早上好，親愛的表親！昨晚睡得好嗎？」

「早上好，親愛的表妹！我睡得再舒服不過了。你呢——我看你好像臉色並不愉快！讓我猜猜看：是不是昨晚你那位親愛的丈夫折騰了你一夜，讓你不能合眼呢？啊，要我說，結過婚的人真是走在狩獵邊緣的人，玩著獵狗追兔子的遊戲不罷不休，到第二天，卻像一個八十歲的老人一樣，沒有了力氣爬起來。所以說啊，你現在最好再回去睡一會兒。」修道士自以為說得很幽默，於是就不由自主地笑了起來。

那位美麗的婦人搖了搖頭，說道：「上帝有眼，他看到的可不是這樣一種情況。親愛的表親啊，你不知道：這世上有一個不幸的女人，她有痛苦卻不敢講給別人聽。要是上帝給予她足夠的勇氣，我想她可能很早就已經不在這個世界上了。」

修道士一聽，把兩隻眼睛牢牢地盯在這女人身上說：「親愛的表妹啊，有什麼事令你如此煩惱？要知道你的丈夫可是城裏有名的富商，你的容貌可是女人中的驕傲。如果你想到了什麼不應該做的事，那對上帝來說，可真是一種巨大的損失。聽我說：把你的痛苦和煩惱統統告訴我吧——憑著我對手中這本《福音書》的忠誠，我向你發誓，你所說任何一句話我都不會洩露給外人聽，包括你的丈夫在內。而我作為一個局外人，也許還會給你提供一些你想像不到的忠言或幫助呢！」

「親愛的表親啊，我知道你是最善解人意的一個男人。」婦人說道，「雖然你和我的丈夫有著親密的親戚關係，但是憑著我對你的關愛的情誼，我相信，就像你說的一樣，你決不會把我所說的任何東西講給別人聽，尤其是我的丈夫。而我，憑著上帝的信任，也決不會把你所說的任何一句話洩露給外人聽——求你給我一點啓示吧！」

修道士走上前，抱著婦人的臉親了親說：「天啊，憑著我修道院院士的名譽發誓——我說實話吧：我和你的丈夫根本不是什麼親戚！我之所以和他攀上這種關係，完全是因爲你。你知道嗎，你是我所見過的女人當中最美麗的女人，我愛你就像愛上帝一樣，你是我最想親近的女人。有什麼話你就快說吧，免得待會兒你的丈夫下來了。」

於是，女人就向她的愛慕者娓娓說道：

「親愛的表親啊，我也知道，上帝是不容許一個女人在背後說她丈夫的壞話的，尤其是對著另一個男人，說的還是包括床第之間的事在內。但我實在是憋不住了——願上帝原諒，你不知道我的心裏有多苦。

「我的丈夫是一個富豪，這誰都知道，但又有誰知道，他還是一個吝嗇鬼呢——除了他的妻子以外，我想再不會有一個人更瞭解一個男人對錢財的看法了。

「我們女人都有六個心願，就是希望自己的丈夫既聰明又英俊，既勇敢又豪爽，在外面對妻子溫柔有加，在床上又要如猛虎下山。但我的丈夫呢，我實在想不出他有哪一個優點。

「但是，憑著爲我們流血受難的基督說，我既然已經成爲了他的妻子，就不能再去想這些事情。爲了讓他臉上有光，我特地買了漂亮的衣服穿給人看，可誰知它們竟然花去了我一大筆錢——到下個星期要賑的就來了。

「親愛的約翰表親啊，你不知道，要是我的丈夫知道了這件事，他準會要了我的命，而要是我不告訴他，討賬的人就會把這一切都告訴別人，到那時，壞了名聲丟了臉不說，我一個女人家活著還有什麼意思。

「所以，我想要了結自己。不過，親愛的表親，約翰先生啊，要是你能借給我一百法郎的話，我就可以不用忍受這種靈魂和身體的痛苦了。你知道，約翰先生，如果你不借我這筆錢的話，我是必死無疑的。請求你借給我這筆錢吧，我以上帝的名義起誓，我對你的感恩將是一輩子。不管你要求我做什麼，只要我能做到的，我都會盡一切力量讓你滿意的。否則，就讓上帝像懲罰夏娃一樣懲罰我，或者我就是第二個加涅隆③。」

女人說完低低抽泣了起來。那位最最文雅、最最溫柔的修士走上前來抱住她的腰肢，一邊親吻她的臉一邊說道：「我最最親愛的女郎，只要你有吩咐，我一定照辦。我向你發誓，只等你的丈夫出門到了佛蘭德④，我就把一百法郎給你帶來。」說完，他又在她的耳垂上親了幾下，低語道：「現在回去吧，親愛的，輕聲一點。看日頭，恐怕有九點多了，我可還沒有吃早飯呢。」

「我這就去讓人給你備飯，請你稍稍等一下。」女人快活得就像一隻吃到了骨頭的狗一樣，搖著尾巴快步走到廚房，吩咐廚師們趕快把飯準備好，然後就到樓上去敲她丈夫的門。

「誰？」商人在門裏不耐煩地吼道，「我不是說過不要人來打擾我的嗎？」

「親愛的聖彼得，你不準備吃飯了嗎？」女人把門敲得「咚咚咚」直響，「上帝賜給你那麼多的賬本和賬目，我看總有一天會要了你的命。打開門吧，看看日頭已經要過了那棵樹的頭頂了！你把約翰先生獨自丟在那不管，這就是你的待客之道嗎？」

「女人啊，你真的是不知道我們做生意的人有多難！」丈夫在門裏回答道，「上帝賜給我們這許多的機會，但十個人中總不會有超過兩個的人能把它把握住。有的人一生幸福，到頭來卻可能變得一無所有，有的人終生受窮，但由於有聖埃夫的保護，所以在一個不知道什麼時候，就會突然發了大財。所以，我們做生意的人就要時時觀察世事、檢查自己的收支情況。雖然我們笑著臉迎接每一個客人，但誰知道我們心裏頭的緊張呢？要是不能做到這些，我看這生意人也就不能再稱什麼生意人了，而不如叫作食客或者朝聖者。」

說到這裏，商人把桌子上的賬本賬目收拾一起，打開門對妻子說道：「我親愛的妻子啊，你是一個大方而有禮度的人。我明天一早就要到佛蘭德去了，在我不在的時日裏，你要照看好這個家：對待客人要謙和有禮，對我們的財產卻要保守秘密；你口袋裏有足夠的零用錢，我相信你也會穿得光鮮體面，不丟我們的臉。」說完吻了一下妻子，關上門，商人就下樓來招呼修道士開始享用那豐盛的早飯。

約翰修士吃飯完畢，用紙巾擦了擦嘴，趁商人的妻子到樓上換衣服的時刻，他把椅子拉到商人的跟前說道：

「親愛的表親啊，我知道你明天就要到布魯日去了。在出發以前，有兩件事我要對你說，一件是：出門在外不容易，你要小心照顧自己。天熱了不要喝涼水，天冷了要記住披大衣；騎在馬上要留神道路的崎嶇，飲食方面要有節有制。作爲你最親密的表親，雖然不能和你一同去，但我會在清晨和晚上都爲你祈禱，請求上帝保佑你不要出什麼意外——如果你有了什麼急事，請一定要記住設法通知我，我會完全按照你的意願幫助你。

「另外還有一件事，是我要請求你幫忙的一件事，但願你不會拒絕。你知道，在我的修道院中剛剛建好了一個大馬柵，所以院長派我順便買些馬。來的路上我早看好了幾個大賣主，只可惜身上帶的錢卻不夠。不知表親你能否先借我一點——我想，有一百法郎就足夠了。我會在兩個星期裏還給你，絕對一分都不少。」

修士的話音才剛一落，商人就露出謙和的神態道：

「表親你說哪裏話，出於對上帝的忠誠，我怎麼會拒絕你。一百法郎對我來說，不過是小事一樁——我的錢就是你的錢，只要你需要儘管拿好了。就是我所有的貨物，也靜待你派遣。

「雖然人家都說錢財是商人們的命根子，但憑著你上帝信徒的身分，我相信你是一個有信用的人，說好了什麼時候還，就會什麼時候歸還的。只要你手頭方便，隨便什麼時候都行。」

說完，商人匆匆上樓拿了一百法郎下來交給修道士。

修士先生說著感激不盡的話，還請主人務必能爲他保密，因爲這件事情今晚就能辦妥，知道的人多了，難免會影響到修道院的聲譽。這場悄無聲息的交易完成後，二人又喝了一些酒，然後修士就騎著馬辦他的事情去了。

商人在家中住了一宿，第二天一早出發去了佛蘭德城。在那兒他訪到了許多宗好買賣，連商人們常做的喝酒擲骰子等事情也趕不上做，就馬不停蹄地奔波起來。這樣的事情也不值得多說，我就來講講那位大家最想知道的修道士先生。

商人出發後的第一個星期日，這位先生又騎著馬來到了商人家。奴僕們見了他滿心高興，因爲他又給他們帶來那麼多的好玩意。但他們的高興誰也比不上商人妻子的，當這個下巴刮得光又鮮、衣服穿得新又展的人一出現在她面前時，她就知道再也不用爲一百塊法郎的債務而擔心受驚了。

女人歡天喜歡地地接待了他，作爲交換條件，修士先生讓商人的妻子陪他過上一夜。女人欣然同意，他們在商人的床上雲山雲海，快活了一夜，直到天大亮，修士才又騎著馬兒回到了修道院。商人的妻子在大門口笑臉相送，看他們那彬彬有禮的樣子，誰也不相信昨晚發生了什麼事。這樣相安無事又過了幾天，商人從比利時回到了聖但尼。他在餐桌上和妻子邊談邊笑，說這次到布魯日收穫很多，尤其是有一樁大買賣，做成了能賺不少。只是他手頭上並沒有現成的兩萬克郎，因此他得親自到巴黎去，向朋友們籌借一點。說到做到，在家裏停留了一夜，商人就又動身到了巴黎。

在這裏，他首先到修道院中拜訪了約翰修士，因爲他們不僅是朋友，還是最最好的親戚。修士高興地歡迎他的到來，帶他參觀了巴黎城，還像商人對自己那樣，熱情地款待他。

席間，二人談起分別後的種種情況，不由自主就扯到了商人的生意問題上。商人說：「感謝上帝，給我掙了一樁大買賣，只是我底金不足——還差兩萬克郎——不知道什麼時候才能籌上。」

修士說：「我親愛的表親啊，你能平安回來，我萬分感謝上帝。而對你的處境，我深表同情，因爲如果我有這筆錢，我一定也會像你那樣，把它慷慨地借給你，可是我確確實實沒有這份福氣。所以我只好向上帝禱告，祈求他降福於你，早日讓你得到這份款子。不過，我要提醒你，你上次借我的一百法郎我可是如數還給了你的夫人——我想她一定也跟你說了吧——我把它放在你的賬上，請她回來務必轉告你。

「還有，我最最尊敬的表親啊，有一件事我不得不說：由於院長有事要出城查看，所以我現在必須隨他而去。因此在這裏，我斗膽向你告辭，請原諒我的招待不周，並請代我問候你的妻子。」說完，修道士告辭而去，商人於是也策馬回到他住宿的旅館。

我們在前面說過，商人是一個在生意上很聰明的人，所以沒有多長時間，他就從一些朋友那裏籌到一筆款子，很快把這個買賣做了下來。商人在肚子裏粗略地一算，知道除了一切的開銷以及還債外，淨賺有一千多塊，於是就高高興興地返回了家裏。

妻子站在門外的臺階上迎接他，等不得和妻子說一些溫存的話，商人一把抱住她就把她抱進了屋裏。二人在床上興奮地玩了又玩，一直到第二天清早，雞已經叫了第三遍鳴聲，商人還覺得意猶未盡。於是他的妻子就在床上埋怨道：「呐，你有完沒完？」

商人道：「你不要抱怨，要說到不滿，我還有一肚子的話要對你說呢！

「上次我出門到布魯日之前，曾借給約翰修士一百法郎的錢，並答應替他保密。這次到巴黎去——你知道，我並不是去向他要錢。但當我和他談到我那筆生意需要用錢時，他卻說他早就把那一百法郎交給了你。請問，我親愛的妻子，可是有這件事沒有？

「我看得出來，約翰修士對這件事很惱火，因爲任何一個人都不願意別人第二次再把他當一個欠債人來看待。但只有上帝知道，當然你也知道，我到巴黎去絕不是想向他討債來著。

「所以我說，夫人哪，如果以後再有什麼人趁我不在的時候還錢給你，請你務必要通知我一聲，免得人家把我當一個吝嗇鬼看待，也免得我不經意中就得罪了人家。」

商人的話還沒有說完，他的妻子就一蹦從床上躍起來——丈夫的話既讓她吃驚，更讓她生氣：「這個壞了心腸的修道士，但願上帝讓他下地獄去。他確實是給我拿來了一百法郎的錢，但他既然沒有說是還你的錢，我怎麼能想到要跟你說起這件事呢？我還以為他只是看在我們親戚的份上，以及我們平時款待他的分上，拿來讓我維持你的體面呢！這個不知羞恥的壞胚子，我要詛咒他，讓他永遠不能升到院長的職位，也永遠不能升到任何高一級的地位。

「既然我處在如此受屈辱的地位，我就不如實話對你說了吧：對你來說，我遠沒有你那些債務人更令人討厭。我是你的老婆，為了能維持你的體面——而不是其他男子的體面，我給自己買了漂亮的衣服穿——你上次不也是這樣說的嗎？只是我不知道它們竟需要那麼多的錢，我真的不知道！為了想著要還你錢，我天天禱告上帝，可我主有眼：我去哪兒弄那些錢呢！

「我是你的老婆，一心想著你的利益，所以這些錢實在花得不算浪費啊。再說，即使我還不起你的錢，我還是你的老婆吧，我可以在床上讓你得到滿足，得到人世間你在哪兒也得不到的快活，你總可以了吧。我親愛的丈夫，就請消消氣，翻過身來看看我吧！」

商人見事已如此，只好作罷。因為有人說得對：「和自己的老婆生氣，那是傻子的行為。」所以他只好說：「我警告你，下不為例。」說完，就猛地一下翻身壓在了自己的老婆身上。

我的故事講完了。願主保佑我們——阿門！

①羅拉德是當時反對天主教會的一個英國基督教教派的名稱。
②聖但尼是巴黎附近一地名。
③加涅隆（一譯岡隆）是法國《羅蘭之歌》中的叛徒，出賣了英雄羅蘭，後被四馬分屍。
④佛蘭德即佛蘭德斯，為西歐一地區名，布魯日為其中一城市。

修道院女院長的故事

「受苦受難的我主耶穌啊，請允許我替您詛咒這個可惡的修道士吧！」水手的故事剛講完，旅店主人就代我們說出了心裏的話。「這個故事告誡我們，千萬不要相信那些和你攀親結貴的人，更不能把年輕的修道士帶回家中。聖奧古斯丁①也會受屈辱——他的老婆曾被人戲弄，更何況是我們這些人呢！願我主聖明，懲罰那個可恥的罪人吧！——水手先生，你講了一個很好的故事，願主保佑你以後在海上一路平安！接下來該哪一位呢？」

說完這句話，旅店主人對著所有人看了一眼。見大家都沈默著不作聲，他於是就把目光停到了那位高貴的修道院女院長的身上，「尊貴的院長女士，請恕我不敬，不知您能不能爲我們講個故事呢？」

「嗯，好吧！」院長女士矜持地點了點頭，先開口說出了下面一番話。

「主啊，我聖明的主！你的英名世人皆知，就連那些還在襁褓中的孩子也對你表示敬意，更不用說我們這些卑下的奴僕。我要盡我的全力來讚美你，不是爲了要爲你散佈聲名——你本身就是一切榮譽和輝耀的總和——而只是想表達我對你的愛和尊敬。

「你有一個聖潔的母親，雖然生下了你，卻還是一個處女。她就像一朵潔白的百合花一樣，因爲謙卑和善良，感動了天父，所以能讓摩西看到未燃樹木的燃燒的天父，憑著其無窮神智把聖光照到了她的胸間，於是，我偉大的主啊，你就脫胎於她的腹中！——爲這一切，主啊，我要竭力讚美她！

「聖母瑪麗亞，你是貞潔和仁慈的化身！在人們還沒有開始有所作爲以前，你已經憑藉著你的愛心爲我們做了祈禱，而當我們一旦有所行動時，你又以你的仁慈和慷慨把我們引導到你的兒子身旁。你是謙虛和力量的化身，我主耶穌之母、聖母瑪麗亞啊，我要盡力讚美你！

「我知道，我的力量如大海裏的一滴水珠般弱小，爲你效力、替你傳道對我來說，責任未免重了點。但仁慈的聖母啊，我知道一旦我開始唱歌，你就會在暗中把我引導！

「所以，我現在要開始講我的故事。」

——女院長的故事由此開始。

從前在亞細亞的一座城池裏，有一個特殊的區域，它是領主親自同意劃定，出於利益的考慮，專門供猶太人居住的地方。這地方的不遠處有一個學校，基督徒的子女們幾乎都在那裏上學。由於領主有規定，基督教人可以自由出入猶太區，所以每天上下學，許多孩子都會抄近路從猶太區穿過。這樣，事情就出在這條猶太人居住的大道上。

事情是這樣的。在這個學校裏有一個七歲的小男孩，在唱詩班裏上學——由於孩子尙爲年小，所以在這裏，他們除了唱歌就是認字。這小男孩是一位寡婦的兒子，從小受他母親的教誨，要熱愛聖母瑪麗亞。所以在學校裏，他每逢看到有一幅聖母的像，就要跪下來磕一個頭，天天如此。有一天，他聽到旁邊年紀較大一點的孩子正在學唱一首歌，那曲調舒緩而優美，有幾句好像還是在頌揚聖母瑪麗亞的。於是他就像聖尼古拉一樣，懷著滿腔的熱情去仔細傾聽，還著了迷地想要學會——這樣就能在耶誕節的時候唱給他的母親聽了。

但是，這首歌是用拉丁文唱出來的，所以他只能先請那其中一位交情較好的同伴為他用英語解釋下來。他為這事甚至不惜給那位同伴下跪，終於聽得他說：「我也不能完全明白這首歌到底寫的是什麼意思，不過我會把我所知道的告訴你——我曾經聽人家說過，它的意思就是要讓我們終生記住聖母瑪麗亞的恩情，因為她是那麼聖潔而且仁慈。如果我們一輩子都歌頌她，那麼在死的時候，我們就能祈求她救一救我們了。」

「這麼說來，它真的是一首頌揚聖母的歌了？」孩子興奮地問道，「我的主啊，我一定要把它學會。以您的名義發誓，哪怕是因為它我的成績會下降，我一天會挨三次揍，我也要把它學會。」

從那以後，每到放學回家的路上，他就請那位同伴教他唱這首歌。過不了多久，他就能非常熟練地把它唱出來了，而且唱得既大聲，又動聽，和唱歌班的同學比起來，一點都不遜色。

我們前面說過，這個孩子回家、上學都要經過一個地方，就是那個被劃定的猶太區。由於他每天至少要把這首歌唱上兩遍——一遍是上學的時候，一遍是放學的路上，他唱得是那麼專心，那麼快樂，所以他的行為就惹怒了一個怪物，它就是魔鬼撒旦。

撒旦用它曾經引誘過我們女人的祖先的蛇嘴對猶太人說：「啊，希伯來人哪，看吧！你們竟然允許一個其他宗教的、與你們的信仰為敵的孩子每天唱著他們的歌穿過這條街，我真為你們而羞恥。快快起來吧，阻止這種事情的發生。」

於是，猶太人就聚集在一起策劃了一個陰謀，他們讓一個殺手埋伏在那條猶太人的道路旁，等那個孩子放學回家的時候，這個人就竄出來把他抱住，然後掏出鋒利的小刀，在這個孩子的喉管上割了幾刀。爲了怕被別人發現，這個兇手還把那具小小的軀體就近扔進他身後的一個大坑裏——就是那個猶太人盛放污濁的排泄物的地方。

啊，主啊，你的虔誠的小小子民就這樣在希律王②式的暴行中而喪生！他的靈魂有如天國的羔羊般純潔，他的身軀有如拔摩③筆下的童子般貞潔，在唱著偉大的聖母瑪麗亞的歌聲中他被人殺死了，難道我主可以容忍這樣殘忍的事嗎？

——不！任何的作惡與犯罪總會有暴露出來的那一天，無辜的鮮血總會有獲得償還的那一刻！所以，我主在天上睜開他憤怒的雙眼，先是目睹了這一切的事情，然後就把詛咒和聖靈降了下來——他詛咒兇手會受到應有的懲罰，他降下聖靈則是讓那個孩子的身體在糞坑裏浮起，面部整潔、像是一顆珍寶一樣地仍舊唱著歌。

所有經過此地的人，包括基督的和猶太的，都被這樣的奇蹟驚呆了，他們紛紛圍到坑邊觀看，還派出人趕快去通知領主大人。

而此時孩子的母親，就是那位可憐的寡婦，卻在家中焦急地等待著孩子的回來。

「眼看天色已經不早了，爲什麼我的兒子還不見蹤影呢？」她在心裏向上帝禱告的時候問。她的臉色因爲擔心而蒼白起來，她的聲音因爲害怕而顫抖起來。終於，她決定親自到學校去找一找她的兒子。她向每一個認識的或不認識的人打聽她的兒子，有人告訴她好像在猶太人的那個地方見過他，於是她就一路跑著到了猶太人的地方。她又向每一個見著的猶太人打聽她兒子的下落，他們卻說沒有看見。這個女人不知道該怎麼辦才好，於是她就悲淒地放聲叫起她的兒子的名字來，並一路哭叫著，一路就走到了那個有人圍觀的糞坑旁——這定是上帝的意旨引導了她，使她終於看見了她兒子的身體。

那時，基督徒們正在糞坑邊把這個孩子的軀體撈出來，他們邊哀哭著，邊唱著讚美給予人類輝耀的聖母瑪麗亞的歌。領主已經來到，命人把所有的猶太人都抓起來，還讓人給這個孩子準備了最好的棺材，下令把他抬到教堂去。

孩子的母親哭倒在棺材旁，像拉結一樣④。人們還沒有把她拉起來，她又昏了過去。

於是領主下令，要把參預這項謀殺的所有猶太人施以極刑：先把他們拴在野馬的後面拖到死去，然後再把他們吊在樹上以示警誡。然後，領主又下令，讓所有的基督徒都來參加這個小孩子的葬禮。他們先把孩子放到那個寬闊的主祭壇上，然後所有人唱起歌爲孩子做彌撒。當教堂最高的主事把聖水灑在孩子身上的時候，不想那孩子竟又唱起了歌。

「我的主啊，憑著三位一體的聖靈說，誰能告訴我被割斷了的喉嚨怎麼還能唱出人們所能聽見的歌？」教堂主事震驚地跪倒在地對著天空問道，其他所有人也爲這個奇蹟而震得紛紛跪倒在地。

這時，就聽祭壇上一個聲音說道：「我的喉管是被割斷了，但我對聖母的讚美卻沒有被隔斷。我一向頌揚我主基督偉大的母親、所有貞潔和仁慈的化身，聖母瑪麗亞，所以在我死的時候，靈魂得到了她的施恩。

「她來到我的身邊對我說：『我的孩子，不要害怕，我不會拋棄你。你是我忠誠的傳播者，所以我要讓你仍舊唱下去，讓世人皆知我的存在和威力。我在你的舌頭上放了一顆麥粒，直到他們聽到你的歌聲，把麥粒從你的口中取出時，我才會來引領你奔入天堂。』」說完，孩子又大聲唱起那首他最喜歡的歌來。

教堂主事的眼淚已經從臉頰流到胸衣，又打濕了他面前的那一小片地面，但他好像全然不知，站起來，走到孩子的身體旁，邊唱著讚美聖母的歌，邊拉出孩子的舌頭，把上面那粒麥子取了出來。

歌聲停止了，所有人都看到一個平和的靈魂從孩子身上飄起，直飄出了教堂大門，向著天空而去。於是人們又忍不住低低哀哭起來，然後邊唱著讚美歌，邊把孩子的身體抬起來，放到那個用最光潔的大理石做成的墓穴裏。

——願上帝恩准，將來也讓我們在那個地方與那個孩子見面。我的故事講完了，願那些兇惡的猶太人永遠受到人們的詛咒！也請仁慈的主對我們格外關照。

——女院長的故事結束。

---

①聖奧古斯丁（？～604）是羅馬本篤會聖安德烈隱修院院長，五九二年率傳教團到英格蘭，使英格蘭人皈依基督教，同年任英格蘭坎特伯雷首任基督教大主教，故又稱坎特伯雷的聖奧古斯丁。還有一位聖奧古斯丁

（354～430）是基督教哲學家。

②希律王指猶太國王希律大帝之子及繼承人希律·阿基勞斯（前22～18），後被羅馬帝國剝奪王位，流亡高盧。據《新約全書·馬太福音》說，他準備殺死幼小的耶穌。

③拔摩為愛琴海中一小島，面積二十八平方公里，位於薩摩斯島西南。羅馬統治時期為流放地，最有名的流放者是第四福音的作者約翰。他曾寫道：「那保持童貞的男子在羔羊前唱歌」。

④拉結為《聖經》中的人物。希律王為除掉剛出生的耶穌，下令將伯利恆城及四境所有兩歲以內的孩子盡數殺死，結果無數的孩子被殺，拉結為一受害兒童的母親，她「號啕大哭……不肯受安慰。」見《新約全書·馬太福音》。

修道士的故事

「憑聖母瑪麗亞的聖體起誓——」

我的故事剛剛結束，旅店主人就迫不及待地露出了他的激動，「喬叟先生給我們樹立了一個完美的偶像！普魯登絲是所有男人心中的標準，但願我的老婆能夠聽到這個故事。

「諸位，喬叟先生，你們聽說過我的老婆嗎——她在我們那個地方可是鼎鼎有名，因為她的潑辣——不怕諸位見笑，確實如此。」旅店主人聳了聳肩膀又說道：「我的老婆是男人的剋星、女人的變種——怎麼，你們不信？那我就給你們細細說說吧——就拿上次的事爲例。那次我還沒有動手打我的夥計，她就已經遞過來一根棍子說：『打死他們！打死這些偷懶的傢伙！』怎麼樣，普魯登絲會說這樣的話嗎？而且，還有——每次我們到教堂去時，只要有哪一個女人或男人沒有對她行禮問好，回到家裏她就會對著我大喊亂叫：『你的老婆受了污辱，你應該去報仇！拿著刀，拿著棍子，或者是剪子，快去！怎麼，你不去？——啊，我的命好苦啊，怎麼就嫁了你這麼一個沒有骨氣的膽小鬼、懦夫、孬種！啊！啊！嗚！』然後，她就哭起來了——怎麼樣，各位？我想至少你們的老婆不會是這個樣吧？

「唉，其實我的命才叫苦呢！上帝讓我娶了這樣一個老婆，卻又讓我聽到普魯登絲的故事，這不是存心要我的命嗎？各位，你們不知道，有時我還真是想要去陪上帝呢——每次聽到她又哭又叫的聲音，我就恨不得有個老鼠洞能鑽進去，或者乾脆就用她遞給我的剪子或刀子了結了算了——當然，我是決不敢和她對著幹的。不瞞諸位，我的老婆長得腰圓臂壯，就我這身材，我想，只怕再來三個也不是她的對手。所以，各位可想而知我的生活有多麼窩囊了。我想，總有一天，我會用我手中的東西去幹掉一個人的，不管是男人女人，我的憤怒總有一天會讓我失去了理智——但願我主能讓我逃脫法律的制裁，阿門！」

旅店主人越發顯得激動了起來，於是眾人就安慰他說，男人生來就是為女人服務的。又說我們的老婆也不比他的強多少，有的人還不避嫌地也為他例舉了自己老婆的好事。於是，旅店主人就逐漸平靜了下來。過了一會兒，他終於恢復了原來的狀態，說道：

「真是抱歉，我差點就容忍魔鬼撒旦耽誤了大家寶貴的時間。現在，我們再接著講故事吧——

喂，修道士先生，不要那麼無精打采！你是不是也該為我們講講你的事情呢——你看你面色健康，衣著華貴，氣度軒昂，定是有著不凡的身分。也許是你哪個教區的主事？或者是主教大人的近侍？憑我父親的在天之靈發誓，我猜你定然有著不菲的家財，大片的土地。唉，也不知道是哪個該遭詛咒的靈魂竟然把你召進了教堂的大門，這對我們男人來說，不是最大的損失嗎——你那良好的體魄顯示你一定是個精力旺盛的大種馬，只要一次，你就會讓任何女人為這個世界再增添一個靈魂。不過，也真是慶幸，要不是教皇大人讓你們這些人通通成為孤家寡人，那我們這些小樹苗型的男人豈不是討不到老婆了？不過，也正是因為教皇大人選中了你們這些身強體壯的人做他的聖徒，才使得女人找教士，男人戴綠帽子——世界將因此而完蛋。」

旅店主人的話引得所有人都笑了起來，就連那位修道士也忍不住面帶笑容，說：

「笑話雖是笑話，卻可以聽出一定的道理。既然輪到了我講故事，我就要盡全力給大家講一個好故事。只是——以我主的名譽發誓——在我腦子中有太多的情節在流動，不知道大家是想聽悲劇呢，還是喜劇？我知道愛德華的生平，也知道許多古代名人的事情——他們總是先興盛、後衰亡，最後又悲慘地死去。這樣的故事情節曲折，形式多樣——有的人用詩體來記述，有的人用散文來寫出，所以最爲我所喜愛。不過，不管怎樣，它們中總是離不了教皇或王帝，雖然順序可能有所不同，但卻無傷大雅。現在，我就選一些這樣的故事給大家講講吧——暫且命名爲《高貴的苦難》，願諸位不要因爲我的才疏學淺而影響了自己對故事的判斷。」

我喜歡悲劇，是因爲從它們中可以看到幸運女神的任性。她總是憑著自己的好惡來做事：一旦看中了你，就會從天上給你降下無窮的福澤，可一旦有了新歡，又會把你忘得一乾二淨。多少的名人貴士因爲她富了又窮了，最後不得不陷入最難拔的境地，所以我要把他們的故事說出來，警告大家：不要輕易相信這個女神。

——至此，修道士的故事正式開始。

魯齊弗爾①

誰說幸福女神不敢碰撞天使？魯齊弗爾不就是個好例子！他本是我主上帝身邊的一個小天使，卻因爲偶然犯罪而被判入了地獄。從此後在那個黑暗的地方不得出啊，魯齊弗爾你可曾想到：以前在天庭裏有許多的富貴可享，如今卻成了人人唾罵的惡魔撒旦？

亞當

人類的先祖啊，這世界上的第一人！上帝因爲要在這土地上降下生命，又要找一個看管果園的人，於是就親自按照他的形象塑造了人——這在最初是沒有考慮到人類生命的繁衍的——可誰知他卻背叛了上帝、那創造他的人。一棵禁樹結束了他無憂的生活，從此後他所面臨的只有苦難和折磨。

參孫

所向無敵的參孫是上帝眼中的寵兒，他的出生是受天使的引導，出生後又受上帝的恩惠，擁有巨大的力量。他能赤手空拳打死一頭雄獅，而這發生在他去參加自己的婚禮的路上。他娶了一個漂亮的女人爲妻，誰知卻成了他致命的禍根。

這個女人喜新厭舊，愛上了敵營裏的一個青年，爲此，參孫大發脾氣。在三百隻狐狸的尾巴上繫上稻草，參孫親自點燃並把牠們趕到了敵人的營帳。一路上所有的樹木和莊稼全都燃盡——有葡萄樹、橄欖樹等等，還燒著了許多兵士的衣裳。有六千個敵兵向參孫衝來，他僅靠著手中那根驢子的骨頭就把他們全都殺死。

戰勝了的參孫口乾舌燥，差點死去，於是就祈求上帝看在他受了污辱的分上降下甘霖。萬能的主運用他的法力讓那根驢子的骨頭裏流出汩汩的清水，喝飽了的參孫不由地跪下去向我主謝恩。你要是不相信這個事例，可以到《士師記》②裏去查查，我敢以我主的名譽向你保證，你一定會有滿意的結果。

參孫的力大無窮不是因爲他愛喝烈酒或葡萄酒——瞭解他的人都知道他從不喝這兩樣東西，也不沾諸如此類的東西。他之所以能夠爲了顯示自己的偉大，而在非利士人的注目下，把他們的城市——加薩城——的城門用一個肩膀的力量就卸下來，並扛到山上去，是因爲他有著上帝的恩惠：我主曾在他出生後的一個夜晚，派天使去到他的夢裏面。他被告知一個重大的秘密，就是在他的有生之年如果他能不讓一刀一剪損壞他的頭髮，那麼他將永遠擁有上帝的力量。從此後參孫過了二十年，打敗過許多的敵手，做了以色列的王，卻沒有一個人知道他的秘密——直到他結婚娶了那個女子。

那個女子就是我們所說的那個愛上了敵人的女人，她聽了參孫的秘密後就跑去告訴了她的情人。敵人給她策劃了一個陰謀，這個女人就帶著它來到了參孫的帳篷。女人假裝悔過的樣子騙取了參孫的相信，於是就在他睡在自己懷裏的時候，把他的一頭長髮全都剪了下來。

在外接應的敵人衝進來，不費吹灰之力就把這個以前的英雄捆了起來，還從他的臉上把眼睛挖出來。之後他們送他到一所地下磨坊裏，讓他當畜生磨磨，可憐的參孫既不能再像從前那樣威風，整天裏就只有以哭泣來祈求上帝。

這就是一類上等人物的結局，他們總是由上而下摔得再也站不起來。往日的榮華富貴只是過往雲煙，無窮的苦難才剛剛開始。不過，參孫還是幸運的寵兒，他雖然失去了雙眼，卻還沒有忘記向我們仁慈的主禱告。結果就是主賦予了他一個不可再得的好機會，借助敵人之手把他帶到了一個筵席上。那些人本來是想顯示自己的功勞，請一些人來觀看，以便羞辱這個被他們抓住的囚犯，可誰知參孫得了上帝的幫助，竟然就在那個大殿裏恢復了他的力量。他搖動大殿的兩根支柱，讓殿堂在剎那間傾倒了下來，連同他，連同那些王公貴族、文武大臣，以及所有的兵士，就一同被埋到了那大殿下面。

生命在即刻間化為灰燼，留下的只有一個長久流傳的告誡：有些秘密是不能告訴別人的，就是你的妻子，也可能會置你於死地。

赫拉克勒斯

偉大的英雄赫拉克勒斯，讓我們歌唱他的業績吧！作為力量的象徵，據說他有十二項無人能比的功德。兇狠的猛獅在他手中成了一堆殘缺不全的屍骨，半人半馬的怪物在他面前也不得不屈從。他還殺死了那個像人又像鳥的東西，為了得到金蘋果，他不惜獨闖龍潭。在地獄的門口，他把那三隻守衛的犬兒偷了過來，因為要報復，還對暴君布西里斯③下了毒手。他不讓人們用錢贖回布西里斯的屍體，而是趕來一群獵狗把它吃了個精光。隨後，他又做下了六件大事，殺死噴火的蛇、把阿刻羅俄斯④的牛角掰下來、從山洞中揪出偷了牛群的卡科斯⑤並把他殺死、大戰巨人安昔烏並取得勝利，還有，他曾經殺死危害人類的大野豬，為了不讓天塌下來，他用自己的肩膀把天柱頂住。

這一項一項的偉大的事蹟僅靠嘴巴是說不完的，各位如果有興趣，可到希臘神話中或其他的什麼書中去看。如果你找對了對象，我相信還有更多的有趣的事情可以讓你興奮，在這裏我們就單表赫拉克勒斯的死——有誰知道，這位英雄的命運竟也完結在一個女人的手上。

話說這個威名顯赫的人物有一個妻子，叫德傑尼拉，生得就像五月的鮮花般美麗。她對丈夫有了異心，於是就把一個內裏裝有毒物的襯衫送給他穿。這貼身的東西一挨著赫拉克勒斯的肌膚，就生出無窮的力量，把他的肉一塊一塊地燃燒，到最後，竟然把一個威猛的英雄折磨成一堆爛肉。

有人爲這個女人辯護說，她是受了奈蘇斯的騙才會把衣服送給丈夫穿⑥，發生了這樣的事再沒有別人比她更悲哀。但不管怎樣，我們可以看到有一個事實存在，那就是赫拉克勒斯這位英雄雖然在戰場上所向無敵，雖然在各個王國裏都享有盛名，並且據特羅菲⑦的話，他還在世界的兩極建造了兩根大柱子——以頂替他的肩膀，但這位英雄最終卻受不了肌膚一塊一塊往下掉的痛苦，於是就在最不能忍受的時刻，他命人燃起一堆乾燥的柴火，把自己進行了了結。

人都說命運之神是最值得信任的女神，可要我說啊，她才是人類最可怕的惡魔：你對著她哭，她卻讓你笑，你對著她笑，她卻能讓你永遠都哭。所以，我奉勸各位啊，千萬要把自己的雙眼擦亮，不要相信任何人或任何神——只除卻我們偉大的上帝耶穌，他才是我們一切萬物的真正主宰——阿門！

尼布甲尼撒⑧

有誰能說出這世上比尼布甲尼撒還富有的人？我想沒有！在遙遠的巴比倫，他是萬人之上的王者，是權勢、威力和財富的象徵。他曾經兩次把耶路撒冷收歸己有，還霸佔了那裏所有的法器和財物。為了安於享樂，也為了羞辱他的敵人，他把所有以色列王室的子子孫孫，以及與它稍有聯繫的人家的小孩，都命人抓了起來，並且割去他們用以繁衍後代的東西，就這樣送進他的宮裏，供他使用。

他還命人建造了一座全金的自身像，為的是讓他攻佔的城池的所有百姓都時時刻刻俯耳聽命。在那高六十肘⑨、寬七肘的金像下，有衛士在監管，所有經過這個地方的人都要跪下來磕頭，否則旁邊那燒得通紅的火爐就是他們的葬身之處。

這其中只有三個小孩始終不肯屈跪，他們就是但以理和他的兩個夥伴。但以理是所有被抓孩子中最富有智慧的一個，由於他有別人所沒有的解夢法力，所以很受尼布甲尼撒國王的喜愛。但是尼布甲尼撒不允許有任何一個人違抗自己的命令，更何況還是敵人的孩子，於是他就下令要嚴懲那三個違抗者——正在這個時候，誰也沒有想到，他竟然突然一下子就變成了一個牲畜，有牛的身體，還有牛的習性，跑到野外吃著泥土地上的乾草，狂風暴雨下也只是躲進牛棚。

——我想，這就是上帝的仁慈：他讓不聽命於他的暴君得到了應有的下場。尼布甲尼撒在野外待了幾年，與其他野獸為伍，頭髮逐漸變得像鳥兒的羽毛那樣髒亂，指甲裏也沾滿了令人作嘔的東西。每天夜裏他想起自己以前的榮華富貴、威力無比，就會想到自己的兇暴，於是他在後悔中祈求上帝寬恕。

我已經說過，這世上最英明的是我們的主，最仁慈的也是我們的主。但以理是他所喜歡的人，為了他，也為了尼布甲尼撒對他的不敬，他讓尼布甲尼撒變成了一隻牛。多年以後，在天庭那雄偉寬闊的地方，他聽到了尼布甲尼撒的悔恨和祈禱，於是就產生了憐憫之心，讓他恢復了原形。從此後尼布甲尼撒雖然又過上了他原來的生活，但卻從此再不敢忘卻我們偉大的主——直到他生命消亡的那一刻亦然如此。

伯沙撒

人們都說：「有了第一次教訓，就不該犯第二次錯誤。」可這世上總是有那麼一些人，不相信上帝的威力，只信任自己手中的權力。這種愚蠢而又自大的人物通常沒有好的下場，伯沙撒就是一個例子。

他就是上面我們所說的那個人的兒子，在父親死去後，繼承了王位。雖然他的父親曾有過令人羞恥的教訓，可這個兒子卻是個不能吸收教訓的傻瓜。他不但把王宮修建得比他父親在世時還要豪華，就是下起命令來也比他父親先前的行爲更驕狂。他認爲在這個世界裏，只有他是最勇敢而且幸運的人，除了上帝沒有什麼可以做他的信仰。可是他對上帝的忠誠是愚蠢地建立在他的自大與自滿之上，所以他不知道這已經觸怒了萬能的神。

有一天，這位國王召集全宮廷的文武大臣，說：「爲了感謝我們的主賦予我們的這一切土地和權力，我決定要在神廟裏舉行一次慶祝與祭祀。把我的父親從耶路撒冷收集回來的法器全搬出來，我要用它和我的王妃們喝酒碰杯。」於是，這位國王就拿著神的器皿當作自己的酒杯，和所有的王妃大臣喝了個醉。

最後，在所有人都歡天喜地的時候，他忽然抬頭看見了對面牆上有一個人在寫字，睜大眼睛卻怎麼也找不見那人的身形，也看不見他的胳膊。這位國王嚇得大叫一聲從王位上摔下來，衛士們把他抬入後宮後，就請但以理來解字。

但以理一看牆上的字就明白了是怎麼回事——當然，他也知道其他人是無論如何看不懂的，因爲他們沒有他的這份能力。於是，他就對國王說道：「王，你看，這牆上寫的是『彌尼』『提客勒』『法勒斯』幾個字。它們的意思是『你已到了最後的時刻，不能再稱王稱帝，你的國土將會分裂，一半在瑪代人，一半歸波斯人。』」

國王聽了大驚失色，臉色白得比死去的人還要厲害。不過沒過多久他又想，也許這是誰在和他開玩笑，用了看不到的法力在牆上亂寫字。於是但以理就又進一步對他說明道：

「你的父親曾經也是一個國家的王，卻因爲所行無道遭到了上帝的懲治。他把他變爲一個人面牛身的怪物，和其他牲畜一起生活了那麼多年。後來，因爲他認識到了自己對上天的褻瀆，並誠心地做了悔改，上帝才又還給了他王位、聲譽和財富。這本當成爲你的一個教訓，可你卻轉眼之間就把他忘記。你用神的器皿當作自己的酒杯，還在神的大殿裏肆意狂歡，你把自己作爲與上帝同等的人看待——要知道，這世界上沒有哪個人的力量或威望能超過我們萬能的主，所以你必將受到懲治。」

果然，就在但以理預言的那一個晚上，大利烏衝進了伯沙撒的寢宮。他把他殺死在一堆王妃的屍體中，最後沒有舉行任何儀式就宣布代替了他的王位。

各位，我們在前面說過命運女神是不可靠的。一旦你在不小心或不忠誠中觸怒了上帝，他就會派她把你所有的財富和權力取走——不管你是國王，還是教皇，都不能抗拒這種剝奪；他還會剝奪走你所有的朋友，讓他們與你反目成仇——我想這樣的例子就不用舉了。

諸位，就讓我們記住一句話吧：我主是萬能的，千萬不要褻瀆他。

芝諾比亞

命運女神總是把人間的興衰榮辱玩弄於掌上，波斯人書中關於巴爾米拉女王的記載就是見證。她的名字叫作芝諾比亞，身分極其高貴，是波斯王室的正宗血統。論修養，全巴爾米拉的女人沒有一個能比得上她——她熟讀各種各樣的書籍，精通各地風情和禮儀，還具有高尚的道德和寬宏的心。論財富，在許多的爭戰中，她理所當然地取得了最好最值錢的財物，包括各種各樣的法器、金銀珠寶，還有男男女女的俘虜，等等。要說到她的容顏，在巴爾米拉，所有男人都希望夜夜夢中能看到這個影子，除此之外，還有她那副健壯勻稱的身材——這是她從小在山間田野遊蕩而不躲在閨閣深樓的結果。

她有著矯健的身姿和嫻熟的武藝，當一天中讀書的時間過去以後，她就會跨上大馬獨自到林間去狩獵。據說，所有的麋鹿都不可能從她箭下逃走，就是碰上獅或豹子，憑著雙手她也能把牠們戰勝。為了證實自己的力量無人能比，她在角鬥場上與男子角鬥，贏得禮物，然後就不帶一兵一馬去闖猛獸的洞穴。在巴爾米拉，男人們尊敬她，喜歡她，仰慕她，卻沒有一個人敢向她示愛，因為她認為女人一旦結了婚，就成了男人的奴隸、生孩子的工具，所以她拒絕任何的求婚。

在過了很多年後，由於年齡越來越大，而且根據上帝造人的原則，女人就該為這個世界努力增添人口，於是她產生了嫁人的念頭。在許多人的撮合下，本國的王子渥登那克有幸做了她的丈夫，二人的婚禮辦得既氣派又盛大，連一些離她們很遠的國家也派使者送來了禮物。婚後二人出人意料地生活美滿，只除了一項不為人知的規矩：女王循著她那高尚的道德認為，一個女人如果不是為了得到孩子而容忍她的丈夫幹那事，那麼這個女人就是個淫蕩的女人。所以，婚後她非常謹慎地和丈夫做了幾次那樣的事，等得到兩個孩子後，就再也不允許他上她的床。

他們把兩個男孩教養得非常有禮貌，完全繼承了皇家的風範，而且還親自訓練他們的體魄和武功，為的是以後好繼續征戰。這期間，芝諾比亞又領導了幾次對敵戰爭，充分發揮了她那高強的武藝，明智而又審慎的性格，使巴爾米亞大獲全勝——如果各位想知道一切更詳細的細節，那麼可以去找我的老師，彼特拉克。他曾經對這一方面有專門的研究，知道她征服了哪些美麗的地方，而那些地方原來都是屬於羅馬的管轄；還知道她得到了多少的財寶和俘虜，運用這些財寶和俘虜，她和她的丈夫把他們的國家治理得井井有序。而這一切，在我的故事中就全部擇優從簡，我們單把這個女王的最後命運看一看，因為這樣才符合我講這個故事的最初目的——就是看看命運女神手中的人生浮沈。

話說巴爾米拉女王和她的丈夫共同生活了很多年，養了兩個孩子。可誰知有一天這個叫渥登那克的國王⑩卻突然遭到人的暗算死去，於是女王就扶助她的兩個兒子，一個叫赫曼諾，一個叫蒂馬拉，坐上了王位。她幫助他們繼續擴大疆土，從亞美尼亞地區到埃及，從敘利亞到阿拉伯地區，各國的國王都不敢和巴爾米拉女王同起同坐，為了和平和因為害怕，他們紛紛與她簽訂條約或結成同盟，受她的管轄或制約。就連強大的羅馬帝國皇帝加列努斯和克勞狄烏斯⑪

都對她忌憚三分，不敢貿然把他們與她之間的矛盾搬上戰場，而是派人來和他結盟講和。這種情況一直持續到了奧雷連⑫登上羅馬的最高寶座，作爲一個強有力的國家領導人和軍隊統帥者，他對巴爾米拉的行爲早已憤恨多時。爲了能在自己的統治期內有所建樹，使羅馬的威風重振如昔，也爲了打擊巴爾米拉國的氣焰，這位英勇的武士率大隊人馬開出，在一個靠近巴爾米拉城的戰場上把他們的女王親自捉住。

羅馬兵士將芝諾比亞女王那輛聞名各國的金戰車奉獻出來，給奧雷連國王，他卻讓女王頭戴王冠，身穿王后之服，徒步走在它前面，爲的是羞辱和展示給人看。從此後，這位前一時刻還高高在上、俯視眾生的女王，後一時刻卻已成爲了一個頭戴布巾、手拿紡梭的普通婦人⑬——不僅其他王公貴族可以對她出言不遜，就是連一個平頭百姓也可以對著她隨意看。

這個故事就是關於命運女神那毫無規則的指引和玩笑，各位，聽我的奉勸，千萬別輕易相信她！

佩特羅王⑭

這世上聽說過敵人殺死敵人，朋友殺死朋友，僕人殺死主人，妻子殺死丈夫——因爲他們都不是有著血緣關係的親戚。但可憐的佩特羅王啊，卻是被自己的親弟弟所殺！

一片雪地上，一隻黑色的鷹，雖然幾經掙扎，卻還是被那火紅的長杆黏住⑮——這就是罪惡的哥斯克林，正是他釀成了這齣悲劇。查理大帝有忠誠的奧利弗⑯子民，爲了國王甘願獻出自己的性命，但恩得克身邊的奧利弗啊，卻是一個像加涅隆⑰的大騙子。他和國王的弟弟定下奸計，誘使這可敬的君王上了當，還憑藉親弟弟之手，把這可憐的人兒刺死。

命運女神啊，你把一個國王從高高的位置上拉下來，並趕他出了他的國土，這還不滿足嗎？為什麼非要讓他丟棄性命才肯罷手！

塞浦路斯的彼得王⑱

塞浦路斯有位彼得大帝，生就得睿智而且英勇。因為大敗亞歷山大，而被幾乎所有寫歷史的人傳頌。在懲治異教徒的事情上，他的業績也非常明顯，所以很受他那個國家人民的喜歡。但是有一群暴躁而心胸狹小的大臣們，因為嫉妒國王的聲名——這聲名他們人人都想有，卻人人都沒有——於是就策劃了一次陰謀：他們趁國王在床上熟睡的時候，拔出刀子殺死了他。

命運的輪迴就是這樣，短暫的歡樂轉眼間就變成悲傷。

倫巴第的貝爾納博

這是一個侄子弒殺叔父的故事，我覺得很有必要講一講。

倫巴第的貝爾納博，本是一個高貴的人物，和他的弟弟共同享有爵位，共同執掌米蘭的大權。但是他的侄兒日日感到強力的威脅，於是就把他逮捕起來投入了監房。親生的血緣加上外在的關係——他還是他的女婿——無論多麼強大，遇到命運女神的耍弄時也會變質，有誰能說出貝爾納博王死時的情況和緣由呢？

比薩的烏格利諾伯爵

比起上面我所說的幾個人的故事來，這個人的情況並不比他們的遜色。在我看來，結局都是一樣，只是這其中又多了幾個孩子的生命。烏格利諾伯爵本是比薩城的第一人，他的功績和權勢卻受到了主教大人的覬覦。這個叫魯吉埃的惡徒捏造了汙名，把烏格利諾逮起來，投入監牢，那地方就在比薩城外的一個城堡。就像鳥兒進了籠子再也飛不出去一樣，烏格利諾和他的孩子進了這個地方就注定要終死。只可憐他那三個孩子，一個三歲，最大的五歲，也讓命運女神判了做陪葬。

這父親和三個孩子秘密地關在監牢中，每天看到的只有一個送飯的獄卒。他們的住處燈光昏暗，地面潮濕，就連這飯菜也是世上最糟糕的東西——監獄裏的東西是什麼樣的，我想大家都知道；只是你們不知道的是，烏格利諾這個監牢的飯菜比其他地區監牢的飯菜還要糟糕。在這裏我不計劃詳細敘述它們是野菜還是餿飯，只說這父子四人是如何忍著饑餓度日如年。

三歲的小兒子捂著肚子問道：「父親，爲什麼我們沒有麵包？你爲什麼要淌眼淚，我們的麥粥什麼時候能到？」又祈求上帝說：「我們的主啊，我餓得睡不著。但願你能降下你的夢神，帶我進入夢鄉，就是再也不出來我也願意。」

小兒子這樣不停地說著，父親聽了很傷心，但卻沒有任何辦法。他知道魯吉埃是肯定要讓他們去死——因爲有一天他看到獄卒送完飯後就把這裏的門全都封死，於是他就只能一邊安慰著兒子，一邊流著眼淚說道：「給了我生命，卻不給我活路，上帝啊，你還不如早點把我收回去好了。」

小兒子在餓了幾天後，有一天躺在了父親的懷中。他對父親說：「我要走了，親愛的父親，願你能再賜給我一個吻。」烏格利諾親了親小兒子的額頭，然後他就死了過去。烏格利諾對著上天喊道：「命運女神啊，我究竟犯了什麼錯，要你來懲治我的孩子們？」

這種悲傷與痛苦讓他的另兩個孩子誤以爲他是著了餓魔。於是他們說道：「父親啊，我們的身體是你賜給的，自然你也可以取去。」說著，他們各自從自己的手臂上割下一塊肉來，遞給父親，希望他能塡塡肚子。

一兩天後，由於相同的原因，他們都相繼倒在了父親的懷中，與他們的弟弟一樣在痛苦中死去。烏格利諾覺得這世上已沒有了能令他牽掛或重生的東西，於是在絕望與憤恨中也悄悄逝去。

這個故事我就講到這裏，各位如果還想知道些什麼，就請去翻閱那位偉大的義大利詩人但丁的作品⑲。

尼祿

我不知道有些歷史記載家是怎麼回事，竟能把如惡魔般瘋狂的尼祿說成是擴展疆土的英雄。就算他真的是讓羅馬的領地在東南西北上都增加了幾碼，那又有什麼用呢——比起他的罪惡來？

他是一個驕橫的帝王，心中除了權力與財富再沒他想。他的衣服上綴滿了紅的藍的寶石和珍珠，可只要穿過一次就再也不會穿第二次。他的酒杯用具等全是金子的，就連一張漁網也是金絲織成。這國土上再也沒哪個國王能比他奢華，爲了享樂，他還用火焚燒羅馬城。

爲了保住王位，他把他的兄弟都用刀殺死，看上了姐妹的美貌，他就把她們收爲妻子。爲了享受人們哭泣時的快感，他不惜觸犯眾怒，把幾位元老級人物捉來，說他們年齡太老了，不值得再用，於是就讓人在他面前把這些人殺死。

還有一件更邪惡的事——我主之母瑪麗亞啊，請饒恕我講這件事！因爲它太過於殘忍，諸位，就是我現在想起來都覺得怒火上升。爲了看看他是如何在他母親的肚子中生成起來的，他竟下令讓人把她的肚子劃開。看著那一堆血淋淋的屍肉，他不但沒有噁心或膽怯，或者一點點後悔，而是大笑著讓人拿酒來，邊喝邊說：「美麗的人死了一樣醜陋！」各位，你們絕難想像到一個人怎麼會有如此殘忍，那是因爲你們身邊還沒有一個像他這樣的人。這種人實在世上少有，我想，就是再過一百年恐怕也不會出現一個這樣的人——因爲上帝的意旨總是難以違抗，他用這些罪人的可悲下場爲我們做了榜樣。

這個人最終也要遭受命運女神的懲罰——她在天上看到這一切後說：「如果我再如此容忍下去，便顯得我沒有眼力。」——可惜那位叫尼祿的國王在殺害他的老師的時候，並沒有認識到這一點。

他的老師就是那位著名的塞內加，是一個對許多國語言和風俗都知曉的人。在他教習他時，這個皇帝還是一個溫順有禮的青年，見了老師總是首先站起，而對於老師那無可挑剔的品德也讚不絕口。但自從他當上皇帝，並且有了一點點戰功以後，就變得狂妄起來，對所有人都不放在眼裏，包括他那位老師。爲了報復以前這位老人受到的禮遇，他編了個藉口把他騙到皇家浴室來。然後，趁他不備把他的雙臂刺得出了血，因爲不能止住，他就這樣死去。

在臨終的那一刻，他看著自己的身體說：「這要比其他人受到的待遇好得多。」

塞內加死後，這位國王把他以前受到的教訓全都拋棄，變得比先前的行爲還要猖狂，終於觸怒了命運女神最後的忍耐力。她要把他從最高位置上拉下來，還要讓他嘗受先前從沒嘗受過的苦難。於是她運用她的法力，讓全羅馬人民都起來反抗他。他們燒毀了他爲非作歹的場所，還在夜間衝進他的寢室。這國王急急忙忙從床上爬起來，顧不得穿衣服，就跑到了幾個他平時寵愛的大臣家裏，可任他怎麼敲門，那些門只是越敲關得越緊。

尼祿知道他的死期已到，於是就跑到了一所園子裏。這本是他平時給那些對他不敬的人施行火刑的地方，有兩個人永遠生著一堆大火守候著。可誰知今天他卻受到命運女神的懲罰跑到這裏，對那兩個人喊道：「殺了我吧，再把我投入大火！免得人家也來糟蹋我的身體——這是我應得的下場。」⑳

奧洛菲努㉑

要論武力，他沒人能比，要不在那個時代，怎麼會有許多的戰將敗在他在手上？要論地位，他沒人能比，除巴比倫國王外，就數他最有權勢。然而就是這樣一個聲名顯赫的人物，死的時候卻是糊裏糊塗，你說，這不是命運女神的捉弄嗎？

奧洛菲努信奉的神只有一個，不是我們的上帝，而是尼布甲尼撒大帝。爲了強制人們都來服從，他下令把那些不同信仰的人統統殺死，或者沒收他們的財產，再把他們關進監獄——除非你改換信仰。人們對他又怕又恨，卻沒有辦法，只有暗地裏祈禱上帝能夠懲罰他。

有一個寡婦名叫猶滴，爲人又誠實又聰慧，爲了全城老百姓的財富和命運著想，她決定獨闖奧洛菲努的大帳。這一晚，這位高高在上的將軍喝醉了酒，正在營帳中歇息，就見一個女人的身影躲過兵士的守衛，悄悄地溜了進來。她看到仰面而臥的奧洛菲努後，沒有任何猶豫就一刀砍了下去，剎那間一個血淋淋的腦袋就滾下了地。然後她提起這顆人頭又悄悄地溜出去，回到自己的城裏，直到第二天才有兵士發現了這件事。

安條克四世㉒

讀過《馬加比》㉓的人都知道，要說到國王的驕橫無禮和狂妄，安條克四世絕對不能被忘記。他在許多國家實施侵佔計劃，還妄想推行個人暴政，因此他的命運也不能一帆風順，而是像上面我們所講過的許多人一樣，得到了應有的下場——因爲病痛而死亡。

在安條克四世的腦海中，以爲自己被虜而不死就是他命運強大的徵兆，於是他開始幻想自己能超越一切人世間的不幸和痛苦——只要他願意，哪怕就是高山也能夷爲平地，大海也能塡成陸地，甚至登上那遠在天邊的月球，去看一看美麗的月亮女神住的地方。因此，他把宙斯當成所有人應該崇拜的神，不許人們去信他以外的任何力量。

天主教徒們，尤其是猶太人，把他恨得入骨，於是就在戰場上團結一致，把他的兩員大將尼卡諾爾、提莫西打得大敗。安條克斯大爲發怒，命令人們重整戰鼓，他要親自出征——「不但要攻下耶路撒冷，還要征服他們的信仰！」這是他出發時發出的錚錚誓言，可誰知這不過是一個不能實現的夢。

他正騎著大馬走在兵士們的前面，可突然間發生了一件人人意料不到的事情——他從馬上栽了下來。堅硬的土地把他的心臟差點震裂，各種石頭和羈絆把他的四肢折斷。他痛得禁不住大聲叫嚷起來，從此後，不能騎馬也不能坐車，而只能讓人家抬著走。

上帝因爲他曾經讓許多家庭支離破碎，哭斷肝腸，於是就罰他也斷了腸子壞了肺，還不讓醫生們想到法子來給他醫治。到這個時候，這個人終於認識到了我主耶穌才是真正的、唯一的最高神，掌管著所有萬物的生殺大權，可卻已爲時很晚。

他的腸子在肚子裏一點點腐爛，發出一股奇臭難聞的味道，無論是夏天還是冬天，他的身體上爬滿了蛆蟲，因此他的家人逐漸遠離了他。又由於他不能起來進行排泄，所以逐漸侍從們也離他越來越遠。最後，終於所有的人們都不能再容忍一個這樣的人繼續留在他們身邊，於是就花錢雇了幾個人把他抬到了一所山中。

那喝過許多酒、殺過許多人的惡棍，終於在絕望與痛苦中死去。

亞歷山大

善人自有善報，惡人自有惡報，這本是我主耶穌安排下的自然法則，可我卻要在這裏譴責那變幻無常的命運女神——她爲什麼要讓那麼一位超越一切的偉大君王遭遇如此的下場？

亞歷山大王是馬其頓國王腓力的兒子——這在《馬加比》中有記載——也是所有我所知道的國王中最英勇和英明的一個。在他的統治時候，不能說全世界的土地都是他的領土，但我卻可說：只要有人的地方就是他的勢力範圍。他曾經打敗了偉大的大流士，還征服了成千上百個國王。依靠那無人能比的強大武功和英雄氣概，他贏得了說不完的榮譽和敬仰，還有數不清的戰利品，用在建設國家身上，起了很大的作用。就是林中的猛獸見了他，也要全身顫抖，更不要說那些不知名的小小戰將。上帝的整個世界因爲有他而顯得越發有光彩，除了酒色，沒人能讓他改變意願。

可就是這樣一個人，卻被他自己城中的國人所毒死，你們說，這不是命運女神對生命的譏諷和嘲弄是什麼？她依仗了自己手中有無窮的力量，並且這些是不被任何人類所能征服和改變的，就肆意地捉弄上帝創造的生命。在這裏，我要大聲譴責：命運女神有時候確實不公平。

尤利烏斯·凱撒

是誰打敗了偉大的東方之主龐培？是尤利烏斯·凱撒！是誰建立了強大的羅馬帝國？是尤利烏斯·凱撒！是誰在去神廟的路上被手下殺死？是尤利烏斯·凱撒！是誰在臨死的時刻拉下斗篷保持尊嚴？是尤利烏斯·凱撒！

偉大的尤利烏斯·凱撒，本是出身貧門的孩子，但憑靠著他生來就有的那種勇武、智慧和好運，在羅馬帝國的征戰中，多次建下無人能比的功業。他使得西方各國甘願向他俯首稱臣，並在每年都把大批的供奉獻上；東方的主帥——據說也是他的岳父㉔的那個人，被他用鐵蹄趕出了法拉盧斯流落到埃及，最後卻被一個無恥的手下暗殺後提著他的頭去見尤利烏斯。沒有了龐培，羅馬的大權便掌握在一個人手中，從太陽升起的地方到太陽落下去的地方，沒有一個人不知道他的威名。這就是羅馬帝國歷史上最重要的，也是鑄就羅馬帝國最輝煌的第一人——尤利烏斯・凱撒。

人們把高高的皇冠戴在凱撒頭上，還給他穿上最能顯示身分和力量的王服，然後簇擁著他進入羅馬城。街道兩旁站滿了向他致意的人民，他們之中沒有一個不爲他的偉大而折服。

他們還說這是命運女神的對他特別眷顧，不但讓他脫離寒門，還成了萬人矚目的統帥。但這些人卻不知道，就在他們對命運女神表示出崇拜和渴望的時候，她卻又已從愉快的姑娘變成了惡婦。

在所有追隨的將領中有兩個人，一個叫布魯圖[25]，一個叫卡西烏斯，他們爲凱撒取得如此的輝煌而不服，狂妄地以爲自己也可以成爲羅馬歷史上的第一人。嫉妒之心燒壞了他們對神的崇敬，竟在凱撒去卡爾皮特神廟的路上，拔出短劍刺向了他。幾個同樣惡毒的隨從從旁邊衝過來，按住凱撒就要喊出聲的嘴，又在他的胸上和後背上補了幾刀，就這樣，屢經戰場而不死的凱撒在自己的國家被人打倒在地上！

死神完全在意料之中地出現，他來到凱撒的面前正要帶走這個偉大的靈魂，卻聽到他這樣對他乞求說：「請再給我一點時間和力量拉下斗篷遮住臀部吧——一個男人的威風與尊嚴就是在死的時候也不能丟掉。」就這樣，他忍著疼痛完成了最後一件事，然後就倒在那裏，讓靈魂從身體中飄起來。

讓人尊敬的盧坎、隋托尼烏斯[26]和瓦勒里烏斯[27]啊，你們曾經在自己的書中對這個偉大的征服者有過記載，我知道你們的意圖是什麼——就是告誡人們：千萬不要爲命運女神的眷顧而洋洋得意或忘乎所以，因為她的臉有時藏在彩虹之中，有時也會躲在那團烏雲之後。

財富與權勢孰輕孰重，這世上又有誰說得清？它的評判只是掌握在命運女神的手中——如果她開心，她會讓你財勢兩得；如果她不開心，就是千億財富也會散盡，無比權勢也會丟失。克羅伊斯就是她手中那枚用來向世人警告的棋子，她讓他先是有錢，後是有權，最後又在一剎那讓它們全都成空。

克羅伊斯㉘

克羅伊斯，呂底亞國的最後一位皇帝，他曾經因為征戰失敗被對手捉住，他們把他綁在柱子上想要用火燒死。可是驟然間一陣大雨從天而降，克羅伊斯因為機緣而免遭厄運。從此後他更加驕橫，以為自己的生命有了神的保佑。按捺不住想要重新發動一次戰爭，正在籌劃的時候卻做了一個夢。他夢見一個人高高地站在樹枝上（當然那人是他自己）洗澡，做他隨從的是朱庇特還有太陽神。這個夢大大激發了克羅伊斯的雄心，他以為接下來的凱旋會有這兩位神的保佑。

但他那位學識淵博的女兒法妮安卻不這樣認為，她含著眼淚對父親說：「朱庇特是雨和雪的代表，太陽神是陽光的化身。我的父親啊，那棵樹是你將被吊死的徵兆，你的身體除了要經受雨雪的覆蓋，還要承受太陽的曝曬。」

龐大的財富對人生命的結束能起到什麼作用？就是高高在上的王權又如何能永保穩固？這從古到今流傳的故事啊，多的是這一類的悲劇。

——騎士在這裏把他的話題打斷，修道士的故事至此結束。

①魯齊弗爾是音譯，是早期基督教對墮落前撒旦的稱呼。意為明亮之星，早晨之子，金星。

②事見《舊約全書．士師記》十五章，但在一些具體的說法上兩者略有差異。

③布西里斯是希臘神話中的埃及國王，因為想把赫拉克勒斯用作求雨的犧牲，被赫拉克勒斯殺死。

④阿刻羅俄斯是希臘神話中的河怪（一譯阿謝洛奧斯，也是希臘一條河的名稱）。據說長有人頭牛身。

⑤據神話中說，卡科斯是火神之子，生性邪惡而能吞煙吐火。他因偷了牛群藏在山洞中而被殺。

⑥據說德傑尼拉並不是有意要害死丈夫，所以在丈夫死後，她也因痛苦和絕望而自盡。

⑦特羅菲，先知，居住在古迦勒底。

⑧這裏指的是巴比倫國王尼布甲尼撒二世（西元前630～前562，西元前605登基）。他侵佔敘利亞和巴勒斯坦，攻佔並焚毀耶路撒冷，將大批猶太人擄到巴比倫。他和下文中伯沙撒的故事均出自《舊約全書．但以理書》。

⑨肘尺是古代的一種長度單位，指的是由肘到中指頂端的長度，約等於十八至廿二英寸。

⑩渥登那克，一譯奧登納圖斯，是西元三世紀期間統治巴爾米拉（在今敘利亞）的羅馬藩王，約於二六七年與長子希律同時被暗殺，於是芝諾比亞輔佐自己的幼子瓦拉特即位，讓其繼承其父的頭銜「王中之王」兼「全東方總督」，而她自稱巴爾米拉女王（情況與詩中有出入）。

⑪這裏的克勞狄烏斯即克勞狄二世（268～270年在位），他曾任加列努斯皇帝（253～268在位）的騎兵統領。

⑫奧雷連（215～275）一譯奧勒利安，原籍約在巴爾幹，後來做到騎兵統帥，西元二七〇至二七五年期間是羅馬皇帝，他恢復了羅馬帝國的統一，征服巴爾米拉並於二七三年將之夷為平地，贏得「世界光復者」

號。

⑬西元二六九年，芝諾比亞侵佔埃及，後又佔領小亞細亞大部分地區，宣布脫離羅馬而獨立。奧雷連俘獲了她並解往羅馬（272），在二七四年羅馬為他舉行凱旋式時芝諾比亞被作為戰俘。她後來嫁給羅馬元老院的一位議員，到其終死。

⑭佩特羅王，一三五〇至一三六二年間是卡斯蒂利亞和萊昂的統治者。他與弟弟恩利克爭奪王位，一三六九年被圍，情急之中派羅德利哥去遊說恩利克的盟友哥斯克林，望其幫助他恢復王位。哥拒絕後，將情況告訴親戚奧利費·莫尼爵士。後者轉告恩利克後，設計騙彼得來哥斯克林營中談判。彼得不知有詐，去後即被其弟親手刺死。

⑮這句謎一樣的語言，指的是哥斯克林的紋章圖案。這裏的長杆頭上塗有黏膠，人們常以此捉鳥。

⑯這裏的奧利弗指的是《羅蘭之歌》中的人物，是羅蘭的朋友和查理大帝的忠誠戰士，後戰死於西班牙。

⑰加涅隆是《羅蘭之歌》中的反面人物，正是由於他的背叛行為，造成了勇士們全部壯烈犧牲。從歷史上看，這位西班牙王並不是一位英主，他的死並不是什麼損失。喬叟採取這種立場，只是由於一三六七年時，英格蘭國王愛德華三世的兒子和繼承人，黑王子愛德華曾協助他反對恩利克。

⑱這位國王也譯作比埃爾，他一三五二年登上塞浦路斯王位，一三六九年遭暗殺。本書一開始提到的那位騎士似乎曾為其效力。

⑲見《神曲·地獄篇》三三至三三歌。

⑳尼祿（37～68），即位時僅十七歲，開始實行仁政，但後來越來越兇殘，元老院判處他上十字架，用鞭子抽死。

㉑奧洛菲努，一譯荷羅孚尼，是基督教《次經》中的人物，曾引兵攻耶路撒冷，後為猶滴所殺。

㉒安條克四世（西元前215～前164），西元前一七五至一六四年間的塞琉西王國（在今敘利亞）國王。要行希臘的政策，壓制猶太教信奉耶和華，遭到猶大、馬加比領導的人民的反對，後病死波斯。

㉓這裏指天主教《舊約全書》及新教《次經》中的《馬加比書》。

㉔凱撒（西元前100～前44）與龐培（西元前106～前48）均為古羅馬統帥，龐培在法薩盧斯被凱撒打敗後逃到埃及被殺。他們間的翁婿關係似無材料可以證明。

㉕布魯圖（西元前85～前42）為羅馬貴族派政治家，卡西烏斯（西元前85～前42）為羅馬將領。兩人都是行刺凱撒的主謀，後兵敗自殺。

㉖隋托尼烏斯（69～112以後）一譯蘇埃托尼斯，是古羅馬傳記作家和文物收藏家，寫過《名人傳》及《諸凱撒生平》。

㉗這裏的瓦勒里烏斯似指羅馬史家瓦勒里烏斯．馬克西穆斯（創作時期在西元二〇年前後）。

㉘克羅伊斯（？～前546）是呂底亞末代國王，斂財成巨富，即位後征服愛奧尼亞，後試圖阻止波斯勢力擴張，失敗被擒後在波斯宮廷任職。

修女院教士的故事①

「喂，好了好了，我的先生！你已經講了太多的悲劇故事了，現在停下來行不行？我可有話要說。」騎士先生在這裏突然打斷了修道士的話，說：「聽我說，各位，世界上的事情有悲有喜，有憂有樂，如果我們只聽一種故事，難免會心酸痛苦，使心靈受折磨。更何況原先有錢現在成了窮光蛋，或者本是有權有勢之人轉眼間卻受盡羞辱人頭落地，這樣的故事最是讓人難以忍受，一不小心就對人生前途沒有了信心。要我說，倒不如來段快樂的，比如什麼人一夜之間發了跡，終生有兒有女很興旺，或者什麼國王本是一個大無賴，最後在神的感召下卻成了人民的英雄。」

「騎士先生，你說得一點沒錯。憑偉大的聖徒保羅發誓，」旅店主人接上了騎士的話頭，「什麼『命運女神的臉躲在烏雲後面』，什麼『從古到今悲劇不斷』，這樣的東西我們統統不愛聽，就像吃飯吃多了總得換種口味一樣，我們現在也該聽點別的什麼東西了。修道士先生，要不是你的馬兒脖子上帶鈴鐺，我想我真的會睡在馬背上，那樣就太冒犯了你不說，我可能還會摔到前面的大泥坑。俗話說：『識趣的人閉口也早。』我要是你就會另想一個事情來講。」

「尊敬的先生，您對我的期望過於高了，不知道嬉戲玩弄之事在我全不精通。要是你們想聽什麼令人發笑的好東西，那就另找一人吧。」修道士先生說道。

「好吧。」旅店主人說著把眼睛瞟了瞟，轉向他旁邊的那位修女院教士，「我記得你的名字叫約翰，是專聽修女們秘密的教士。儘管你的馬兒生得又瘦又小，不能比修道士的那匹大馬，而且牠的脖子上也沒有什麼能發響的鈴鐺。但我卻相信：你的肚中一定裝著不少貨，比起那些令人哭哭啼啼的東西來要好得多。現在是不是輪你也來講一個，讓我們大家也高興高興？」

「悉聽遵命！」

教士想了想，開口給我們講了一個故事，題目是——

《公雞羌梯克利和母雞佩特洛特外傳》

在很久以前的一座山上，有這樣一個寡婦。她自從丈夫死後，就獨自撫養兩個女兒長大，因爲沒有財產也缺少朋友，所以生活很清苦。這寡婦的房子緊挨著一片森林，她們燒火用柴就從那裏取得。在那森林的旁邊，她建了一個大牲畜圈，裏面有一隻羊，兩頭牛，三頭大母豬。除此之外，有一群大大小小的公雞母雞整天在院子裏跑著，不是挑食就是排泄——當然，從它們那地方出來的還有雞蛋，而這正是老太太得以維持生活的最主要東西，在她們家的餐桌上，除了自製的黑麵包和烤肉外，就只有這偶爾改善伙食的雞蛋。老寡婦的房子經歷過很多風雨的洗禮，又破又舊，裏面因爲受了煙火的薰烤，真比那酒窖還要昏暗。不過，在她們那靜寂的生活中，老寡婦還真是活得舒心，因爲她既節食又勤勞，所以很少受病磨的痛苦。

且說這老寡婦家的雞群裏，有這樣一隻大公雞。牠的頂子比玫瑰花的顏色還要嬌豔，那上面的齒就像城牆的雉堞。牠的羽毛是純正的金黃色加孔雀綠，遠遠看去好像五顏六色的彩圖。最值得一提的是牠的鳴聲，比教堂裏傳出的讚美歌聲還要好聽，而且這是一隻很負責的雞，每天破曉總是第一個發出響鳴，那聲音遠遠穿過森森和山溝，一直傳到大山腳下。這雞還有一個特點，就是懂得天長夜短或夜長天短的道理，能及時調整自己的作息和報鳴時間，因此很得主人和她女兒們的歡心，她們給牠起名字就叫羌梯克利。

憑著英俊和雄武，這公雞統領著手下七隻母雞。其中有一隻叫佩特洛特，因為美麗又年輕，品格溫順又沈靜，因此最得羌梯克利的喜歡。牠整天裏和她廝守在一起，不是同鳴便想交歡，過了很長時間都沒有厭煩。

且說有這麼一個日子，清瀝的晨光照耀著整個山頭。所有的雞都在地上散步，只有那隻做統領的羌梯克利在雞架上睡覺。牠的愛妻佩特洛特守在牠的身邊看著遠方，這時就聽得一陣痛苦的哼哼聲從羌梯克利的喉間傳出，把佩特洛特嚇了一跳，於是就問羌梯克利道：「親愛的，有什麼事情打擾了你——是雞架不舒適，還是你身體有疼痛？」

羌梯克利回答道：「天，嚇死我了！嚇死我了！親愛的佩特洛特你不知道，剛剛我做了一個夢，看見一隻奇怪的動物。牠長著尖尖的耳朵，那尖上有一點黑，尾巴長長的，也有一點黑色的尖，看那羽毛細又長，似紅非紅，似黃非黃，真不知是個什麼大怪物，瞪著一雙明亮的眼睛，差點就把我抓了去。」

佩特洛特聽了，心中頓時惱火，大聲對羌梯克利喊道：

「無用的東西，懦夫，滾吧，我再也不要你做我的丈夫！就連一隻蟲子都知道，女人最喜歡的是聰明強壯又勇敢的男人，像你這種連夢都害怕的人，又怎配做我的丈夫。憑上天做證，夢不過是一個人胡思亂想或吃得太飽，以至於體內膽汁分泌過多造成的，沒想到竟然能把你嚇得發出那種可恥的聲音。人們說黑膽汁分泌過多會讓人夢見魔鬼、大水或山洞，我想你的情況定是紅膽汁過剩，否則便不會夢見野獸、狗或熊熊大火。

「加圖有句話說得好：不要相信你的夢。我想這句話早就應該送給你，不過，現在說了也不遲。親愛的先生，為了你的健康我提議你，跳下雞架走一走吧。散步會讓人氣血兩通，找些蟲子來吃會讓你胃口大開。夢中的太陽最能使人體溫增高，那樣紅膽汁就會出來做怪。我要是你會先做了這兩樣然後再去找些草來吃，像桂葉、三色血蔓或其他的東西，只要是這院中有長，就不辭要找到，因為它們通氣又通便，最是能夠預防感冒和發燒。」

羌梯克利說道：「親愛的佩特洛特，感謝你對我的關心。要論智慧與見識，加圖確實算得上是一個人物，但要是你讀的書更多，就會發現還有另一些不同的意見，它們也是由一些著名的人說出，內容是『夢的意義趨向現實』。也就是說，一個人的生活決定了他的夢，夢中的情境又預示著未來的生活。你要是不信這一點，就聽我給你舉個例子出來。

「很久以前，有一對虔誠的基督徒要去朝拜。他們走了很久很遠感到非休息不可，就來到一個村鎮上要求投宿，可是由於朝聖的人太多——那正是朝聖的季節——所以鎮上所有的客棧全都已住滿，因此這二人就決定分頭去找，憑運氣看能不能入住。第一個找到住所的人注定要倒楣，被帶進的地方不是客店而是牛棚，只有那第二個人雖然費了一番力氣，卻找到了一間寬敞又舒適的房間。這樣，兩個朋友就各自在自己的地方安頓下來。

「且說那第二個人正睡在床上做著夢，就看見自己的朋友走進來對他說：『快點起來，我的好朋友！今夜我將倒大楣，在牛棚裏被殺死，求你快點動身，趕來救我一命。』第二人驚得出了一身冷汗醒來，想一想，卻覺得夢沒有什麼可靠，於是就又倒頭大睡。第二次做這個夢的時候，那房間裏的人醒來猶豫了一會兒依然睡過去，到第三次卻聽見那朋友用悲苦的聲音對他說：『一切都晚了，金錢害了我的命！看那又深又長的傷口還流著血，我的朋友，求你天亮時到城門外那條大路上截住那輛拉糞的車。我的屍體就在這裏面，大膽把它截下，看在天主的分上，為我懲凶就全靠你了。』朋友說完淒淒苦苦地離開，再也沒有回來，那床上躺著的人心中感到痛苦，於是就穿上衣服朝外面走去。

「這時天已經發亮，第二人走到第一人借住的地方找到老闆，向他打聽朋友的情況。老板說：『早走了，天沒亮就出城了。』這第二人感覺很奇怪也很懷疑，於是就到牛棚裏去喊他的朋友。見沒有人應答，這人就急忙朝城門外奔去，在那路上果然見到一輛拉糞的車。第二人想起第一人說的話，於是就毫無懼色地站在大路中央對那趕車的人說：『快快停下你的車，我的朋友就在裏面，因為貪圖財寶你們殺了人，這樣的罪惡我一定要報官。』趕車夫正準備跳下馬車逃走，這時圍觀的老百姓一起衝上來把他捉住送到了城鎮長官那裏。長官對他嚴刑拷打，得到案供知道老闆是同謀，於是就派人去把老闆也捉來，經過一番審訊，兩人都承認了自己的罪行。因此長官就命令他們拿出錢來為那死去的人厚葬，然後又理所當然送他們也上了路。

「可見，有時候夢是真實情境的反映，要是不信，我還有一個故事講給你聽。

據說有兩個人一起出海遠航，走到半路就被風暴阻在了一個小港口地方。他們在那裏待了一段時間，然後知道明天風向要變，於是就決定第二天繼續遠航。那天晚上他們中的一個做了個夢，夢見有人對他說：『明天你只要登上船就會身亡。』於是，不到天亮他就把這個夢告訴了朋友，並勸他和他一起再留在這地方過上幾天。誰知那個朋友聽了對他微微一笑，然後說：『從來沒有人能使我相信夢影，那不過是無所事事人的幻想。就連豬狗都會做夢——聽牠們的哼哼聲就知道這一點——那我們還有什麼可怕的？要是你不願意出海，我天亮就獨自離去，朋友，祝你在這裏能有好運。』這朋友說完就去準備東西，天剛亮就獨自上路。可天知道是出了什麼事，那條船走了還不到一半路程就真的遇了難，那朋友不聽勸告送了命，親愛的佩特洛特，你現在該相信，對夢一定要小心了吧。」

佩特洛特撇了撇嘴說：「你的理由太不充分，所以我還是堅持原來的觀點。」

羌梯克利一聽，馬上又說道：「這樣的故事我還有很多，只要你讀過書就知道那些東西實在不難找。麥西亞王凱努弗②有個兒子叫凱內倫，在夢裏看到自己被人殺死。醒來後他把事情告訴了自己的乳母，那深通世事的乳母勸他小心提防自己的身體。可那七歲的小孩子太過於年輕，對這一切事都不放在心上，於是有一天夜裏，他就真的被人殺死，那人還是他的血緣至親。馬克羅比烏斯③曾經寫過一段故事，是關於『阿非利加征服者』西比阿的④。他曾經做過一些解釋說，夢就是一個人命運的前兆，是神賦予我們靈魂的先知先覺。

「除此之外，還有聖潔的但以理和約瑟，以及那些古埃及的法老祭司，他們沒有一個人不重視夢影。誰要是像呂底亞國王克羅伊斯那樣愚蠢，誰就注定要遭大殃。安德洛瑪刻用夢境來勸告丈夫不要上戰場，遭到丈夫的拒絕，於是那英雄阿喀琉斯就把他殺死在戰場，證明了她夢境的正確。

「總之在這個世界上，夢是我們暗中得到的上帝的啓示，憑著這一點，我斷定自己將有噩運。不過，親愛的佩特洛特，有一點可以肯定：看到你美麗的容貌我就會消除心頭的不快，所以現在就讓我們忘卻憂愁，尋食做歡吧。」說完，羌梯克利帶頭跳下了雞架，像是一個國王一樣，咕咕叫著走向了遠方。

——女人的話啊，可真是不能聽。當初要不是因爲女人，我們的祖先亞當怎麼會被趕出伊甸園，要不是因爲女人，赫拉克勒斯怎麼能死於非命，所以對女人的話一定要三思而後行，否則噩運馬上就會降臨在那遵從女人命令的人身上。不信，你們就來看看這聽從了佩特洛特話的羌梯克利得到了什麼樣的報應吧。

話說當初上帝創造世界是在三月的天氣裏，從那時候起，這混沌的空間就有了人，有了動物，有了疾病，有了冒險，也有了一切兇殺和陰險狡詐。尤其是後面的事情在三月前後的時光裏總是屢犯不滅，所以，命運作巧，今天在那森林邊上的草叢裏就來了一隻紅毛尖嘴的狐狸。那正是公雞和母雞的天敵啊，可惜到現在那快樂的羌梯克利和佩特洛特都還不知道。

這狐狸是今早聽見了羌梯克利響亮的歌聲才走出來。那時牠正在唱：「太陽升到了四十一度，正是覓食的好機會。有美麗的佩特洛特，有鮮豔的春花，有肥胖的小蟲子，還有鳥雀在歌唱，問世間誰的生活能有我的舒暢。」狐狸悄悄從森林裏出來，又擠進了這圈著雞的柵欄。牠伏在那裏已經有很長時間，看到了羌梯克利從雞架上下來，佩特洛特在一旁懶洋洋。這狐狸本是心胸狡詐，知道捕食獵物之前一定要仔細觀察，就像那些殺人犯總是制定精確的方案，然後埋伏在暗處等待一樣，或像加略人猶大和加涅隆，以及西儂⑤。這狐狸正在心裏盤算著怎麼引誘眼前的獵物，恰巧就在這時爲了一隻蟲子，羌梯克利竟然就走到了這柵欄邊。

俗說話：「動物天生對牠們的敵人敏感。」這羌梯克利也不例外。雖然牠並沒有見過那草叢裏的東西爲何物，也不知道牠躲藏在那裏的目的是什麼，但憑著本能，牠感覺到了一陣恐懼和膽寒，等不得打聲招呼牠跳起來就準備逃走。

這時，狐狸開了口。牠說：「嗨，高貴的先生，你怎麼啦？見了朋友怎麼不打一聲招呼就準備離開呢？是你的美麗的妻子在叫喚你嗎？請稍微停下來一小會兒聽我說幾句吧。我本來是你在這裏的老鄰居，因爲出門周遊了很長時間，所以你們都不認識我。今早我剛回來走到家門，就聽到有一聲嘹亮的歌聲傳來。我忍不住好奇想要來看看，沒想到你竟是故人之子。你的父親就像你一樣也有一副好嗓子，你的母親陪同他也曾到我家去做客。那時他們倆合著爲我表演了唱歌，閉著眼睛，伸長脖子，用足勁，唱出來的聲音真是比天使的聲音還讓人陶醉。你完全繼承了你父親的優點，有一副好歌喉，也有一個聰明的頭腦。記得你父親的聰明無人能比，就是《驢先生布魯內勒斯》裏那個爲了報復他的兒子踩斷了自己翅膀就讓教士丟掉職位的大公雞，在你父親面前也不能相比⑥。看在我如此懷念你父親以及無比崇拜你的分上，好先生，就爲我高歌一曲吧。」

狐狸裝出一副懇求的樣子，把羌梯克利高興的簡直都不知道要怎麼感謝。滿身的恐懼頓時消失得無影無蹤，牠只覺得全身有使不完的力量。唉，上帝啊，這世上的人是多麼地不能抗拒諂媚和奉承，讀讀《傳道書》你就會知道那有多可怕。

這羌梯克利得了這麼多美麗的讚詞，沒有猶豫就閉上眼睛、伸長脖子、把一隻腳踮起來放聲歌唱。這時狐狸趕緊跑過來，一口叼住羌梯克利的脖子跑進了森林。

——啊，給人快活的維納斯啊，金星宮的主人。看看這羌梯克利是如何地侍奉你，遵從你的命令努力繁殖吧，為什麼你不保佑牠躲過這星期五⑦的災禍，還要讓牠丟失性命？啊，高貴的傑弗里大師，我為什麼沒有你的才氣和智慧，能把這羌梯克利的痛苦和恐懼說清楚，那樣大家就會明白這噩運對高貴的國王羌梯克利來說打擊有多重。總之，在那旁邊正曬著太陽的一群母雞看到牠們的丈夫被一隻怪物掠走，忍不住就放聲慘叫起來。我想，就是當初攻佔特洛伊城時，英勇的皮洛斯用劍一下把普里阿摩斯殺死，那些婦人們的哭喊和這群母雞比起來也要遜色三分；哈斯卓巴的妻子因為悲憤就跳進火海⑧，那場面也沒有現在的悲慘。

正在屋裏幹活的老寡婦和她的女兒們聽到叫聲趕緊衝出了屋子。她們有的拿著棍子，有的拿著掃帚，有的牽了獵狗，有的放跑了豬鴨。總之一陣鬼哭狼嚎的慘叫，鴨以為命到盡頭不住啼哭，鳥以為天敵來臨傾巢出動。當初傑克•斯特勞領著一大夥人叫喊著要把佛蘭芒人全部殺掉，那場面比之也顯渺小。好像世界就要毀滅，人雞牛豬全都亂了套。

這時狐狸仗著腿快已經跑到了森林中央，羌梯克利雖然很害怕卻還是開了口。牠用顫抖的聲音對狐狸說：「如果我是你，先生，我就會對那些人喊叫說：『滾回去吧，你們這些傻瓜！得到的獵物我從來沒有鬆過手，願你們都得到瘟疫，再也不能出來見太陽。』」

狐狸一聽覺得在理，就說：「主意不錯。」就這一開口，聰明的羌梯克利馬上跳離了牠的口，跑到一棵大樹前飛了上去。

狐狸對羌梯克利說：「老弟，不要害怕。請聽我一句最誠心的話，我這人從來不說謊，我這樣使你驚嚇只是和你開個玩笑。這玩笑我和你的父親母親經常玩，沒想到你倒是沒見過。」

羌梯克利一聽，大聲對狐狸說：「誰要是再上你這個可惡的東西的當，誰就真的才是傻瓜。願天主讓你的肉體和靈魂都受到折磨，你這個愛撒謊的騙子。走吧，走吧，不要指望我會再跳下樹架閉上眼睛放聲歌唱，那樣我準會得到上帝的懲罰。」

狐狸說：「誰要是做事不用腦子，該沈默的時候偏偏開口，那麼牠也會受到上帝的懲罰。」

諸位，別以為這只是一個公雞和母雞的事情，聖保羅說，別人的經歷應該作為我們的教訓。願上帝保佑我們都有個明智的腦袋，遇到事情不驕傲，也不輕易相信別人——阿門！

——修女院教士的故事結束。

①修女院教士負有聽取修女們懺悔的責任，這一位置就像他故事中公雞的位置一樣。

②麥西亞是不列顛島上中世紀早期七國時代的七國之一，位於今英格蘭中部。國王凱努弗死於八一九年，兒子接位時僅七歲，遭其姐謀害。

③馬克羅比烏斯是拉丁語法學家和哲學家，創作時期在西元四〇〇年前後。他對西塞羅（西元前106～前43）所著《論國家》中的《西比阿之夢》寫有兩卷評注，成為中世紀夢幻文學（如《神曲》、《農夫皮爾斯》

等）的背景。

④西比阿（西元前236～前183）為古羅馬共和國偉大人物，因在對迦太基戰爭中功勳卓著，被授以「阿非利加征服者」的殊榮。

⑤西儂據說是希臘人，是他說動了特洛伊王普里阿摩斯，使之同意把那特洛伊木馬弄進城中，從而導致特洛伊城的陷落。

⑥這是十二世紀坎特伯雷基督教會的修士奈吉爾·德龍香（1130～1205）寫的諷刺教會的詩中的內容。這隻公雞報復的辦法是：當這孩子的父親要在主教主持下接受教職任命之日，牠故意不叫，使教士睡過頭而失去了這一任命。

⑦過去曾將太陽系中一些行星的名稱用來命名一星期中的各天，星期五是金星日，而維納斯即金星。

⑧這裏的傑弗是指傑弗里·德·文索夫。這是一位十二世紀作家，寫有一些關於詩歌的論文，其中在談到哀歌時，用的例子是一首悼念獅心王理查一世的詩。

醫生的故事

「修女院教士先生，你的故事講得真是太好了。看你滿面紅光，身強體壯，又有那體面的職業，我想你一定也和那公雞羌梯克利一樣，妻妾成群吧。願天主保佑你精力充沛，長命無恙，這樣就能爲我們這世界增添一些像羌梯克利和佩特洛特那樣的好人。現在，前面的那位醫生先生，按照我們的約定，你也該開開你的尊口了吧，不要讓血氣和鋼刀塡滿了你的腦子。」旅店主人說。

醫生說：「這個機會，我已經期待很久了。現在我就爲諸位講個解乏的故事。」

──醫生的故事現在開始。

古羅馬有位名家叫提圖斯・李維①，曾經寫下這樣一個人物，他的名字叫維吉尼烏斯，是一位家財萬貫、善交遊的武士。

這武士有一個獨生女兒，被視作掌上明珠。她生得萬裏挑一地漂亮，是自然女神最得意的傑作。沒有人能用語言來描述她的容貌，就連女神自己對她都有一點嫉妒。用她的話說：「這是我對我主最高貴的奉獻，因爲他賦予我其他神所不能完成的職務。世間萬物的形象，或者顏色，或者功能，全都出於我的意願，只要我動動手，就能決定他們的生死變幻。我創造出了這個世間少有的尤物，任皮格馬利翁②怎麼雕怎麼鑽也不能出現。宙克西斯③曾經欺騙了鳥兒的眼睛，但他騙不了自己的眼睛，如果他也想模仿我，那簡直是白費力氣。就是潘多拉見了她，也要自覺退避三舍。」

這姑娘長到二七年華時，正是最美好的處女時光。一頭金髮又粗又長，一張嘴巴好比玫瑰，那肌膚比雪百合還要嬌嫩，那身材好比扶柳。除了這一切，她還有著人人稱讚的好品德，任是什麼以挑剔出名的貴族紳士，都對她無不滿意。

她的穿著端莊而且典雅，有著淡淡的顏色；她說話時謹慎小心、溫文有禮，句句符合淑女的風範。她的舉止不緊不慢、不慍不火，絕對適合她這樣年齡和家世的姑娘的身分；爲了不讓懶惰掌管自己，她的手從不停下歇歇。人們都說雅典娜是最聰明的女人，要我看來，這姑娘比起她來毫不遜色。因爲有很多的舞會、酒會、宴會，常常是那些未婚男女們的陷阱，他們由於喝酒而會變得狂妄無禮起來，或幹出一些有失身分或名聲的事來，但這位姑娘卻明智地選擇了以病爲托，推掉了一切的應酬，這樣就很好地避免了自己也有失態的機會。這種種行爲，不僅是那些閨中女子們成長的最好標本，而且與那些結了婚的婦人們比起來，無論是節儉樸素的舉止，還是慷慨仁慈的氣度，也是她們所不及的。

我說這些，請那些正在我們身邊的婦人們不要生氣，我並不是想要抬高我故事中的主要人物從而貶低你們的人品。誰都知道：有錢的人家想要給他們的女兒聘請教師或管事，無不考慮到兩個因素，就是她們是否忠貞不渝地保持了貞潔，或者是放蕩不羈地走過彎路最終卻幡然醒悟。因爲保持貞潔的人最知道貞潔的重要，失去貞潔的人才知道失去貞潔的痛苦。這兩種情況都是經歷了愛神的洗禮或看透了人間的情愛鬧劇，從而有了人生的領悟才達到的境地，所以讓她們作爲閨中女子們的生活導師真是再合適沒有了。俗話說：「從前的偷伐人才是最好的護林人。」吃過苦頭或幹過壞事的人永遠是最好的經驗人。所以，婦人們啊，你們一定要忠心、負責地管教好你們身邊的女子們，不要因爲心軟或邪惡就讓她們重犯你們犯過的錯，因爲我主說過：「欺騙孩子童貞的人是最不能饒恕的人。」

當然，那些爲人父母者也要密切關注孩子的生長。你們畢竟是孩子的生身父母，既然把她們帶到了這個世界上，就有義務也有責任把她們教導好。牧羊人讓惡狼吃掉了自己的羊群，受損失的是他自己，同樣，縱容自己的孩子走上邪路的人，吃虧最大的也將是他們自己。

我這一番說教只是想讓天下所有人都來對孩子的生長負起責任，不管你們聽不聽，道理就是這樣。現在，再回到我所說的故事中來。且說這個姑娘因爲有良好的個人道德和教養，所以她的生活中完全不需要哪一種婦人來做她的導師，而且，由於她那美名和容貌越傳越遠，周圍很多地方的家庭在教導他們的子女的時候，總是以她爲榜樣。這樣，天長日久，終於有一天這種威名傳到了一個法官的耳朵中。

這個法官名叫阿庇烏斯——這是個真實的名字，歷史對於壞人的記載總是詳細而又確鑿。他是這個地方最大的法官，所有的官司或罪犯的最後判決總是要在他這個地方才能實現。

且說這位法官久聞那位姑娘的美名，心裏一直渴望有一天能夠見一見那真實的人。終於，有一天，這姑娘就像其他姑娘一樣，陪同她的媽媽到教堂裏去，真是不湊巧，竟然就在教堂的門口碰上了大法官。

姑娘的美貌驚呆了法官的眼睛，他借著向母女倆問好的機會仔仔細細地把姑娘看了個夠。回來後，他茶不思飯不想，只是對自己說：「無論用什麼辦法，我都要把這個美人弄到手。」於是，他就在深思熟慮中籌劃了一個毒計——他知道，論錢財，自己不能和姑娘的父親比，論勢力，姑娘家也有很多了不起的親朋好友，而論德行，無論如何姑娘是不可能看上自己的，所以要想得到那位堪稱完美的姑娘，就非用毒計不可。

這樣，就在一個夜深人靜的時刻，他找到了那地區最最出名的無賴兼流氓克勞迪烏斯，把自己心中的打算完全告訴了他。法官許下諾言說，如果他能幫助他得到那位姑娘，那麼，今後無論有什麼關於無賴的官司，他都會幫他擺平，而且，他還答應事成之後給無賴一筆為數不少的財富。於是，無賴克勞迪烏斯就以自己以前所犯下的種種罪行為代價——這些罪行均因為做得巧妙而沒有人發現——發下誓言說，如果他洩露了秘密或不能為法官辦成這件美事，那麼他甘願受到應有的懲罰甚至是掉腦袋的治罪。兩人在愉快的氛圍中達成了協定，之後，無賴克勞迪烏斯就回到自己家裏，開始籌劃一場陰謀詭計。

這樣過了沒有多長時間，有一天壞法官阿庇烏斯像往常一樣又開始在自己的地方審理公案，這時，無賴克勞迪烏斯不顧門人的阻礙，衝進大堂對所有正在審案的官人們叫道：「各位大法官吶，請為我做主！我要狀告虛偽的武士兼紳士維吉尼烏斯！」

各位法官及助理感到萬分驚愕，這時阿庇烏斯開了口，他說：「尊敬的克勞迪烏斯先生，你有什麼冤或屈都可以統統說出來，我們一定會為你做主。只是現在你所狀告的人他並不在堂上，所以請你忍耐一下，我馬上就叫人傳喚他到場。」

於是沒過多久，滿心迷惑的維吉尼烏斯奉傳來到了法庭上。還沒等他問清情況，可惡的克勞迪烏斯就裝作悲痛的樣子對法官們說道：

「尊敬的先生們吶，請為我這個卑賤的人做主。雖然那個叫維吉尼烏斯的人平常裝得就像一個紳士的樣子一樣，騙過了大家的眼睛，但他卻騙不過我克勞迪烏斯的眼睛。我知道，他就是那個趁著天黑沒人的時候，摸到我的家中偷走我的女僕的惡人。那時，我的女僕年紀還很小，對許多事情可能已不再記得清，而且由於我一直沒有找到證人和證據，所以多年來都沒敢把他告上法堂。但現在，我已經知道了他家裏那個名譽上是他女兒的人，實際上就是我當年的小女僕，而且，我還找到了證人來證明這一切，所以，現在就請法官大人為我做主，將他家那個女人判還給我。」

作為武士和紳士，維吉尼烏斯本有權利要求為自己辯訴，但由於吃驚和氣憤，一時之間他倒也實在沒有想出能有什麼辦法來證明自己的清白，於是就在這一沈默和遲疑間，壞法官阿庇烏斯下了結論說：「維吉尼烏斯不僅欺騙了眾人的信任，玷污了武士的名聲，而且還犯了偷竊罪，因此，我宣判：由他回去把那個女兒帶回來，交我監護，然後按照法律的規定，把她還給原來的主人。」

這樣，剛剛還是歡天喜地的一家人，霎時間就面臨了永遠的分離。臉色灰白的維吉尼烏斯搖搖晃晃地回到家中後，把自己關在房間裏半天沒有作聲，憤恨與痛苦折磨著他的心，但無論他怎麼思忖，卻不能不遵從法官的斷定。於是他叫人把女兒叫來，看著那張美麗而溫順的面孔絕決地說道：

「我親愛的女兒啊，請原諒我做父親的無能。你知道，在這個世界上我最愛的人就是你，爲了你，我願意付出所有的一切。你的命運本應該像五月的鮮花般嬌豔長久，但誰知道上天卻偏偏要讓可惡的法官看見你，我知道，他是爲了你的美貌才想出如此毒計。我撫養你這麼多年，可以說樂也爲你，悲也爲你，但今天我卻不得不做出最壞的決斷：你的眼前只有兩條路，要麼受死要麼受辱。你是我最親愛的女兒，有著美麗的容貌，更有忠貞的心靈。我知道你一定明白，我主決不容許一個受了玷污的靈魂來侍俸他的左右，所以今天你的生命只有一種選擇，那就是犧牲生命以保全貞潔——主啊，爲什麼要如此對待我？既然你讓我擁有了這個生命，卻爲什麼又讓我親手把她了結？」說完，維吉尼烏斯禁不住流下了悲淒的眼淚。

他的可憐的女兒猛然聽得這個判決，不禁驚散了美麗的花容。像往常一樣，她攀上父親的膝頭，用胳膊圈住他的脖子，哭泣著哀求道：「父親啊，請再想想辦法吧，我還這麼年輕，又沒有做錯什麼事，難道主真的不給我機會了嗎？」

「沒有辦法了，我親愛的女兒！」父親流著淚閉上眼睛，不忍再看女兒哀泣的面容。

「那好吧，父親。」所求無路的女兒見父親這個樣子，不禁心疼地下了決心。「既然這樣，那就讓我去死吧。俗話說：『壞人自有壞結果。』我詛咒這作惡的人得到應有的下場。只是，我的父親啊，請你看在耶弗他④也給了他的女兒時間的事情上，請也給我一點點時間用來準備吧。」說完，美麗的姑娘就昏倒在了地上。

等她醒來之後，看到父親已經把利劍提在手上，於是她就對父親最後請求說：「看在我還是女兒之身的面上，主啊，請讓這利劍來得快也去得快吧。」說完又昏了過去。於是父親就趁這個機會痛下殺手砍下了她的頭，然後，他提著那頭返回了法庭上。

正等待得有些不耐煩的法官看到這種情況，不禁惱羞成怒，大叫著要把維吉尼烏斯送上絞刑。正在這時，聞訊趕來的群眾圍攻了法庭，他們知道維吉尼烏斯是個正直的好人，他的女兒更是一個善良而慷慨的人。克勞迪烏斯是個犯事累累的無賴，雖然沒有什麼證據能證明城裏很多事都是他所爲，但他的臭名聲卻是人人皆知；阿庇烏斯更是一個好色之徒，這一點也是人人皆知——這二人合在一起，定是有什麼陰謀。人們在他們正在法庭等待的那一段時間裏，很快就合力查明了他們的罪惡，在維吉尼烏斯返回法庭的時候紛紛來到法庭上，要求法官重新爲他們審理。其他法官在眾人的憤怒和監督之下，查明了阿庇烏斯和克勞迪烏斯的罪惡，於是就判決將把害死無辜姑娘的主犯阿庇烏斯投入監牢，並任由他在羞愧難當中自殺身亡。又判決克勞迪烏斯爲死刑，將在法場上的樹樁上被吊死。維吉尼烏斯看到克勞迪烏斯只不過是個從犯，也是法官阿庇烏斯手中的一顆棋子，於是就爲他請求減刑，最後，克勞迪烏斯終被判以流放之刑，終生不得再回到這個城市裏來，而且，與此事有關的一切人眾，都受到了相應的懲罰。

各位，這真是：施陰謀不成，反把自己葬送。世間的一切事情均有我們萬能的主在上看著，他不僅會讓法律來處理這一切，還會讓其他人也從旁監督。世上沒有不透風的牆，犯下的罪惡總有一天會暴露。所以，我奉勸大家：潔身自愛，遠離罪惡。

——醫生的故事至此結束。

①李維（西元前59～17）一譯李維烏斯，是古羅馬的歷史學家，著有《羅馬史》一四二卷，記述從羅馬建城開始到西元前九年的歷史，但大多佚失。

②皮格馬利翁為希臘神話中的塞浦路斯王，善雕刻，因熱戀自己所雕少女像，愛神見其感情真摯，遂賜生命於雕像，使他們結為夫妻。

③宙克西斯是活動於西元前五世紀末的希臘畫家，據傳其所畫葡萄曾引飛鳥來啄食。

④耶弗他是個勇士，曾率以色列人與亞捫人作戰，戰前他向耶和華許願，如他得勝回家，將以首先從家門出來迎接他的人獻為燔祭。不料，他回家時他的獨生女拿鼓跳舞出來迎接他。他答應女兒離開兩個月，與同伴去山上為她終為處女哀哭。然後將女兒獻為犧牲。見《舊約全書．士師記》十一章。

賣贖罪券的人的故事①

醫生的故事讓所有在場的男男女女都感到極大的悲憤與不平。旅店主人大叫著說：

「可惡的無賴，可惡的法官，願地獄裏有更解恨的懲罰讓你們來承受！這真是人世間的一齣悲劇啊，醫生！正像人們所常說的那樣，好運與美貌不可兼得，人生總是有得必有失。那姑娘因爲受了自然女神的眷顧，就遭到了命運女神的折磨，這樣的故事多得數不清，卻是事事讓人傷心——可憐的姑娘！

「尊敬的醫生先生，我敢以那十字架上的聖靈和聖血發誓，你確實是一個值得尊敬的人，你爲我們講述了一個很美麗的故事。願我主保佑你，保佑你那些瓶瓶罐罐、香草醫料，以及你的壽命——願你能長命百歲，造福人類。只是，你的故事太過於悲傷了，醫生先生。憑著聖羅南的名譽發誓，作爲醫生，你應該能明白『悲傷能使人身體受到傷害，心靈受到折磨』。你的故事差點讓我心臟停止跳動。所以，我要請求我們中間的另一位再來給大家講一個故事，就是那令人感到愉快或受到教育的故事，但願它能像陳年的老酒那樣，讓我們重新恢復以前的好心情——賣贖罪券的那位先生，就請你先來吧，我相信，你的生命中定然碰到過形形色色的故事無數。」

賣贖罪券的人聽到呼喚回答道：「按道理，要我講一個故事倒也沒什麼難處，但是，各位，難道你們沒有看見前面正好有一家小酒館麼？爲何我們不先進去喝幾杯呢？這樣也可以給我充足的時間來想出一些更好的故事——我敢保證，它們肯定是既高雅又具有教育意義。」

眾人表示同意，於是，賣贖罪券的先生就領先走進了前面的小酒館，邊喝酒邊說出了下面的一席話。

「各位，我是一個賣贖罪券的人，得了教皇和主教大人的同意而擁有這種特權。爲了把我囊中的東西賣出去，我通常需要在講壇上講很長時間的道，這些內容在我來說，早已熟記在心，說出口時不用思考也會像教堂每天敲出的鐘聲一樣準確。並且，在開講之前，我還要把各色各樣的證書拿出來給人們看，這其中有蓋了教皇大人印章的詔書，有教會主教大人的親筆特許，等等，這些東西能讓那些塵世間的俗人們對我的人品和道義深信不疑，從而也就能相信我隨後給他們出示的那些東西了。

「我的囊中有一個玻璃瓶子，裏面裝著許多布片和骨頭。在我的口中來說，它們都是聖母瑪麗亞或天主耶穌的聖物，有了他們就可以擁有許多想不到的好運。比如說那塊鑲有金屬邊的羊肩胛骨吧，它是一位猶太人送我的禮物。我把它拿出來之後，會對那些聽道的人說：『快來看看這塊骨頭吧，它可不是普通的東西。這是受到聖靈點染的東西，具有超凡的神力。要是有那家牧人的羊或其他牲畜受了蛇咬，或是中了其他的毒，就用它來沾染泉水吧。只要經它浸泡過，這種泉水就有了治療百病的效果，不僅能讓中了毒的或生了病的羊群重新活過來，還能增強牠們的抵抗力。各位仔細聽好了，要是有哪個人願意在早上空腹的時候就先飲下這麼一杯水，那麼在某個早晨的時日裏，他就會發現他家的羊群裏已經成倍地增加了許多。而且，這種泉水在男女夫妻之間還有更奇特的療效——要是有哪個給丈夫戴了綠帽子的夫人願意賣下它，並把它浸泡，然後悄悄讓她的丈夫把這種水喝下去，那麼即使他已經知道了自己妻子所幹的好事，他也不會生氣。』

「賣完了骨頭，我就開始賣布物。我的囊中有這麼一副手套，不管是什麼人，不管他種的是何種農物，只要他肯捨得花錢買這種手套戴一戴，那麼他家的穀倉中就會有成倍的糧食冒出來。

「各位，我是一個授有特權的人，能夠赦免人世間許多的罪惡和錯誤。要是有什麼人犯下了什麼一般人不可饒恕的罪則，比如盜竊偷漢等等，只要他甘於對這些聖物奉獻一些財物，那麼我相信，我主一定會允許我代他聽他們的懺悔或求恕。

「說到這，我想大家一定已經知道我賣券的真正目的了，說白了就是賺錢。我不想諱言，其實無論我如何在講壇上動嘴伸胳膊地賣力講道，就像一隻啄食的大公雞一樣不能得閒，說到底，我的真正目的只有一個，那就是讓人們聽從我所說的『貪婪是萬惡之源』的道理，而不要對我的這些聖物有什麼吝嗇的行爲，從而慷慨地付出他們的收入中的一小部分。當然了，至於他們到底犯過什麼錯，或者正有什麼難以解決的事情，這一切對我來說就無關緊要了。我才不關心他們死後靈魂會不會入地獄或升天堂呢，也不關心他們家某某牲畜或某某人得病了會不會死去。因爲——在這一點上，我絕對向大家坦言——我的所有說教或獻殷勤都只有一個目的，那就是以虛僞的方式爲自己增加一些收入。

「因此，我不在乎那些設立的講壇是否高不可瀆，只要是對我有利，就是用它們來爭名利、泄私憤我也願意。我常常含沙射影地對我的對手們予以攻擊，那火候絕對掌握得恰到好處，既不用點出他們名字，又能讓所有人知道我正在說誰，這樣他們的名譽就能受到最好的損毀。

「我知道，我自己是個並不高尙的人，甚至連一個善良的人也稱不上。我用許多老得掉牙的故事來迷惑那些無知的人們，讓他們甘願爲了一個『貪婪是萬惡之源』的信念就付出自己的所得，還絕不心軟地收取那些已經是窮得養不起孩子的寡婦所給的錢。但各位，話又說回來了，請大家不要因爲我是這樣一個人，就不相信我能講出好的故事來了。既然我已經把這些情況給大家交代得清清楚楚，那就說明我並不想欺騙大家。

「我確實是個不思進取、不想靠自己的勞動過活的人。我不願像那些辛辛苦苦一生而終也沒有過上好日子的人一樣浪費掉自己的生命，也不願意爲取得金錢就大把大把花費掉自己所有的精力。與叫花子或那些庸人們比起來，我情願做一個靠著一張不爛之舌而到處騙錢的騙子，還美其名曰有神聖的職責。

但是，我要竭力聲明的一點是，不能否認，雖然我曾犯過不少的錯誤，並且現在還在做著各種堪稱罪惡的事情，但事實上，就是靠了這種說話的功夫，我也確曾挽救過許多失足的人。因此，毫不誇張地說，我講出來的故事也可以是極具教育意義的，或者，至少是能夠愉悅大家的，因爲既然大家准許我喝了這許多的好酒，我總該以自己最好的故事來奉獻給大家吧？所以，現在就請大家仔細聽好了，我的故事是這樣的——」

——賣贖罪券之人的故事正式開始。

主啊，請容許我述說以下幾種情況的罪惡吧。

首先，是貪吃貪喝的惡果。溯本求源，先看看我們的聖祖亞當和夏娃吧。誰都知道，他們原本都是生活在上帝樂園中的聖潔的人兒，卻受了食物的誘惑而犯下不可饒恕的罪過。從此後上帝罰他們出了樂園，還要經受種種的苦難。這就是人類最先墮落的標誌，也是鑄下萬世不能贖清罪孽的根源。

貪吃的可悲下場啊，不僅能讓人爲之喪失理性，而且暴飲暴食還是多種疾病的起因。聖保羅說：「食物爲肚腹，肚腹思食物，但上帝要叫這兩樣都壞死」②。肚腹和胃腸本來只是維持人類生命的生理機制，是食物和美味的短暫儲藏所，但人們爲了它卻情願四下奔波。天上的，地下的，水中的，沒有什麼是人類不能找到的。他們還不惜花費大量的金錢聘請高明的廚師——這些人的生活就是與食物打交道，蒸、煮、薰、烤；花力氣把一塊小小的骨頭打開，只爲了那其中的一點點骨髓；調製美味的湯料，因爲主人喜歡喝飯後湯，等等。「肚腹和胃腸啊，」聖保羅爲人類而哀哭道，「是上帝的敵人。」它們把人類的身體當成是儲藏垃圾的地方，這其中充斥了污穢的腐水，難聞的氣味，但卻還沒有節制地思戀著美味的東西。

貪吃這種事情說起來就讓人感到羞愧，更不用說暴飲暴食這種行爲了。我們的天主耶穌爲了人類因貪吃而受下的天罰付出了巨大的血的代價，難道我們今天的人們還不能從中醒悟嗎？

還有飲酒過度，也是一種罪過。正如《聖經》上所講述的，酒可以亂性。羅得喝醉了酒，竟然和自己的兩個女兒睡起覺來，希律酒後失策，竟然受惡人的引導，把無辜的約翰殺掉。塞內加有這樣一句話，一個醉鬼和一個傻子之間並沒有多大的區別，這話可真是至理名言。因爲除卻發瘋的時間比傻子稍微短一點以外，一個醉鬼的心智並不比傻子多多少。貪杯的人整天浮腫著一張臉，滿口臭氣中捲著兩個字「參孫！參孫！」卻不知參孫是一口酒都不喝的。這樣的人因爲受不了酒神的捉弄，就大失身分地躺倒在地，還厚顏無恥地叫著「我沒醉，我要喝酒！」可見酒是理智的墳墓。如果你有什麼秘密的事想要問他，就趁這種時候吧——俗話說：「酒後露真言。」這樣的人是沒有什麼諾言和信譽而言的，對他們來說，酒就是對他們發號施令的權威。紅酒、白酒，勒伯酒③、羅謝爾酒或波爾多酒④，不管什麼酒，這樣的人只要沾上那麼幾大口，就開始把身體放在西班牙，而腦袋卻已經去了契普賽德。

酒可以使正常的人變成瘋子、誠實的人變成無賴，還讓許多的英雄毀於一旦。《舊約全書》有記載，強大的阿提拉⑤是多麼讓人羡慕啊，在攻佔羅馬帝國的進程中，他鑄下了英雄事件一件又一件，可就是因爲多喝了那麼幾杯酒，竟在他最得意和高興的時候因流鼻血而死去。還有利慕伊爾——不是撒母耳，而是利慕伊爾⑥——他的母親不是教導他，說好的領袖或聰明的人是不該喝酒的嗎？酒、色、財、氣，四大罪惡中，酒居其一，可見貪杯之事實在是上帝最不能容忍的事。

還有賭博，也應該是被禁止的邪惡行爲。賭徒是一個人最可恥的稱呼，從這個名聲中我們就可以知道，這是一個怎樣不把金錢和時間放在眼中的敗家子。這樣的人爲了能滿足一時的刺激或無底的貪婪，絕對會把好人家的家財敗壞個淨光，還會在以後爲了維持生計而不停地去偷去搶。撒謊欺詐、殺人放火，有多少的罪惡之事不是因由賭博而起?!所以說，參與賭博的人是最為我們所不恥的人。這樣的人如果是平民或乞丐，會被周圍的人趕著離開自己的家門前，如果是君王或將軍，那麼無論他的名譽曾經有多麼顯赫，或者功績曾經有多大，人們也會瞧不起他。

斯蒂而朋是被人們稱讚的聰明之人，在他的論述中也有關於賭博的事情。有一次，斯巴達請他到科林斯去，代表斯巴達與科林斯簽訂盟約。斯蒂而朋本來是帶領大批的隨從輝煌而去的，但不到一個來回的功夫，他卻又已經返回了自己的國家。原來在剛到那個國家的時候，他就發現這個國家的人民，上到國王君主，下到平民百姓，都很迷戀於賭博一事，斯蒂而朋說：「如果讓我和這個國家簽訂盟約，也就等於是我把賭徒和你們聯結。做這樣的事比貪圖人家的錢財還要讓人感到不恥，我情願因完不成差事而受死，也不願把自己的國家和賭徒盟友的名聲聯結起來。」可見明智而正直的人是不屑與賭徒共事的。

古安息國的君王曾經送給德朱特里厄斯一副金骰子當禮物，表面看好像是迎合他的愛好而成人之美，但實際上，讀過這段史書的人都知道，金骰子代表賭博，德朱特里厄斯在安息國王的眼中不過是一賭徒而已！這樣的事還有很多，在這裏我就不再一一詳說，而是再來談談另外兩個也應該受到指責和責難的事，那就是發假誓和凶誓。至高無上的天主在他的十大戒律中說：「不可妄稱我名。」這條戒律被置於兇殺和謀財等大罪的前面，位居第二（實際上，在新教徒的戒規中它位居第三——譯者釋），可見對於發假誓這樣的事情，天主是多麼地不能容忍。《馬太福音》上有聖耶利米的話：「我們的誓言應當誠實而公正，不應該撒謊。」發假誓或隨意發誓的人實際上就是對天主不恭，是欺騙天主。

「憑著海爾斯的聖血⑦我發誓：要是你能擲出比我大的點來，我就用這把匕首把自己了結」或者「憑我父的在天之靈發誓，要是你欺騙了我，那就讓你當場噴血不止而死」，這樣的凶誓也是一些狂妄之人常常能夠說得出口的事。可他們卻不知道，凶誓首先是需要將自己的名譽和精力作爲代價才能實現的，所以這樣的人常常會遭到報應。

憑著我主曾經爲我們付出的血的代價，請大家以後少發這樣的誓言或做出上面我們所說的那些事來吧，就是貪吃、暴飲、酗酒、賭博四大事情。這樣我就可以講出我下面的故事了。

這故事的主人公是三個年輕人，正如我們上面所說到的，因爲飲酒賭博生活放蕩，這幾個人在佛蘭德斯那個地方簡直是臭名昭著，但他們卻還不自知。

整天吃飽喝足了之後，這些人所要做的事情就是逛妓院或上賭場。一整晚上的歡歌跳舞，彈豎琴、吉坦、魯特琴⑧，與賣花賣水果姑娘調情，這樣的事情將他們折磨得沒有了人樣，但白天一到，他們還是會照樣去那擲骰子的地方鬼混。不管是贏了還是輸了，不管是高興還是難過，這些人口中整天罵罵咧咧地就是互相咒罵與嘲笑，他們拿對方來開玩笑，還把上帝當作擋箭牌或發洩的對象。那樣的話聽來就讓人感覺吃驚與膽寒，但他們卻不聽人勸停住口——照實際情形說，這些人簡直就是魔鬼的附身！

有這麼一天，這三個無賴像往常一樣在賭場裏混了一夜，然後在教堂的鐘聲還沒有敲響以前，就又來到了一家小酒館裏狂飲。這是他們常來消遣的場所，正對窗口的那張桌子已成爲他們的專桌。這幾個人正喝著酒，就聽得一陣送葬的鈴聲響起，有幾個人抬了一具屍體正好從窗外走過。於是其中一個好奇的無賴就喚過酒店夥計來吩咐說：「快去看看今天有什麼人要下葬，他又是因何而死亡。探清了一切之後不要有耽誤，馬上來告訴我們。」

「先生們，不用去問了，剛剛在你們來之前就已經有一個朋友跑來告訴我了，說那個叫死神的強盜昨晚又帶走了一個生命——就是那個你們平素裏稱他爲你們最好的朋友的那個人。他本來正好好地坐在凳子上喝酒的，可誰知那個活著的人們都沒有見過的死神就走了進來，來到他的跟前把他從凳子上這麼一推，於是他就一頭栽到桌子底下死去了。唉，這瘟神，已經殺死了那麼多人卻還不罷手，我看哪，各位先生，你們最好也在他還沒找上你們之前就早做準備吧。我媽說：『要時時刻刻提防著那害人的手。』確實，這話沒錯。」

這時，酒店主人接上話說：「是啊，憑聖母瑪麗亞的聲名說，這夥計說得完全屬實。你們難道沒有聽說過，就在去年一年的時間裏，已經有好幾個村莊的人家死了人？聽說有一個離我們不遠的大村子，到今天已經成了一個空村，所以有人說，那就是死神居住的地方。不過，不管他是不是真的住在那兒，先生們，要我說啊，聽那個老婦人的話準沒錯——提高警惕，時時提防那害人的手啊！」

三個無賴聽到這裏，先是一陣發驚，然後就放口大笑起來。一個無賴說：「憑天主的胳膊起誓，難道我們三個人還怕一個強盜嗎？哈哈哈！朋友們吶，請伸出你們強健有力的手吧，讓我們三個人一起把力量握起來，結盟對敵。我就不相信，憑著我們的幸運和親密關懷的熱情，不能把這個惡魔制服。請伸出手來結義吧，從今以後，我們就是三個親兄弟，今天我們就要出發去把那個惡鬼捉過來。」

於是這三個人互相說了一通什麼團結對敵的話，然後又喝了一大通的烈酒。等到他們全都感到身體有些熱脹，眼前已經飄飄然之時，這三個人就一起站起來走出酒館，說是要到酒店主人所說的那個村子裏去捉魔鬼回來。

他們一路走，一路互相說著吹捧的大話。一個說，憑上帝的腦袋發誓，他要把這個叫死神的東西活捉來下酒；一個說，憑上帝的聖腳發誓，他要用死神的血來祭死去的朋友的在天之靈；還有一個說，憑我主上帝的腰肢發誓，他定會讓死神這個強盜把他從別的地方弄來的財寶全部奉獻出來，這樣就能供三個人一起擲骰子胡花。總之，在他們把我主上帝的身體已經瘋狂地撕成了許多碎片之後，才走到了離那個村莊不到一半的路程。

這時，他們對面走來了一個步履蹣跚的老頭，拄著個木棍拐杖，穿著破舊。老頭恭敬地向這三個年輕人道：「早安，先生們，願我主在天保佑你們！」

三個無賴不屑地對老頭喊道：「真是倒楣，怎麼一出門就碰上這麼一個老不死的！嘿老頭！你穿得這麼破，年紀又一大把了，怎麼還不下地獄去？」

老頭吃驚地盯著這群人說：「先生們，不要對老人家這麼無禮。難道你們沒有聽說過《聖經》上有這麼一句話：『老人可以坐著，年輕人應當站著』？雖然我的生活很糟糕，年紀也已經很大了，但我走過了許多的路——從印度到羅馬——卻找不到一個願意拿他的青春和我的年齡交換的人，所以我只有苟且偷生地活在這個世上了。我也乞求過大地之母早早把我收回她的懷抱去——用我的拐杖敲著墳墓的大門，說：『可憐可憐我吧，地母！你看我面色蒼白，身體虛弱，與其在這個世上孤獨地受罪，倒還不如用我全部的財產換一塊馬尾襯⑨。』但大地之母卻總是忙於你們這群年輕人的事情而顧不上理我。還有那個叫死神的人，也是只顧著他自己的事情而不來找我。唉，你們說，在這種情況下，我這樣的人還能怎麼做呢？我的青春已經逝去，不像你們還充滿活力——願我主上帝在天保佑，祝你們一生平安！」

老頭說完正要走過，突然聽得三個無賴中的另一個對他喊道：「嘿，別走，老不死的！你剛才說什麼？那個叫死神的人怎麼來著？你難道不知道嗎——我們就是正在尋找那個叫死神的強盜的人？你既然說到了他，那你定然是知道他在什麼地方了？還有什麼『忙於我們年輕人的事』，是謀殺我們這些年輕的生命嗎？你們已經殺害了我許多友人的性命，難道還不滿足嗎？難道還非要把我們全殺死才高興嗎？你這個老不死的，老強盜，老流氓，你定然是那個惡魔一夥的！快說，他到底藏在哪兒？否則，我們就要給你好看的——如果不讓你的性命在此了結，我們是不會善罷甘休的！」

其他兩個年輕人聽到這，也一起叫嚷起來。於是老頭沈默了一陣後說道：「上天保佑，就讓這群年輕人清醒清醒吧！先生們吶，人生在世應當珍惜，等你們到了我這把年紀的時候，就會知道什麼叫作青春年少好時光了！只是，既然你們如此急於去找死神，那我就實話對你們說吧：我剛剛才在你們前面不遠處的那片樹林子中央和死神分手。我相信只要你們加快步伐就能把他追上。死神是一個不知道膽怯的人，只要他聽到你們的喊聲，就一定會在那片林子中停下腳步。先生們，請你們現在就向前去吧。」

於是，三個青年撒腿就向前跑去。等他們來到一片林子中時，沒有發現死神的影子，卻在林子中央那棵大樹的下面發現了一大片的黃金。那些黃金成色是那麼精純，數量是如此多——

加起來足足有二十幾罈還不止。這三個年輕人頓時忘了他們來此地的目的，高興地不約而同地圍著那棵樹坐了下來。

其中一個最有心計的無賴開口說道：「朋友們，請聽我說！這是我們的幸運，上天降給我們如此多的財寶。從此後我們不僅可以成爲名副其實的大富翁了，還可以開懷大飲和賭博。這定是命運女神派那個老頭給我們的恩賜，要是這樣，還真得感謝那個叫什麼死神的強盜呢！只是，這麼多的東西我們一時並不能運回去，而且光天化日之下，也很容易被人說成是盜賊或強盜。看來只有晚上才能行動了，依著夜幕的掩護，我們就能把它們運進城裏去——或是你家，或是我家，總之是我們三人的家。要是你們相信我的才能的話，就讓我來出個主意吧——我們總不能三個人都在這裏死守著。我認爲抽籤的辦法最是公平，誰要是抽到最下的那個籤，就讓他回城裏買酒買肉，而其他兩個人則要在這裏小心守候著，等第三個人回來後，一起趁著夜色把金子運進城裏。」

其他兩個無賴沒有想就贊同了這個主意，於是他們三人就開始抽籤。結果，年齡最小的那個人抽到了最下籤，於是他就飛快地跑著到城裏置辦酒食去了。

那年輕人走後，剛剛開口的那個無賴又對另一人說：「我親愛的兄弟加朋友，你現在該知道我的聰明和才智了吧！我們這裏剛剛還有三人要分這筆財富的，可現在就只剩我們兩人了。」

那另一個說道：「可是那人知道我們在這裏啊，而且得了如此多的財寶。」

「這你就要聽我的吩咐了。我保證，他一回來就讓這批黃金成爲我們兩人的財產。要是你能發誓保守秘密，並且遵循於我的辦法，那我就將我的計謀告知於你。」

於是那另一人就發誓說，從今以後絕對不會對任何人說起這件事。那第一人說道：「好吧，朋友！你知道，一個人的力量無論有多大，總是不能大過兩個人的。所以，等那個人回來後，你就假裝向他問好，然後摟住他的肩膀。這時，我會從背後悄悄衝上來，用我的匕首在他的後心背刺上一刀，你也要馬上轉過身來拔出自己的匕首再在他的心窩上補上一刀。這樣，我敢以我主聖靈的名譽發誓，他非死不可。那麼，這剩下的所有財物就都是我們的了——無論你如何賭啊如何花，這一生恐怕是花不完了！」

於是，這兩個無賴就當著惡魔的面定下了謀財害命的條約。

且說這回城裏的第三人，走在路上也沒有停止思索。他在心底裏對自己說道：「天哪，那麼多的財寶！要是我一個人全都得了它該多好啊，可卻有另外兩人也知道。這下子該怎麼辦才好呢？」於是他就轉動著同其他兩人一樣的心思，受惡魔的引導也想出了一條毒計。他匆匆忙忙回到城裏後，就直奔藥店而來。對藥店老闆用苦悶的聲音說，他的家裏既有老鼠作祟又遭了黃鼠狼的害，因此他急需要一大包能夠毒死動物的毒藥。

藥店老闆同情地給他開出了一包劇毒藥，一邊還不忘吹捧他的東西說，不管是人是動物，只要吃上他這東西一點點就會立刻倒地畢命。於是惡毒的青年接過藥，馬不停蹄地走到他的一個熟人家裏借了三隻大酒甕回來。他把毒藥分撒在兩個大甕裏面，然後再在它們裏面分別打滿烈酒。在第三個甕裏面他裝上了清水，計劃在藥倒他的兩個朋友後就倒出來裝黃金。然後，如約返回了森林。

正像前面第一個人說的，一個人的力量總是沒有兩個人的力量大，這青年剛回來不久，就遭到了另兩個人的暗算。這兩個人完成他們的計謀後坐下來說道，沒有了後顧之憂，現在可以好好慶祝一下。於是他們就喝了那兩個罎子裏的酒，然後也倒地畢命。

唉，可惡的貪心啊，不是渴望食物、酒菜，就是賭博、嫖妓，還有為了錢財而謀害他人性命。這些都是多麼大的罪惡啊，為了達到目的，他們不惜以著上帝的名譽發誓行兇！我主仁慈寬宏，創造了我們這些生命，還付出血的代價而為我們恕罪，可我們這些人又是如何回報他的呢——貪婪好色，喝酒賭博，難道我們真的如此無情！

各位同路人啊，但願上帝保佑你們，不要也像我故事中的人物一樣犯下天大的罪過。不過，要真的是那樣的話，你們也不用擔心，因為有我！我是教皇和主教大人親自批許的赦罪僧人，在我的手中有著很大的權力。所有用得著的聖物和聖符就在我背上的包裹，只要你們肯花費一些小錢來吻吻它們，或買下它們，那麼不管你們有多大的罪過，我也可以代我主寬恕你們。

女人們吶，請把你們手上的戒指、胸上的別針、耳上的耳環、頭上的金飾貢獻上來吧，只要你們的名字入了我的記冊，那麼我保證，在你們的靈魂離開身體的時候，也會像剛剛出生時那麼純潔。

先生們吶，請想想我們最敬奉的主吧！如果你們之中有哪個人最是一心向善，那就請走上前來讓我為他赦去所有的罪過。不用很多，只要你們袋中的一點點小銅板，你們就可以得到一個很不錯的赦罪符。而且，如果你們願意，還可以多做幾次，三里一虔拜，或五里一叩首，我絕對不會覺得麻煩。

能與教皇所特許的恕罪僧人一道行走是你們的福分，如果你們之中有哪一個人不小心從馬上栽了下來，並且摔斷了脖子折斷了腿，那麼不用擔心，在你們的靈魂即將升入天空的時候，我定會先把你們的罪過超度完，這樣你們剩下的時光就可以在天堂裏度過了。

先生們，你們中有哪一個願意先上來奉獻啊——旅店主人先生，你整天泡在酒食與錢財之中，我看你的罪過最是爲大，何不先上來爲大家做個表率呢，我保證所有的聖物讓你吻個遍。

「骯髒的僧人，我情願吻你那些被肛門和睪丸染髒了的內褲，也不願意碰你那些什麼假冒的聖物！我看它們只配在牲畜圈裏攪攪食，而絕對不會是什麼聖靈賦予的聖物，更不會被任何人掏錢買去。」旅店主人反唇相譏，把個赦罪僧人氣了個半死，張張口卻沒有說出什麼話來。

於是，可敬的騎士先生出來打圓場說：「各位，跟開玩笑的人有什麼可生氣的呢！我相信赦罪先生絕對沒有欺騙我們的心，而旅店主人先生也絕無傷害他人的意思。你們二人何不各自相容一下，過來接個吻，然後和好如初呢，這樣我們的旅行才能愉快地進行下去。」

於是，赦罪僧人就和旅店主人各自平靜了一下，然後走上來互相吻了吻。

——至此，賣贖罪券先生的故事結束。

---

①賣贖罪券的人是中世紀時獲准出售天主教贖罪券（也稱赦罪符）的神職人員。

②見《新約全書．哥林多前書》六章十三節。

③勒伯為西班牙地名，該地產酒。

④羅謝爾與波爾多都是法國地名，後者尤以產酒著名。

⑤阿提拉（？～453）是進攻羅馬帝國的最偉大的匈奴王，在新婚之夜突然死去。

⑥利慕伊爾（Lemuel）是《舊約全書・箴言》卅一章中的人物，撒母耳（Samuel）也是《舊約全書》中的人物，兩者拼寫字母相近，故云。

⑦海爾斯在英格蘭的格洛斯特，這裏的修道院中藏有一小瓶（據稱是）基督的血，後被亨利八世下令毀掉。

⑧魯特琴，是十四至十七世紀時使用較多的一種形似吉他的半梨形撥絃樂器。吉坦則是中世紀另一種類似吉他的絃樂器。

⑨馬尾襯是以棉、麻等為經、馬鬃、駝鬃等為緯織成的織物，質地硬而韌，一般用做衣襯或家具套，這裏則做裹屍布用。

帕瑟婦人的故事

「各位，你們講的故事已太多，要說到婚姻和愛情，只怕沒有人的經驗能夠比過我。我要給大家換個口味講講我的事兒，在這之前，先說說婚姻和愛情到底是怎麼回事。」帕瑟婦人這樣說。

「要說到婚姻和愛情，我最有發言權，因爲作爲一個女人，我至今已有過五位丈夫——如果主肯承認的話。我記得主曾經在一口井邊訓斥一位婦人說：『你不該有五個男人。因爲你本來只有一位丈夫，但那五個卻都不是你的丈夫。』我不知道他說這話的含義是什麼？爲什麼不應該有五個男人，爲什麼五個男人都不是她的丈夫？難道說就像那些國王貴人一樣，她還有第六個丈夫或第七個丈夫嗎，而哪個人才是她真正的丈夫？

「我知道，主只參加過一次婚禮，就是在迦拿那個地方。根據主做的事和說的話，因此人家都對我說，一個女人結了五次婚，甚至更多次，是一件不好的事。但我確實不明白，爲什麼一個女人結五次婚就不是一件好事。

「主創造了人，又在那個人的肋骨上取下一根，這樣就有了男人和女人。主做這樣的事不正是爲了要讓人類有所繁衍嗎，不然他何必給予我們那不同的東西？

「有人說，男人和女人那不同的東西就是爲了排泄和小便。但實際上並非如此。主不是說，男人生來就要爲償還女人的債而生活嗎？如果沒有那東西，他又如何能償還這還不清的債呢？所以說一句請修士和教士們不要生氣的話：男人和女人長那東西是爲了繁衍和歡愉。

「一個人喜歡歡愉並沒有什麼錯。我們的身體除了能給我們這一點安慰之外還有什麼用呢？聽人說，那位著名的所羅門君王就曾經有不下十幾位的王后和嬪妃，但願主也能讓我像他一樣夜夜歡愉納新。我曾經有過五位丈夫，也就有過五次第一夜，我明白那樣的滋味是一種什麼樣的享受，願主保佑我那第六位丈夫快快來到我身邊。

「管他是教士還是修士，只要長著那東西能給我們歡愉，我絕對是來者不拒。聖保羅不是說過，自由的人有結婚的選擇嗎？看看吧，聖亞伯拉罕也是妻妾成群，還有那個叫雅各的人，人們不是都稱他爲聖人嗎，可他的妻子也有那麼多。

「所以說，結婚並不是罪過，守貞也不是什麼唯一光榮的事。聖保羅曾經說過，主的信徒應該力保自己身心的潔淨，不要酗酒，不要貪吃，不要發怒，不要嗔怪於人，但他也沒有說過，人應該禁欲不要去結婚。否則，人類的種子是從什麼地方來的，那些守貞的童男童女們又是從什麼地方來的？

「所羅門不敢私自違背主的意願，說人類不應該貪欲結婚，只是提倡守貞的人更能得到上帝的眷顧，對這一點我倒沒什麼話說，因爲主本身就是個童貞之身。但是，查遍主所有的訓戒裏，也不能找到這樣一條：守貞和節欲之人就應該禁止他人結婚，或者道德高尚的人就應該把自己的家財全部散盡用來接濟周圍的那些窮人。所以說，守貞與結婚並沒有什麼區別，那只是個人的意願罷了。

「正像富人的家具裏，有珍貴的紅木桌子，也有實用的榆木椅子，這些東西雖然名分不同，質地不同，卻各有各的作用。上帝創造了男人和女人，又讓他們有的結婚有的守貞，就是爲了讓他們各司其職。修士和教士，作爲上帝最直接的信徒，他們的節欲是爲了更接近於上帝，而我，作爲一個純粹的女人，雖然絕不會說守貞是一件不明智的事，但我卻情願爲歡愉和繁衍而生。

「我在教堂的門口，曾經接受過五位男子的求婚，所以我知道，結婚是女人脆弱的最後依靠。一個女人要想到了結婚，定是她在這個世上已經無法生活下去。我絕不會像那些守貞的處女或寡婦一樣，空守著自己的歲月流逝，卻用痛苦和孤獨來追隨上帝的步伐。

「作爲女人，我喜歡丈夫一個接一個。歡愉的日子從頭走到尾，才知道什麼叫不枉活一生，沒有結婚，就不能品嘗幸福人生。爲此，我是多多益善，絕不挑三揀四，嫌東嫌西。只要哪個男人願意滿足我對他那玩意兒的追求，就是日日讓我趕著做我也願意。我有控制男人的身體的權利，正如聖保羅講，也有用我的能力使他高興的義務。」

「憑天主的聖譽起誓，你說的真是太好了，夫人！」賣贖罪劵的教士在一旁大叫道，「雖然我是個教士，聽了這番話卻也很想找個女人。只是爲肉體而放棄信仰我多有不甘，所以還是作罷吧。」

帕瑟婦人說：「『注意別人的言行，你才能得到教訓。』這是托勒密著名的話，就在那本《大綜合論》中①。赦罪先生，如果你能忍耐一下，不要打斷我的話，我就會再講一些事情，讓你瞭解一下婚姻也有它的痛苦。」

「夫人，我絕不會再無端開口打擾你的興趣，我想這裏的每個人不會再輕易犯同樣的錯誤。就請您接著往下講吧，我很願意再聽到其他的教誨。」赦罪先生說。

「好吧，那我就來講講我五個丈夫的事，不怕你們笑話，我這五個丈夫裏面兩個壞三個傻。

「先說前三個丈夫，他們都是有錢又有財，只是早已過了那享樂的年頭。爲了錢財和土地，我對他們溫言溫語地說了幾席好話，就把他們騙到了手——人們總是喜歡聽女子對他們說什麼『你是我最喜歡的人，我這生非嫁你莫屬』，爲著些虛情的美話，他們願意把一切都獻出來，這樣我就佔有了名分又佔有了財物。

「結婚的第一天我就讓他們見識了我的厲害，日日夜夜苦嘆著自己命苦：埃塞克斯的鄧莫肉好吃②，爲什麼我就得不到一塊？因爲我既得了土地又得了錢財，就再也不會出力討好他們。我讓他們在那床上空有勁使不出來，我還要邊笑著邊讓他們說『我的幸福就這樣斷送在了你的手裏。』

「聰明的女人總是會控制好自己的丈夫，那手段既有軟又有硬，結婚前爲了他們的愛——這三個人愛我愛得很真摯——我們只好裝傻，任由他們從你這邊摸到那一邊，結婚以後就要給他們好看。我會在他們爲我買好東西的時候親親他們的嘴說：『親愛的，你真是我的好老伴。』但要是他們發現你有什麼不稱他們的心的地方，你就一定要來個惡人先告狀。

「我會對他們說：『你這個沒心肝的，放著我在家裏爲你操勞你卻從來不把我放在心上』

——要知道女人的僞言和氣勢總是要比男人來得大膽一些，要是有什麼差錯，總有亞當和夏娃一起擔著。我會對他說：『有侍女和僕人做證，因爲你吝嗇小氣不肯花錢爲我買新衣服，所以人們都對我不尊敬，隔壁的女人長得很漂亮還很賢慧，你就偷偷看她，還在心底裏羨慕，可你知道，我才是這個家的操持人！』

「你這個老不正經的大色鬼，常說女人生來如果太有錢就會對人傲慢又偏見，但碰著了窮人的女兒你又說她苦不零仃不値錢。每個美貌的女人你都想占一份，摸摸她美麗的胳膊或腰肢，舔舔她紅潤潤的小嘴唇，或者乾脆就在床上體會體會她那賢淑的品性和溫柔的行爲。但你可知道，女人的陷阱就是年齡和容貌，有了它們，任何一個男人的生活都不會很平靜！

「你是一隻受惡魔引導的的鬼，只要有哪個男人或親戚來探望我，你就會破口大罵，可你喝醉了酒的時候，嘴裏還是喊著『女人』。

「你說醜女人就像湖裏的灰鴨子一樣，任何一隻公鴨子都看不上，她卻死皮賴臉地要黏著一隻老鴨子。你這個挨千刀遭雷劈的老傢伙，結婚以前，你怎麼不說這樣的話？

「你說街上買個東西，就像瓶啊罐啊什麼的，買前還可以仔細挑一挑，可娶人就像喝酒一樣，進了肚裏才能知道她的滋味純不純。天吶，你這個沒有良心會下地獄的老鬼！

「你還說，女人生來應該溫柔，就是別人說她不漂亮沒有品性的時候也不該生氣，這是什麼話？我讓你對我的侍女兼保姆，還有我的父親尊敬，你就說你辦不到，還滿面怒容地說：『絕不會再給你舉辦生日宴會，絕不會再給你買新衣服』，這又是什麼話？

「還有，你老是誣陷我說，那個叫詹金的男奴不安好心。難道就因爲他長了一頭漂亮的金髮，你就要讓我和他說話的時候閉上眼睛？」

「你說女人若是穿了漂亮的衣服就是爲了要勾引男人，這是聖保羅的話，『婦女身上的穿戴和裝飾應該是爲貞操和廉恥的，而不是華貴的衣服和珍珠金寶。』這話在我耳中真是一文不值。因爲女人生來就是爲自由的，既然結了婚，你的家財就應該能爲我所有。我想穿什麼就穿什麼，想做什麼就做什麼。有聖雅各做主，你的錢櫃的鑰匙應該歸我掌管。

「你說女人就像一隻貓，有了光滑的皮毛就想著出門去勾引野貓，一旦毛被火燒了，就整日整日地呆在屋裏，直到晚上才會出去。你這不是在影射我嗎，老東西？對女人有什麼壞的評價，爲什麼非要牽扯上了你的妻子？

「俗話說：『讓別人在你的燭火上點燈，你的燭光不會暗下一點。』老東西，既然你已經滿足了，就不要再吝嗇，讓別人也沒有。愛去什麼地方是我的自由，哪怕是白天或黑夜。否則，你就等著我夜不歸宿，夜夜獨守空房吧——沒有我爲你暖被，你這把老骨頭早就見了地獄之王。不要再窺探我所有的事情，老東西，就是你有白眼巨人的幫忙，也擋不住女人的報復和心思。

「你說這世上有四樣東西③最爲罪過，我的妻子就是其中一個。愛情之果把她變成了一團熊熊燃燒的烈火，不僅需要供應，還走到哪裏燒到哪裏，直到把這個世界都變得枯竭。你說這個世上男人遭了殃，碰見女人就像莊稼碰見蝗蟲——這不是胡說瞎說是什麼？

「各位，我就這樣把一切罪過都推到他的身上，即使是無中生有，也說得頭頭是道。

「我說他們成天夜不歸宿，就是在外面勾結女人——其實他們老得連路都快走不動了。還說他們把錢財都花在了別的女人身上，爲她們添衣置食還陪她們出遊——其實錢櫃的鑰匙就在我手上。但我這樣說，他們喜歡聽——所有的男人都希望自己的女人爲他們吃醋。這樣，我就用我的機智和狡黠把他們掌握在了手中。

「我會囉囉嗦嗦反覆不停地說：『親愛的彼得——或約翰，或保羅——不是做妻子的要埋怨你，實在是你自己行爲有錯。你既然知道那麼多名人賢人的事跡，就應該明白，男人就要像約伯一樣，既有心胸，又要溫順。和女人爭鬥，男人永遠沒有好果子嘗，與其這樣，何不聽我的？你呀，哼哼嘰嘰的怎麼啦？難道非要獨佔那個女人最好的東西不成？唉，既然我是你的妻子，我所有的一切都是屬於丈夫的，那好吧，我就讓你再幹一場。

「要是在上床的那一刻，他不答應我提出的所有要求，那我就會在他手還沒摸到我的身子前，就讓自己從床上蹦起來。任由他在那裏欲火中燒，全身難受得不得了，我既不會讓他親也不會讓他摸，還要破口把他大罵一通，就用我上面的那些話。——天主保佑，最後勝利的總是我們女人，男人要想混過女人的這一關，就要也學會軟硬兼施。

「現在我就再講講我的第四個丈夫。天知道，他現在已睡在教堂墓下的那塊土地裏，因爲他的尋歡作樂，我把他活活折磨至死。

「那時我還很年輕，像梅特當斯的妻子一樣，充滿活力又愛喝酒，和著琴聲我能喝到半夜，有人相陪，我會跳舞到天明。只是，我不像前面那女人一樣，喝醉了酒被自己的丈夫用棍子活活打死，雖然我的命運也是不濟，卻只是被那個男人占了便宜。

「那個男人在還不是我丈夫以前，就迷戀上了我的美貌，爲追求我使盡了花招。他知道酒能使人失去理智亂了性，於是就在漆黑之夜給我喝了幾大瓶酒。這樣，我就做了他的妻子。

「現在想想，我還爲我當年的激情和美貌而驕傲，想起那些努力動作的夜裏我就覺得有一種快意。可惜時光女神總是那麼無情，要用她的刷子把一切年輕和美貌刷去，既然用完了麵粉，就應該把麥麩好好珍惜，到今天，我還是一個很有吸引力的老婦人。

「可惜有人不珍惜我的感覺和美貌，總是要到外面去找野女人。爲此我氣得心裏發悶吃不下飯，於是私下裏想到了一個報復的好手段。不是罵不是打，也不是以相同的行爲來偷漢。我只是假裝偷偷地同他人好，卻又偏偏被他發現了。

「放在家裏的東西一旦被別人發現就覺得再也了不起，從此後他爲了我可是喝了醋還慪出了病。爲了堅持到底把事情做得徹底，我和那人假裝去了外面同遊，尋歡作樂了一段時間，回來後卻發現他已死在自己家中。

「自然他的墓沒有阿佩特洛特利斯爲大流士造的墓好，但作爲妻子，我還是把他草草葬了——因爲我又有了第五個丈夫。

「願我主保佑他！雖然他是五個丈夫裏面唯一對我發凶的人，但天知道，我是真心地愛他——愛他這個人，而不是金銀財富。所以，求主保佑，別讓他的靈魂到了地獄。

「我這第五個丈夫說來真是讓人思念，他一頭金黃的頭髮，一副年輕的面容——最多二十二歲，還有一雙修長的腿。他本是牛津大學的好學生，因爲和我的朋友兼密友艾麗莎認識，因此就被介紹給了我。

「我那時和艾麗莎關係非常親近，常在每個月的頭幾天就到她家裏做客。有什麼秘密的事我都會說出來跟他分享，包括我丈夫屁股上有幾顆痣。那一次是大齋節的好時光，我隨她去拜訪了幾個朋友——有她的同學，侄女，還有我的丈夫詹姆金。這個漂亮的人物一眼就吸引了我的心，從那次郊遊回來後，我們就開始頻繁地在一起。他帶我參加他朋友的婚禮和生日、同學的集會、宗教遊行、假日活動等等，天知道，我那些以前買來的漂亮衣裳，可派上了用場。

「我用溫情脈脈的聲音對他說，昨天夜裏我夢見了鮮血和大水，想不到今天就遇到了你這個意中人——聽我媽媽說，鮮血和大水預示著會得到金錢和其他財富，可我知道，這都是胡說，更何況那天晚上我根本沒做夢。

「我還對他說，我的丈夫很快就要因爲有病而死去——那時他確實因爲嫉妒我而生病在家裏，誰知道後來就真死了。我對他說，對於愛情和婚姻這種事，我有預見，我的丈夫死後，他必定是我丈夫。

「人們都說，大牙縫的人情欲旺盛，而我正有這一特徵。我的出生正是在那火星④走進金牛宮的時候，所以我不僅僅有維納斯所賦予的情感與美貌，還有戰無不勝的力量和勇氣。那時我已經是四十歲的人了，但對於二十多的詹姆金卻有著強烈的感情。在我那第四個丈夫的葬禮上，我看著他美麗的身軀心底裏頭直發癢，恨不得那時就能和他一起在床上。

「天主啊，請饒恕我如此直白的訴說，除了在我的臉上有戰神的標誌（指牙縫），就是在我那最隱秘的地方也有他的烙印。不管是年輕的，年老的，黑皮膚的，白面容的，只要是合我的意我都願意，但願天主能讓我時時都有男人來歡愉！

「且說我和那第五個丈夫都已等不及，於是就在我丈夫死後一個星期舉行了婚禮。那場面至今想起來還宏大，爲了表示我的歡心和忠誠，我還把我所有的財產和土地權都交到了他手裏。可誰知從此後他行事無法無天，竟然在一個夜晚讀書的時候對我大打出手，那種痛到現在還透心徹骨。

「那件事完全是因爲一本書而引起，它的名字叫《瓦萊與泰奧佛》⑤，這本書裏記載了許多教訓人的故事和人物，詹姆金常常用它來訓誡我。

「他說古羅馬有一位叫加盧斯的男子休掉了他的妻子，僅僅因爲她未蒙面就向門外看。還說另一位勇士因爲他的妻子獨自一個人去參加晚會也把她休掉了，用書上的話說，正符合『讓妻子獨自朝聖的人只配死掉』。

「這樣的故事他還有很多，上到人類是如何遭下死罪——他說完全是因爲夏娃把亞當拖下了水，下到參孫的情人把他的長頭髮剪下，害他失去了兩隻眼睛變瞎。還有赫拉克勒斯被他情人燒死的故事，以及蘇格拉底是如何地受他兩個老婆的折磨——他的第一位夫人用棍子打了他，第二位夫人卻用尿來潑他，而他只能坐在那兒說：『天要打雷，天要下雨，沒人管得著』。

「他還說克里特王后帕西法厄⑥的故事很特別，耐人尋味，要是我們也能有她那樣的奇遇，不知會是什麼樣的感受——你們聽聽，這麼可惡的話他也能說出口。

「詹姆金還讀了那個叫聖哲羅姆的天主教徒寫下的書——這書攻擊約維尼安，埃羅伊茲，還記述了德爾圖里安、克里西波斯，卓圖拉⑦的事情和言語。他也評讀了所羅門的《箴言》，維德《愛的藝術》和其他一些名人著作。這些書全都訂在一起，從那裏他知道了英雄阿伽門農的死完全是因爲其妻克呂泰墨斯特拉⑧的不貞，還知道了安菲阿羅斯⑨之所以會喪命，完全是因爲貪錢的妻子向敵人洩露了丈夫的藏身之地。他說男人的生命往往受到女人的威脅，結了婚的丈夫就更是如此：莉薇亞因爲恨而致丈夫於死地，露西拉⑩卻因爲愛而讓丈夫縱欲死掉。

「他還說，古往今來多少姦夫姦婦合夥把忠實的丈夫殺掉，而他們就在那屍體旁尋歡作樂。無論是做生意破了產，還是得重病不能起床，都比妻子和情人合夥欺騙丈夫好，他說，怪不得當拉圖米烏斯告訴他的朋友，他那三位妻子都是在院中一棵相同的樹上了結生命時，那朋友會向他要一枝這棵樹的枝條以栽在自己院中。

「女人都是男人生命中的禍水啊，他說，『與其同惡妻的婆娘同處一室，倒不如做一隻瓦上的野貓夜夜遊蕩』。他的這方面的諺語多得了不得，什麼『女人既可憤又可恨，她們總是與男人對著幹』，什麼『脫了衣裳，女人就等於扔掉了羞恥心』，還有『女人好比豬鼻子上的金環，中看不中用』等等。

「天吶，是什麼魔鬼鑽進了他的心，要讓他這樣來看待女人！要知道天下的書都是由男人來記述的，爲了他們自己的利益，他們自然不會對女人說什麼好話。人和獅子到底誰更強勝？⑪要我說，如果我們女人也能去著書立說，那情況就完全不一樣，只怕亞當的子孫都不能逃過對他們邪惡的指責。

「墨丘利⑫愛的是智慧和忠貞，維納斯愛的是快樂和淫欲。當人年輕享受的時候，不能想起墨丘利的告誡，當他們年老體弱也不能幹那活時，卻又大罵起維納斯——這就是男人。

「上天吶，願你開開眼睛，看看我所受到的訓誡都是些什麼吧——對這些話我聽得既不耐煩又心頭起火。可我那可恨的小丈夫還在那兒喋喋不休地說著，於是我就猛地抬起手臂給了他一拳頭，還把他手中那本書從頂到尾撕了個散。詹姆金冷不防猛地倒在了地上，惱羞成怒的他跳起來就給了我一巴掌，沒想到它竟然就一下子把我一隻耳朵的功能去掉了。

「我頭一歪倒躺在了地上，不說話也沒有動靜，這可把詹姆金嚇壞了。他雙膝跪倒在我身邊說：『親愛的艾麗莎，我不是故意的，請你就此醒來吧，從此後我再也不打你。』我從昏迷中醒來問他道：『你是想讓我死嗎，從此後再也沒有人替你打點生活和土地？』詹姆金聽了，在自己臉上狠狠地打了一巴掌說：『親愛的好妻子，我絕對沒有這種心意。從今以後我願一切都聽你的，只求你現在千萬不要有事情。

「於是，我們倆就重歸於好了。詹姆金親自將錢櫃的鑰匙和土地的權利交給了我，還答應把那些書也統統燒掉。這樣，我就做了控制丈夫的好婦人，從此後一心一意只伺候和照顧他。這樣過了多年，我成了那地方最有名的賢淑之婦，而我的丈夫卻在一次意外中不幸死亡。——願主保佑他在天上的靈魂不要受任何折磨吧，也保佑我那第六個丈夫快快到來，我的開場白說完了。」

托缽修士笑了笑說：「太太，您這訓誡可真是又長又深刻。」

差役接話道：「像蒼蠅一樣到處插話的總是你這托缽修士。」

「什麼，你竟如此敗壞我的興致？各位，在這位婦人之後，我要講幾個讓差役聽了難受的故事。」

「我也有話要說，以真主的名譽擔保，要是我的故事不能回報托缽修士的可惡，我情願今天走不到頭就從馬上摔下去。」差役大喊道。

旅店主人走出來說：「婦人，不要聽他們亂打岔。您的見解很有意思也很獨特，我想，您的故事定會更有趣得多，現在就請您開始講您的故事吧。」

「好吧。」

——至此，帕瑟婦人的故事正式開始。

在古老的亞瑟王時代，這世界升平一片。高山上、樹林中、花叢裏、小溪旁，到處都有鮮活的精靈和美麗的仙子在跳舞，它們在精靈王和仙后的引導下，保佑著周圍的人們幸福地生活。可是後來情況發生了變化。自從有了托缽修士和其他修士之後，這個世界就漸漸失去了靈性。這些遊走的修士們佔據了原來精靈們生活的地方，連最後的一片小花叢也不放過。無論是在高原廳堂，還是教堂廚房，都可以看到他們忙碌的身影；無論是做法事還是做祈禱，都可以聽到他們口中說出什麼「上帝會保佑你身體健康，平安一生」，或「我主有靈，定能讓你一夜暴富，從此過上好日子」，或「願你們的虔誠能讓天上的主發下慈悲，而給予你們一切你們想要的東西」等等聲音。但實際上，我們誰都知道，男人們最大的敵人就是修士，因爲他會把他們最後一分錢也榨乾，而且還會把他們的女人偷去——有多少女人的第一次貞操就是讓這些修士們給破了啊，我主保佑，願他們受到懲罰！

且說就在那樣一個亞瑟王時代裏，有這麼一個即將受死的武士。他本是王后身邊最信任的武士之一，可是有一天他卻在城外河邊的小樹叢旁玷污了一個姑娘。這姑娘本是獨身一人孤零零地要到城裏去，可誰想，就在城外的那條小河旁碰上了這個好色的武士。姑娘的美貌激起了武士難以遏止的情欲，周圍安靜的環境又給了他邪惡的膽子。他大步走上前，不顧姑娘的叫喊和反抗就把姑娘破了身，於是，激起了全城人民的不滿和憤恨。人們紛紛走到亞瑟王的王宮外呼喊著說，要把這個受到惡魔引導的壞胚子殺掉——根據當時的法律，犯了奸淫罪是要受絞刑的——於是國王就召集大臣們對他進行審問，最後定下來要把他施以死刑。

就在這個時候，王后帶領著大群的貴婦和隨從們來到王宮，請求國王看在她們這許多人面子上饒他一回。經不住王后的苦苦哀求，於是國王就開恩把這武士交給了王后，說任由她來處理，只要是能夠平息民憤。於是，王后把這武士帶回後宮，對他說：「你這卑賤的性命是因爲有了我的保護才得以維持，因此，你有義務去爲我做一件事。否則，你的性命仍是不保。」

武士請求王后說出她的要求，於是王后就說：「我有一個問題想了很久，就是『女人們最渴望要的是什麼？』這個問題你不必現在就回答，我可以給你整一年零一天的時間讓你去尋找。明年的今天如果你不能準時來到這裏並給出我滿意的答覆，那麼我就請求國王再次把你處死——要知道你的生殺大權可是掌握在我的手裏。」

武士聽了大感爲難，可爲了項上人頭卻不得不點頭應允。他整點行裝迅速上路，希望在某一個早上，或中午，或晚上的時間裏，會得到天主的引導取得答案。

武士經過了許多地方，有人煙密集的城市，有三五零落的村莊，有美麗富饒的平原，還有荒漠無垠的高山。他問了許多人「女人最渴望擁有的是什麼」——有男人，有女人，有老人還有小孩，可卻沒有一個人能給出一個令他滿意的答案。

他們之中有的說，女人最喜歡的就是金銀財富和美貌，有了這兩樣，她們就能夠嫁給一個高貴的紳士或是擁有許多男人的追求；可一旦失去這兩樣，無論她是多麼地仁慈或溫順，也不會過得如魚得水。有的說，女人最重要的是保有貞操，失去了它也就等於失去了獻給上帝最好的禮物。還有的說，女人的一生幸福就是床第之歡，死了一個丈夫再接一個丈夫，就像我一樣，永遠沒有孤單之感。

有的女人說，我們最喜歡的就是傾聽人家對我們說些恭維話，有了讚美和奉承，心情就會舒暢又喜悅，這世界也就變得更美麗。確實，這樣的話已經接近真理，有哪一個刁鑽的姑娘不是因爲得了曲意的奉承和誇獎而變得溫順美麗？

有的人說，女人最大的願望就是自由，沒有丈夫的管束，活著才是真正愜意。無論女人們自己有多麼差勁，她們都希望能夠按照自己的意願來處理一些事情。如果這些事情做好了，男人們應該給她們鼓舞和獎勵，就是做壞了，也不能指責她們的無能──因爲女人渴望的是和男人一樣的自尊和自愛，爲了這兩樣東西，她們情願和男人進行比拚。有人說，女人們的心性我懂得，不就是希望人們把她們稱爲賢妻良母嗎？這樣的人最是有忍耐一切事情的大度，還有保有秘密的心胸──實際上，這話簡直等於是胡說，因爲邁達斯的故事就證明了一切。據說邁達斯的腦袋上長著兩隻像驢子一樣的長耳朵，這件醜事除了他本人之外沒有其他人曉得。他把它們掩藏在那長長的頭髮下面，過了一年又一年，直到結婚以後才把它告訴了他的老婆。他對她說：「你是我在這世上最信任的人，這秘密除你之外可別告知別人。」

妻子向丈夫保證說：「我的心胸有如山谷般深邃，你就是倒進一籮筐的秘密也能保得住。」但是天長日久的訴說欲折磨著這個女人的心思，使得她終於不能夠再安然入睡。於是她就想到了一個沒人的地方，就是村子外的那片沼澤地。像旋風捲過般迅速，她趁著丈夫出外做事的機會就跑到了沼澤地。看看周圍沒有任何的人，連一隻蒼蠅也沒有，這個女人就把一張嘴緊緊貼在水面上——就像鳥兒正準備啄食一樣——對著流水說：「沽嘟嘟的水聲啊，我告訴你一個秘密，你可千萬不能洩露給其他人聽啊——我的丈夫的頭上長著兩隻驢子一樣的長耳朵！」說完後，她感到了全身的舒暢，卻不知道這種行爲已被一個叫奧維修的發現。他把它們記載到了他的書中，如果大家有興趣想再知道些詳情，那就請去閱讀他的那些作品吧。我們還是回到我們的故事中來。

且說那位武士走了一地又一地，沒有一個準確的答案，於是他就不免感到有些灰心和苦惱。有一天，他牽著馬無精打采地經過一片樹林地，突然發現前面的空地上正有一群姑娘在歌唱。她們唱的東西他聽不清，因爲他和她們之間還有一段距離，看那身姿卻可以猜出她們的年齡——絕對不會超過二八花齡。這武士心想，也許她們能夠爲他解答這個疑團，於是他就策馬向前走了上去。

可是等到他走到那片樹林子跟前時，卻發現在那空地上除了一個長得奇醜無比的老太婆外，已沒有了別人。武士疑心自己是思慮過度花了眼，但這老太婆卻是實實在在一個人。見到武士走上來，這老婦人就說：「尊敬的先生，你好啊！看你一臉的愁容和心思，莫不是有什麼難事困住了你。別看我老太婆一大把年紀了，我走過的路見過的事卻是你不能想像到的多。有什麼事你就說出來吧，也許我還能幫你解決呢。」

武士說道：「我的生命已經走到了盡頭，有什麼事現在說出來倒也無妨。老太太啊，你可知道，這世上有什麼事才是女人最渴望、最想要的？」

老太太回答說：「年輕的先生啊，這樣的問題再簡單不過。只要你能答應我一個要求，我就把答案告訴你——我敢以我的生命和名譽保證：絕對不會有哪一個女人敢說我這個答案是錯的。」

武士半信半疑，但還是在老婦人跟前發了誓。老婦人俯在他耳邊說了一番話，然後就對他說可以回王宮覆命了。

武士按約來到王后的宮門前，對守衛的兵士說：「快快通報你家王后，就說我已經找到了答案，而且保證沒錯。」這一天正是第二年的第一天，王后和一幫貴族婦人、侍女寡婦，以及所有她認爲聰明的女人，早已坐在了高高的大殿內等候。聽得有人通報說武士回來了，於是就下令快快讓他進來。

堂皇的大廳內悄然無聲，都在等著武士的答案。只見那武士不慌不忙地站直施禮之後，就開口說出了下面一段話：「高貴的王后啊，你不是問我『什麼是天下女人最渴望的』嗎？有一個答案包您滿意：女人的心思不在美貌，不在錢財，不在任性，不在自愛，結婚前她希望有一個對自己溫順有禮的情人，結婚後她希望有一個能夠掌控在手中的丈夫。天下的事事順著她的心，丈夫或情人的一切都由她們來做主——這就是女人們最大的心願，聰慧而又賢達的王后啊，即使你們不愛聽，我也要這麼說，因爲事實就是這樣。」

王廳裏仍然一無聲響，無論是王后，貴婦，還是一應的侍女寡婦，都覺得武士的話實在無法反駁，要殺了他更是斷無道理。

這時，跟隨武士來的那位老婦人趁機跳了出來，走到王后的跟前說：「高貴的陛下啊，您是萬民的仰慕，是女人們的佑護。請您看在同是女人的分上，以您的權威和聲勢爲我做主吧：這個答案你們已經認可，卻不知道它正是出自我的口中。是我教會了武士如何作答，在林木跟前他以他的名譽發誓，願意服從我的一個要求。現在我就要讓他履行諾言，雖然我又老又醜又討厭，我卻要讓他娶我爲妻。」

武士聽了很難過，嘆著氣說：「一波未平又起一波！原以爲一個老太太的要求不過是錢財或食物或其他世俗的什麼，可誰知她卻要做我的妻子。我情願付出那成千上萬的家財，也不願意要一個老太婆。」

老婦人說：「天下的美味我吃過不少，成堆的錢財也不在我眼裏。人生夫妻和樂，才是最大的快樂，我這後半生就是要做你的老婆。」

武士說：「我有高貴的血統，有顯赫的出身。俗話說，少夫老妻日子沒勁，要讓我娶你，還不如現在就要了我的命。」

「你的命是我所救，我怎麼又會要了你的命？現在你只有一個選擇，就是履行諾言娶我爲妻，否則我就要詛咒你和我。」

武士無奈，只好答應和這老婦人舉行婚禮。雖然有著王后的御賜，還有很多王公貴人參加，但整個婚禮場面還是很低沈氣悶，因爲新郎從頭到尾沒有說一句話，到了晚上爬到床上的時候，還是沒有一絲笑意。於是老婦人就對武士說：「從前我救了你的命，現在又做了你的妻子。難道我有什麼不對的地方讓你生氣，否則你爲何如此煩躁不樂？有什麼話你就說出來吧，我一定改。」

武士說：「沒有金錢可以掙來，沒有食物可以買來，沒有高貴的血統和身分來與我相配，卻是怎麼也不可能得來。更何況你現在又老又弱，也不會把錢財帶來，還有你的容貌又老又醜，也不可能再變年輕。你說這一切如何能叫我不心煩意躁？」

老婦人道：「如果只有這些原因，親愛的夫君啊，你可真是多慮。用不了三天，我就可以讓窮變富，讓低變高，就是容貌也可以改換。只是在這之前，你必須先聽我說一番話。

「你說你的出身很高貴，祖上有無窮的財富，可是你知道嗎，高貴的身分不是來自於血統，也不是財富，而是那人的品行。我主基督說，誰在辛勤地工作，誰在任何場合都有道德，那麼這個人就是高尚的人。你的祖上有無窮的財富，高貴的血統，但如果他們不能擁有高尚的品德，那麼在我主和世人的眼裏，也不過是一個下流東西。正如偉大的詩人但丁所說：『聰慧不是來自於祖上，高貴是我主的恩賜。』誰都知道，我們的祖先可以把大量的財富，還有你所稱爲的高貴血統遺留給我們，卻不可能把他們的高尚品行也傳給我們。所以說，財富和血統可以遺傳，高尚的榮耀卻只能歸功於我主。

「而且，財富可以一夕散盡，德行卻能永久。在一個最暗最冷最是無人照顧的鐵房子裏，火也能燃燒起來——這是它們固有的特性——同樣，就是沒有錢財，沒有血統，只要這個人誠實肯幹，對人仁慈又公平，那麼這個人的美名也能夠遠遠地流傳。高貴的身分來自於天賜與我主的恩惠，而不是什麼祖上的遺傳和財富，如果沒有德行，就是那樣人家的子弟也能夠幹出讓人恥笑的事情，比如說賭博或酗酒等。

「瓦勒里烏斯⑬曾經說過，只要英勇肯幹就能成就事業，就像圖盧斯・霍斯提利烏斯⑭一樣。波伊提烏斯⑮以及塞內加也說，只要行高尚的事，做高尚的人，就會受到人們的尊敬和愛護。親愛的夫君吶，你說我身分低下血統卑賤配不上你，要我說啊，只要我能正正當當地做人，公公平平地行事，仁慈的天主就會賜福於我。

「你還說我祖上很貧窮，沒有帶給你巨大的財富，但親愛的夫君吶，你難道忘了我們的信仰我們的尊奉耶穌基督不也是一個窮人嗎？在我主眼裏，富有並不是什麼值得炫耀的事，遠離邪惡、安貧樂道才是光榮。一個貪得無厭的人永遠不會有滿足的感覺，一個一無所有卻一無所求的人才是真正的富有。

「關於貧窮，尤維納利斯⑯這樣說：『窮人可以坦然面對強盜。』貧窮讓人行為拘謹，卻能給他們安全和平和。在有錢的時候，你會有很多的朋友和應酬，卻不會有多少真正的朋友和知識，只有當你一無所有了，你才能看清你周圍人的面孔，也才能真正體會出我主的偉大——為了人類的原罪，他甘願將自己置於窮苦的地位。所以說，貧窮是人生的一面鏡子，照著你平和自在的心靈，也照著他人對你的真實感情。

「親愛的夫君吶，既然貧窮並沒有使我蒙羞，自然也不會令你蒙羞。現在我再來說一說你所說的我的容貌。我知道，就我這個年齡來說，再也不會有什麼能讓年輕的男子動心的面貌了，但是，夫君吶，你可曾聽說過這樣一句教訓：『有教養的人應該對老人尊重』？再說，年輕和美貌是偷情的資產，沒有花一樣的容貌，你便不用擔心有一天會有綠帽子戴，何樂而不為呢？

「我長得又老又醜，便會令你門戶清白，我身體虛弱，便會時時依靠著你而不會反抗。我會對你又溫柔又馴順，用盡我所有的心思和花招來令你高興，親愛的夫君吶，你還有什麼不滿足的地方呢？」

老婦人說完，武士想了很久。雖然心裏還覺得有點痛苦，卻又沒有什麼話來反駁她。於是他就說：「親愛的妻子啊，我知道你原本賢良又聰慧。既然這樣，我還有什麼話說呢，只有一切依你了，你說怎麼辦就怎麼辦吧。」

「既然你對我如此信任又親切，那我就一定要讓你滿意。」老婦人說，「從今以後我要事事順著你，不和你吵架拌嘴，還要現在就祈求上帝，看在我對他的虔誠和膜拜的份上，賜予我年輕的生命和美麗的容貌。如果我不能像東方的貴婦對她們的丈夫那樣完全忠心，或者不能擁有和王后貴妃一樣的美麗容貌，那就讓我不得好死，讓我的丈夫對我隨意處置吧。

「親愛的夫君，請你現在掀開帷帳看一看吧。」

武士掀起帷帳向裏看了一眼，就見那裏面出現了一個美麗又年輕的好面孔。不由得他心裏一陣歡呼和喜悅，抱起妻子親了又親不下一百遍。從此後，這二人一個溫柔一個溫順，快快樂樂地生活了一輩子。

萬能的主啊，願你能賜給我們所有女人一個永遠年輕又美麗的面容，還能給她們以精力充沛的丈夫。讓那些不肯給女人花錢的老鬼都去死吧，讓所有對妻子不恭敬的人不得好下場。願我們能夠活得比我們的配偶都長！

——帕瑟夫人的故事結束。

①托勒密是西元二世紀希臘天文學家、地理學家、數學家，建立了地心宇宙體系（托勒密體系）學說。《大綜合論》為其著作，但其中沒有這婦人講的這句話。

②鄧莫是英格蘭埃塞克斯郡的一個鄉村地區，在倫敦東北四十英里。據說，當地的夫婦如一年不吵架或吵架次數在當地算是最少的，可得到一塊醃醺豬肉的獎品。

③這四種事情是：「僕人做王，愚頑人吃飽，醜惡的女子出嫁，婢女接續主母」。見《舊約全書．箴言》三十章廿一至廿三節。

④英語中的Mars（音譯瑪斯）一詞，既是羅馬神話中的戰神，又是火星。

⑤《瓦萊與泰奧佛》為《瓦萊里烏斯與泰奧佛拉斯托斯》之簡稱，據說該書為生活於一二〇〇年前後的沃爾特．麥普所著。其中泰奧佛拉斯托斯（西元前372～前287）為古希臘哲學家，寫有反對男女平等的作品。一說《瓦萊里烏斯書信集》為一本單獨的反對男女平等的書。

⑥帕西法厄是希臘神話中克里特王彌諾斯之妻，與白公牛生下了牛頭人身（一說人首牛身）的怪物彌諾陶洛斯。

⑦德爾圖里安，一譯德爾圖良，是生活在二至三世紀的重要基督教作家，寫過有關女性及婚姻的作品。克里西波斯（西元前280～前206）為希臘哲學家。卓圖拉是位女醫生。埃羅伊茲（1098～1164）與神學家阿伯拉爾的戀情在中世紀是廣為人知的轟動事件。

⑧克呂泰墨斯特拉是希臘神話中希臘聯軍統帥阿伽門農之妻，因與人私通，殺死其夫。

⑨安菲阿羅斯是希臘神話中阿爾戈斯的先知與英雄，他是在妻子的鼓動下參加遠征底比斯的行動的，儘管他早已知道這次遠征的悲慘結局。

⑩莉薇亞出身於羅馬皇族，後來因有了情夫，毒死了自己的丈夫。露西拉是拉丁詩人和哲學家盧克萊修（西元前93～前50）的妻子。

⑪典出《伊索寓言．人和獅子》：人和獅子都說自己比對方強大時，正好走過一座表現人戰勝獅子的雕像。人就叫獅子看這雕像。獅子說：「這像是你們人雕的；如果我們獅子也會做雕像，你看到的就是人在獅爪下的情景了。」

⑫墨丘利是羅馬神話中司技藝、智慧、學術等等的神，因此也是讀書人的保護神。同時墨丘利也是水星的音譯，就像維納斯是金星的音譯。

⑬瓦勒里烏斯，見「修道士的故事」。

⑭圖盧斯．霍斯提利烏斯是傳說中羅馬的第三代國王（西元前673～前642在位），是一位神話式人物。

⑮波伊提烏斯（480～524），古羅馬哲學家，政治家，是研究宿命與自由意志的專家。

⑯尤維納利斯（60～140）是古羅馬諷刺詩人。

托缽修士的故事

好像前世有什麼怨，一路上只有兩個人總是沈著臉，就是那周遊四方的托缽修士和在法庭上服務的夥計。那修士看著差役就不順眼，可是礙著面子和身分卻不能說什麼，眼看帕瑟婦人的故事講完了，於是他就趁著這個機會挖苦說：

「夫人，你講的這個故事既有情節，語言又很不錯，只是有一點我不得不提醒你——主說看到別人的缺點卻不對他指出來，那就等於他沒安好心，所以，我一定要對你明明白白地指出來：你的故事裏大道理太多。

「要是讓一個學者或是什麼教士來講的話，他們的說教多一點倒還無妨，因爲詔告世人生活的道理就是他們的職責。但是，我們這裏是一次長途的旅行，一路上既勞累又枯燥，所以很需要有一些有趣的東西來給大家提提氣。你們聽說過有關差役們的事嗎——只要從這樣一個名字裏就能想像出：他們準不會幹好事。這些人爲了一些風流的命案而不惜東奔又西跑，點頭又哈腰，遇著了不通情的主兒還常常會挨打。所以，要是大家不嫌棄，我就來講一個這樣的故事吧。」

旅店主人說道：「修士先生，請你積一點口德吧！看看你現在的身分，爲什麼要對人挑釁？難道和平的相處不是你所希望的嗎，還是馬兒的顛簸讓你失去了理智。要講故事就講故事吧，不要牽扯他人。」

差役說道：「對人不善，必有惡報，多少的案例顯示了這一切。旅店主人先生，請你就讓他講吧——他以爲東竄西竄的托缽修士就是什麼光榮的職責，總有一個機會，我會用加倍的羞辱來回報。」

於是，托缽修士開始講他的故事——

很久很久以前，我的家鄉曾經有這樣一位教士。他的身分高得很，是那個地方教士中的領事；他的權勢也很大，管理整個教區的事務還兼治安。這個人有著剛直的性子和強硬的手段，無論你是姦淫嫖娼之客，還是通姦誹謗之徒，或是放高利貸重金盤剝別人的商人，只要有朝一日把柄落在了他的手中，他就會讓你吃不了兜著走。地皮流氓見了他最是害怕，不被剝一層皮也會叫吃幾十下板子，小偷盜賊也不敢在他那個地區犯事，怕被他記到罪犯的冊子上去，偷稅漏稅之人整天擔心會被他發現，而罰得傾家蕩產，僞造文書遺囑或褻瀆神靈聖物，或對人造謠中傷欺蒙拐騙等一應眾人，提起他就先在心底裏打幾個顫。

這個人包管著那個教區幾乎所有的事，處理的既及時又嚴厲，這還要多多歸及於他身邊的那個小差役。誰都不知道這個小差役從哪裏學來了那許多的陰謀和手段，把教士大人交給他的任務辦理得乾淨又俐落，還更多地爲自己謀到了私利。他的手下小頭目和使喚小廝眾多，都分佈於教區的各地各處，負責爲差役打聽消息，一有風吹草動，雞毛蒜皮的事情，這些人就會馬上跑來向差役報告。

差役對付犯了事的人有很多辦法。比如爲了逮住幾個嫖客而放走一個嫖客，這在那些有教養的人來講，叫作「放長線，釣大魚。」有時，他會瞞著他的主子而和幾個娼婦或拉皮條的人結成同盟或兄弟，等他們前腳收了錢接了客，後腳他就會帶人去捉他們。他用僞造的傳票把那些倒楣的人帶到會堂，說：「看在她們的面上，我就放了你吧，只要交出足夠的罰金來就行了。」這樣，他與那些勾引人和她們睡覺的婦人婊子們搭背成奸，共同從別人的口袋裏給自己掏錢。那個叫猶大的使徒還是個窮光蛋的騙子，可這個差役卻是個錢袋鼓囊囊的賊子加騙子。他背著他的主子把許多壞事都幹盡，只在逢節過年的時候才分給他一點點的罰金。

這樣的事情由我說上一百天，也不可能把它們全都說清楚，總之一句話，爲了給自己斂財，這個人的鼻子比獵犬的鼻子還要精靈，不管哪裏有什麼風吹草動，他都會迅速趕到。

話說就是這樣的一個人，有一天，忽然記起了一個久未見面的老寡婦，心想從她那裏也許可以得到一些好處。於是，他就跨上自己的大馬向那個地方走去。

正走著，差役看見自己前面也有一個騎馬的人，穿著綠色的短上衣，披弓帶箭。差役催馬向前打招呼說：「你好啊，先生。可是一個人在旅行？」

「可不是嘛，一個人的路途好遙遠。你要到哪裏去呢，先生？也許我們可以同路呢！」

「我的主人派我到前面一個地方去收取欠款，作爲管家，這是分內的事情。」

「啊哈，你也是一位管家？看來我們真的是太有緣分了——我也是爲主人而到遠方去辦事。」那人繼續說道：「先生，我看你是個很賣力的人，深明做管家的道義。在這陌生的地方，我們能夠相遇，看來是上帝的安排，要讓我們結成兄弟。你我何不下馬一拜，從此後有難能夠同當，有福也能同享——我的家中有資財萬千，願與兄弟你共同分享，只要你有朝一日能到那裏去做客。」

差役一聽，心中高興。因爲正如剛才那個人說的，他有家財萬千，這樣的朋友他可沒幾個。於是，差役就下馬高高興興地和那人握手成爲了朋友，互相訴說了一些同進共勉之類的話和誓言，然後，那人就對差役邀請說：「願上帝保佑，能讓你早日到我的家裏做客。它就在北方不遠的地方，要是你願意，我就把詳細的地址告訴你。」

差役回答說：「親愛的朋友加兄弟，謝謝你的盛情和款意。只是如今我們都有差使在身上，恐怕一時半會兒我不能去拜訪。既然我們關係已經不一般，那我就趁現在的機會向你討教一番吧——作爲管家，你是如何從別處得到大量的金錢呢？」

「我的兄弟，虧你問起了這個。我們都知道，做管家是個出力不討好的差使，辛辛苦苦賺到了錢，卻都得歸主人所有。尤其是我那個吝嗇主人，付出一點微薄的工資，卻要我辦成許多大事。於是，我就背著他用自己的花招和手段，從各個地方去撈錢——只要是有油水可撈，管他是恐嚇還是勒索，或者乾脆就用暴力。這樣，我的財富日日劇增，終於達到了今天這個地步。」

差役聽了很有同感，便感慨道：「不是兄弟不結緣，我們真是一路貨——我也是這樣賺錢的。對我來說，這世上沒有什麼責任和良心，也沒有什麼仁慈和慷慨。只要是能拿得動搬得走，我就要通通弄到手下，除非它是死的動不了窩。囉哩囉嗦的說教神父受到我的詛咒，雖然我表面上時時稱頌他們——英明偉大的上帝也不過做了我的掩護。沒有金錢我不能生活，不靠陰謀與手段我就得不到金錢。既然我們有這麼多的相似之處，兄弟，就請你把你的尊名和住址告訴我吧。」

那人聽了，微微一笑說：「說出來你不要害怕，我就是你們口中的那個魔鬼。人們賭咒的時候總喜歡提到我的名字，因爲他們知道，我就住在地獄裏。那裏和這塵世中的情況一樣，人人要靠自己的本事生活。沒有陰謀與手段就發不了財，因此我才騎著馬出來想找到點意外的發現。」

差役大叫著說：「我的天啊，看看這個人在說什麼？他明明有人的外形和聲音，還有和我一樣的穿著和用具，可爲什麼竟說自己是魔鬼呢，還說他住在地獄裏？」

「我的身形和聲音不過是爲了方便才幻化出來的，你們人世間不是也有這樣的魔術師嗎？爲了達到我們的目的，我們常常需要變作一個生物的形象，或是豬狗或是人，只要能方便行事，就是天使我們也照當不誤。」

「爲什麼呢？你們爲什麼要如此大費周張地去辦這件事情呢？」

「一點都不費力氣，先生。如果有一天你到了那裏，你就會發現，事情一點都不像你想像的那樣。只是，兄弟啊，現在時間已經不早了，我沒有空再和你聊這些不相關的事情，我要去做我應該去做的事情了。」

「等一等，我還有最後一個問題要問呢——請看在我們剛剛才結成兄弟的面上指點給我吧：你們是如何斂財的呢？」

「這個問題很簡單，不過，依你的智力卻不可能弄明白，我就長話短說吧。其實，有時候我們的行爲也是受到上帝的約束，或者說，與你一樣，我們也是他的臣民。上帝允許我們周遊於人世和地獄兩個界地，去爲他查看有哪些人的靈魂需要受到折磨而肉體卻必須保存，或肉體已不可以存活在世但靈魂卻可以脫離受苦。你難道沒有聽說過約伯①的事情嗎，我聽從上帝的意旨讓他吃盡了苦頭卻沒有要他的命。還有聖鄧斯騰②，那位主教大人──有時，我們也會受到上帝的懲罰。

「在我的職責範圍之內，就是要引誘人去犯罪。如果你不能經受住我們的迷惑或拉攏，你的靈魂就要受到上帝的懲罰，而如果你能像約伯一樣堅持對他的信仰，那麼你的靈魂就會升入天堂──當然，這是我們最不想看到的事實。」

聽到這，差役又問道：「那麼，在你們的形體裏，可是也像我們一樣有血有肉有感情嗎？」

「血肉是不可能的，感情更是開玩笑。我們常常根據需要化作各種樣子，就是死人的身體也絕不嫌棄。有時，就像我現在一樣，化作了人的樣子，自然就要有人的聲音和表情了，其實這一切，不過只是你眼中的幻影而已。如果你對這一切很感興趣，我相信用不了多久你就會像我一樣深諳此道，因爲你必定也會到那裏去做客，說不定還會成爲那裏重要的一名成員。那時，你坐在紅色的座位上大談特談，只怕比我現在的還要深奧。」

「願上帝懲罰你這張可惡的壞嘴──我今生是不會到那個地方去了！誰都知道我是個有權利處理自己事情的人，沒有我的允可，誰也不能把我帶到那個地方。不過，話又說回來了，我們剛剛才結爲兄弟，發誓說要同甘共苦有事同當，我想，我還是很願意做這樣的事情的。現在，就讓我們一起出發吧，看看誰能在日落之前得到自己想到的東西。」魔鬼表示同意。於是，差役就和他各自撒開大馬向前奔去。

走了不多遠，他們在一個小山坡前看到了一個趕馬車的農夫。那兩匹灰色的大馬用盡了吃食的力氣也不能把那輛裝滿了柴草的大車從泥潭裡拉出來，於是，那個農夫就大罵說：「願魔鬼把你這兩個畜牲的性命全帶走，我辛辛苦苦地養了你們這許多年，卻連一車柴草也不能給我拉回家來。」

那差役悄悄靠近魔鬼的身邊說：「看，你剛一到，就有人已經受到了你的誘惑。我看，你就在這個地方下手吧。」

魔鬼說：「這其中的道理你還不懂，兄弟，要是不信，就往下看吧。」

只見那農夫在兩匹馬的後臀上各抽了一鞭子，馬吃痛使勁，一下子把那輛車拉出了深泥溝。農夫嘴裏又說：「啊，願上帝保佑你們兩個兄弟，你們可真是我的好朋友！」

於是魔鬼就對差役說：「人類的最大特點就是虛僞，他們口上說的和心中想的可不是一回事。看來，我今天的差使是落空了。」

差役安慰魔鬼說：「在前面的鎮上還有一個老寡婦，我想她那裏一定會有些油水可撈。因爲雖然她窮得已經買不起衣服和褲子了，而且還吝嗇得要命，我卻有辦法讓她把那最後的一個銅板也吐出來。不信，你就和我一同前往，去看一看我是怎樣對她使凶。」

於是，他們又往前走了一段時間，在天快黑的時候，來到了一個破敗的門前。差役下馬，使勁用手敲著那門上的鐵環，一個又老又弱的婦人出來給他開門。

「是什麼人在外面大聲吆喝——噢，我主保佑，是差使大人。請問有什麼事要勞動先生您親自走一趟。」

「老太婆，有人在神父領事那裏把你告了一狀，我現在來是特地要喚你去當面對質。明日的此時，你必須準時到教堂會所那裏，否則就要被教區掃地出門。」

「天啊，我有什麼地方得罪了哪位先生或小姐，要讓他們到神父面前去告我一狀？我很長時間來一直病在床上，不能走，不能跑，又怎麼會去得罪別人？差使大人呐，請你看在我老太婆又老又弱的分上，放過我吧，要不，就給我一紙傳書，容我去找個熟識的人來替我去對證——你看，我都成了這樣，又怎麼能騎馬或走路呢？」

差役說道：「我也是個有憐憫之心的人，就看在你年老體弱的分上饒你一次吧——十二個便士，一個都不能少，否則，你現在就要同我親自走一趟。」

「英明的主啊，請賜於我十二個便士吧！差使先生，你看我這家窮成了這樣，哪裏會有那十二個便士呢？」

「你以爲是我在中間得利了嗎，老太婆？要真是那樣，你可是大錯特錯了！有利可撈的是我的主子，我也只是個負責傳喚的跑腿人罷了。」

「天主有眼，請告訴這位大人我沒有錢吧，再說，我也沒有犯下任何的罪。」老太婆哭喊著。

「不行，就是天主自己來了，你也得交這十二便士的罰款，否則，我就要把你家裏所有的東西都搬走，包括你身上穿的衣服，頭上帶的髮梳——你年輕的時候，因爲偷漢，不是還被傳喚過一次嗎？那一次要不是有我給你付了錢頂著，你早已經不知道被趕到了哪裏。快快起來，給我找那十二個便士去！」

「願魔鬼帶走這個人的靈魂，天哪！如果他不爲自己說出這樣惡毒的話而感到悔恨！」老太婆說著，跪倒在地上，「我可是從來都沒有犯下他所說的罪過呀，不管是我丈夫死以前，還是在死以後，我都是清清白白的。」

「就是魔鬼來了，我也還是要收你這十二個便士，老太婆！」

這時，魔鬼走上前來對老婆說：「親愛的老婦人，你剛剛說的話可是真心話——如果他不悔恨就讓魔鬼帶走他的靈魂？」

「千真萬確！請主看在我侍奉他這麼多年的分上，救救我吧。」

「好，主已經聽到了你的呼喚。」魔鬼說著，走上前來，抓住了差役的胳膊。「兄弟，對不住了，我已經攝取到了你的靈魂和身體。你不是想知道地獄裏的情形到底是什麼樣子的嗎，現在我就帶你去看看。」說著，魔鬼抓起差役的身體連同他的靈魂離開了那個地方。

願我主聖靈保佑，讓那個差役在那裏受到教訓。

各位，本來我還要給大家講一講那位先生在那裏受到的各種酷刑——有刀山，有火海，有刺煉，有油煎，等等，就是說上三天三夜也不可能全部把它們說完。只是看在我們同行的隊伍中有那麼一位不斷我和拌嘴生事的差役，我就不往下講了。願我主在上面保佑著，不要讓我們也受到魔鬼的誘惑。他們總是時時刻刻等在我們的身旁，就像那些森林中的猛獸一樣，不知什麼時候就會竄出來傷害我們。只是魔鬼的誘惑力絕對不會超過我們的忍耐力，願我們忠心侍奉我們的主，以及全部的聖靈聖物們，願他們能在暗中保護著我們。

——至此，托缽修士的故事結束。

①約伯為《聖經》人物，他雖備受磨難，仍堅信上帝，見《舊約全書．約伯記》。

②鄧斯騰（909~988）一譯鄧斯坦，九五五至九八八年為坎特伯雷大主教，據說曾用燒得通紅的火鉗夾住魔鬼的鼻子。

學者的故事

「高雅的學者先生！」旅店主人叫道，「不要在那裏默默無語一聲不哼！在牛津大學院裏，艱難的問題還沒有想夠嗎，何必在這長途的旅行中還要沈思。我們知道，你定有用優美的詞句寫成的大文章在學者們中間發表，既然我們規定了每個人都要講兩個故事，何不把你的那些東西搬出來呢，只是不要那些說教人的大道理——像修士們在齋戒說的一樣。」

「旅店主人先生，你現在是我們中間的領事，既然有所吩咐，鄙人自然無有不從。」那個來自牛津大學的學者說。

「講個冒險的，或有趣的事吧！只要不讓我們在馬上打瞌睡，或在心中感到煩悶，我就定會說你的故事好的。」旅店主人說。

「好，那我就講從帕多瓦聽來的故事吧：有一位學者，就是那個被稱爲桂冠詩人的彼特拉克①，講過這個故事，可惜已如那偉大的萊尼亞諾②一樣，不管他的詩篇有多少世人在流傳，被稱爲死神的魔鬼還是沒有放過他，現在那一副消成了灰燼的東西還深深地埋在棺木裏，上面還立有墓碑，這結局，我們每個人都將會有。

「魔靈雖然抓去了他的身體，可沒有抓住他的靈魂，因爲主要讓它周遊世界，宣傳自己的學說，所以就有這樣一位可敬的學者把這個故事告訴了我。

「在他那開篇的時候還有一大堆敘說背景的東西，文字精彩，語調優美，有薩魯佐和皮埃蒙③，有亞平寧山脈和維蘇勒斯山——前者正好經過倫巴第的西面，後者當中流出清澈的小溪。這一切我私下裏以為太長太花費時間，所以就略去不說，只把那緊要的東西給大家挑出來。

——學者的故事現在開始。

美麗的義大利西部，薩魯佐城那裏有一望無際的穀田和稻子，還有繁華的商業城市區。它的主宰者是一位叫沃爾特的國王，有著高貴血統和優良品德。他長得英俊又健壯，對人公正又謙和，所以他的子民們擁戴他、敬畏他，還關心他的個人生活。眼下只有一件事讓他的臣民們感到不滿和失望，那就是眼看年華飛逝，他們的主子卻還只顧追歡作樂，不知結婚生子。於是，大臣們就聚在一起商量，選了一位能說會道、有威望而又受人們信任的人去遊說國王。

這人來到國王的面前這樣說：「尊敬的國王，我代表您的臣下向你致意。我們知道您是一位忠心愛民的好國王，由此，我要代表其他人向您提一點建議，希望您能寬宏大量，虛心接受。

俗話說，青春年少就像五月的花，開過了就要走向凋謝，人的生命也是走過了一天就要少掉一大截。年輕的時候我滿足於打獵郊遊和別人喝酒賭博，認為婚姻是束縛自由的枷鎖，可等到年老的時候，我們手腳發軟，眼腦發暈，如果沒有兒女的攙伴便什麼事情也幹不成。所以說，婚姻有苦也有甜，歡樂往往要比憂愁多。作爲國君您不應該只把眼光放到眼前的利益上來，而應該看到：不結婚就沒有子嗣，不結婚我們便沒有主母。

「天主創造了亞當，又讓夏娃來當他的另一半，男人長到了年齡，就要尋找女人做他的妻子。您的王位只有讓有您血統的人來繼承，而不能落入他人之手。我們許多大臣好好商量，一致認爲您應該選個好王后，給我們選個好王母。如果國王主上您本人不介意的話，就把這個任務交給我們吧，我們定會選出一個美麗而高貴的女人來與您相配。」

那叫沃爾特的國王本來不想答應這個要求，可看到他的臣子如此苦苦哀求，於是就動了惻隱之心說道：

「你們知道，我一向都認爲婚姻是自由的墳墓，人結了婚就再不能像從前一樣快樂。但既然你們是爲我著想提出了這要求，我想如果不答應便是辜負了你們的忠心。我要選一個女人來做我的妻子，你們的王后，只是這個任務不交到你們手裏而要祈求於我主。我主基督曾說，一切美德和良好品德不是來自於血統的流傳，而是上天的安排和恩賜，所以美滿婚姻的另一半也應該由他來挑選。無論我選到了一個什麼樣的女人來做我的妻子，你們都要像尊敬我一樣尊敬她，還要把她看作是永遠效忠的王后。這個要求如果不能得到同意和執行，我實話告訴你們吧，我情願一輩子不結婚，也不要一個不滿意的女人來奉承。」

那些同來的臣子們都跪下來謝恩說，一定尊奉他的這個要求爲必然要求。於是國王就對他們說，快快去準備婚禮和酒宴吧，不久以後的一天，你們就會看到一個美麗端莊又適宜的王后。

這樣，薩魯佐全城上下就開始張燈結綵，爲國王的婚禮而奔走高興。

且說在那城裏離王府不遠的地方，有一個美麗的小村莊。雖然住著的都是一些貧窮的農民們，但由於他們手腳勤快，品性善良，所以鄰居之間相處倒也和睦。

他們中間有一戶人家，主人叫詹尼庫拉，死了妻子，是個鰥夫。雖然說這人家中只有單薄的一小塊地和一個簡陋的小牛棚，可老天爺也很公平，竟然賜給他一個天下無雙的女兒，叫格里庫爾達。姑娘生得一副好美貌，品性更是讓所有人都稱讚。

她溫柔善良又體貼，常常幫助周圍的窮人，對老父親更是無微不至無所不聽。爲了不讓懶惰的魔鬼來把自己的雙手縛住，她從早忙到晚，不是去地裏放羊，就是回家裏紡線。她從沒有像別人一樣穿過美麗的衣服——雖然她生得是那麼漂亮——也沒有睡過一次像人家家裏的那種軟床，但她對這些卻從不抱怨，只是勤勞而歡快地勞動著。

這樣的一個人，受到村子裏以及其他和這個村子有交往的人的稱讚，他們都說：誰要是娶了格里庫爾達做妻子，誰就是天下最幸福的男人。

話說有一天，一個高貴人物，就是那位英雄又威武的國王先生沃爾特，剛好打獵經過那個村子時，就發現在井邊有位打水的姑娘。他凝視著她美麗動人的容顏心裏想：我見過許多的王后王妃貴婦和小姐，卻沒有一個人有她這般好模樣，看她沈穩的雙眼和俐落的手腳就可斷定，這是一位品行端正、身體健康的好女人，做我的妻子和王后真是再合適不過了。於是，國王打定主意要把這個姑娘娶回家，只是這心意至今還瞞著那一班王公和貴族們。

國王召了一批身形優美的女子進宮，說是爲王后試穿衣服，還吩咐讓人準備了用最大鑽石珠寶做成的王冠和戒指，說是要送給他最最喜歡的心上人。人們都沒有聽說城裏有哪戶人家正在為女兒準備婚禮，於是就只好在心裏猜測說，這王后定是遠方來的一位公主或貴族小姐。到了結婚這天，王府的客廳裏已經收拾得華麗堂皇，國王本人也已穿戴停當，於是鼓樂手就在一聲命令下達後，帶著浩浩蕩蕩的隊伍向一個小村子裏進發。

全城的百姓都排成了隊伍擁在道路兩旁觀看國王的儀仗，這其中就有那位叫格里庫爾達的姑娘。這美麗的姑娘從早上打完水後就等待著觀看國王的儀仗，可見國王竟然下馬朝她走來，不由得一慌。

「親愛的格里庫爾達姑娘，請問你的父親在嗎？」國王溫柔地問，格里庫爾達慌忙雙膝跪倒，恭恭敬敬地給國王請安問好，然後就用驚慌的聲音說，她的父親在屋裏。

國王走進門對詹尼庫拉說：「尊貴的老人，我知道你是我城中最忠實的臣民之一，愛我就像我愛你一樣。今天我特地來是要向你請求一件事，就是要把你的女兒娶走。」

好運來的是如此突然和猛烈，詹尼庫拉老人震驚得一下子說不出話來。過了很久，他緩過勁來，連忙跪下對國王說：「英明的陛下，您的意願就是我的意願。既然您讓我卑下的女兒升高做了皇后，我自然是沒什麼說的，您儘可隨心去做您想要做的事情。」

國王聽了十分滿意，說：「既然如此，我們就一同去問問你的女兒吧。我希望她能當著我的面說的也和你一樣，這樣我就沒有了任何遺憾。」

國王和詹尼庫拉正在屋裏商談，人們和大臣們也在屋外議論。他們都說這姑娘手腳勤快又美麗，待人謙和又端莊，真是王后的適合人選。格里庫爾達從沒有見過這麼大的排場，也不知道會有好運降到自己的頭上，她驚得臉色一會兒紅一會兒白，愣愣地站在那裏不知所措，只等父親趕快出來。

這時，國王打開門走到她跟前說：「美麗的格里庫爾達，剛剛你的父親已經答應，要把你許配給我，不知你可有什麼異議。我想知道你能否同意做我的新娘和妻子，從此後對我忠貞不貳，全心全意？你的一切都將由我決定，喜怒哀樂也全憑我自己，對任何事你不會有抱怨也不會違背，對此你可能承受？」

格里庫爾達眼望著英俊的國王，心裏震驚，說：「是的，陛下。您既然已經垂恩於我這卑賤的女子，那麼您的意志就是我的意志，我不敢對您的心願有任何忤逆，上帝做證，我在此宣誓，無論是在行爲或者是思想上永遠忠貞於您、順從於您。即使您讓我死在您的面前我也會毫不猶豫，將我的生命作爲對您垂憐於我的報答。」

「格里庫爾達，夠了，從此你就是我的妻子了。」國王說著挽起她，轉過身來面對大家，莊嚴地說：「現在站在我身旁的就是我的結髮妻子。願你們每個人愛她就如愛我一樣，這是你們曾經對我許下的諾言。」

格里庫爾達跟隨國王進了宮，王族貴婦們爲換上了美麗的結婚禮服，她天生麗質，再配上美麗的衣裳簡直是美豔絕倫，貴婦們給她梳理了頭髮、戴上了婚冠，以及一切適宜的首飾。裝扮一新的格里庫爾達變得和進宮前判若兩人，那時她穿著粗布的衣裳，現在卻是華麗高貴，和英俊的國王十分相配。

這美麗的姑娘不但操持家務得當，而且還時時靠了自己的好品性來幫助丈夫，所以這一對夫妻過得是那麼地平和與美滿，受到人們的羨慕和稱讚。不久之後，格里庫爾達還爲國家增添了一個新人口，雖然只是個公主，但也說明她生育能力完好，所以國王和國人都很高興。

這小東西長了沒有多長時間，就像以前曾經發生過的那些事情一樣，這做丈夫的國王心裏突然生出一種奇思怪想，想試一試妻子是否真的像她所說的那樣，對他順從而且沒有怨言。

要我說，這樣的事情本來就沒有必要，也不值得效仿，但一個男人太愛他的妻子了或過於注重權勢，那麼他就不可避免地想對任何人都有一次試探。雖然這國王已經從以前的許多事情看到了他妻子那種完美的性格，但他還是不願意就此放下心來。於是有一天在晚飯之後，這國王來到妻子的臥室，裝出一副嚴肅而又痛心的樣子對她說：

「親愛的妻子格里庫爾達，我敢確信你到現在還記得我當初是怎麼把你從卑賤的地位提升到這萬人仰慕的高貴地位的。那時，你不過是一個村裏的一個小人物罷了，但我卻既不嫌棄你的出身低微，也不是看上了你對我有什麼好處——我們誰都知道，我從你身上並不能得到什麼——而娶了你。爲什麼呢，就因爲我從心底裏喜歡你那溫順的好品德，或者簡單的說是我愛你。但是你並不知道我這種愛是多麼地受到那些人的限制啊，就是我的臣子和民眾們。他們在我沒有成婚以前是那麼恭敬而且慷慨，但自從我娶了你這個出身比他們低、地位卻比他們高的人之後，他們就對我充滿了怨言，而且你又產下了一個女兒而不是兒子，所以他們就更加覺得羞恥而且不平。作爲一個國王，我多麼需要和臣民們平安相處啊，所以，不得已，我要告訴你一個不好的消息。不過，在我說這決定之前，我還想親自聽一聽你對它有什麼意見。因爲就在我向你求婚的那一個時間，就在你們的那個小村子裏，你曾經親口對我說過，你這一生將唯我是命，絕不會違背也不會抱怨。」

國王說完，仔細觀察妻子的臉，就見它既沒有變色，也沒有顯現任何的悲傷，而是一切都保持原樣地對他說：「我的夫君，偉大的王。既然我的一切都是你賜予的，你就有權利再收回它們。而且我也曾經發過誓，這一生，除非是我死了，靈魂消失了，否則就不會對你有任何的不滿。我愛你，要用我的生命和全部身心去愛你，所以不管怎樣，只要是你決定的，你就去做吧。」

國王聽了，心裏一陣歡喜，但卻仍然裝出很痛心的樣子先沈思了一下，然後才走出臥室。他來到宮外，找了一個非常值得信任、辦事能力又很強的衛士，對他囑託了一番，然後就讓他來見王后。

這衛士曾是國王的貼身侍衛，對主人的命令無有不從，他按照既定的策略走進王后的房間後，也裝出一副很嚴肅而且悲傷的樣子這樣對王后說：「高貴的王后，受人尊敬的陛下。作為下人，主上有命令我們必須去執行，雖然有時候也為當事人而感到悲傷和同情，但我還是不得不對你說：你已經失去了對這個孩子的擁有權，現在我就要把她抱走。」

衛士說完，臉上露出一副兇狠的模樣，做出就要去抱小孩的動作。格里庫爾達就像一隻溫順的小羊羔般坐在那裏，不聲也不響。雖然她的心裏就像燒開了的水一樣上下翻騰，對這個衛士的言語和行動都抱著懷疑的態度，但聽到這既然是國王、她的丈夫的命令，那麼她就實在沒理由去反抗。

到最後，就是那個衛士就要抱著孩子走出門外的時候，格里庫爾達開了口。她用膽怯而且懇求的聲音對那衛士說：「仁慈的先生啊，作爲一個上等人，請您允許我再抱一抱孩子吧。」說完，她從衛士的手裏接過孩子，在她的臉上親了幾下，然後低低對她祝福說：「仁慈的主啊，請保佑這孩子平安無事。從今以後我們可能再也見不到了，但願她在天國不要有任何的委曲。我主啊，既然你爲了我們而慘死在十字架上，那我現在就把這小小的靈魂獻給你，願你眷顧她。」說完，她把孩子還給衛士，那臉上依然平靜如初。

她對衛士說：「先生，如果不是我的丈夫有特別的命令，那麼我請你在埋葬這小小的身體時不要用力太猛，而且也不要讓她被禿鷹叼走。現在，你執行我丈夫的命令吧。」

衛士領命沒有說任何話，就急急忙忙抱著孩子來到了國王的跟前，把王后對這一件事的反應和話語全都對國王說了一遍。國王聽後，心裏非常高興，但作爲王者，他就像那其他的貴人們一樣心腸很硬，於是沒有更改他的任何計劃就對衛士又囑咐說：「現在，你要盡最快的時間做最好的準備，把這孩子送到她的姑母帕納哥王后手中，告訴她好好撫養她長大。如果你對其他任何人說起她是從哪兒來的，是誰家的孩子，或者她現在去了什麼地方，你就要以你的腦袋爲代價。」衛士聽了趕忙點頭，然後馬不停蹄地便去執行他的任務。

再說那國王，他現在又回到王后的房間，計劃看一看妻子在事情發生後會有什麼反應。但正如前面大家所看到的情況那樣，這一次他又沒有任何收穫。格里庫爾達對他，就像以前那樣又溫順又恭敬，從來沒有在私下裏抱怨過他的任何行爲和命令，也沒有在臉上顯示出任何的不滿或憂鬱，而且在說話的時候，也從來沒有提到過那晚的事情和她女兒的名字。

這樣的生活，諸位，對一般人來說應該已經是很滿足了。而且我們那位叫沃爾特的國王也確實滿足了一陣子——就在那四年裏，他們又生了一個可愛的小兒子，這消息不僅令國王高興，而且全城上下無不有人對他們的結合表示滿意和祝福。但是就像那些有權利而無所事事的丈夫們一樣——他們的喜好就是試探自己妻子的耐心和對他們的愛，這國王在小兒子剛剛兩歲的時候，就又想起了他以前的那個計劃。這一次，他更想知道妻子在遭受第二次打擊的時候會不會還像以前一樣對他又溫順又恭敬。

「也許她會有什麼表示呢！」他這樣想，於是就又來到妻子的臥室對她說：「親愛的格里庫爾達，我沃爾特國王的妻子。你知道，因爲我們女兒的問題，國人對我的不滿已經產生。而這一次你生下了一個兒子，他們又說：我們的國家將交給有卑賤血統的人來繼承了。這令我真的好傷心。作爲一個國王，我有權利讓我的國家過上安穩平和的好日子，但既然怨言已經產生，那麼我想，這樣的理想恐怕將要落空。爲此，我必須有新的、及時的打算，就是把我們的兒子也像他姐姐那樣處理掉。雖然我的心裏也是非常的難過和悲傷，但親愛的，你知道我不得不這樣做。你能有什麼好的意見嗎，或者你對這件事有什麼看法？」

格里庫爾達回答道：「我沒有什麼好的辦法，也沒有其他的建議，我的夫君。在以前我已經發誓過，說對你一定要服從，但今天既然有必要再那樣說一次，我就遵您的命令重複一次吧。既然是您把我從貧窮和卑賤中解救出來，給了我新衣服新生活，那我已沒有什麼好抱怨的。我知道，是您的命令造成了我的一個女兒的死亡，現在它又將奪去我的兒子，但我既然在脫下舊衣裳的時候，就把我的自由和意願一同都留在了家裏，那我就要對您說：有什麼事情，按照你的意願去辦吧，不要顧及我的感情和建議，就是需要我死，也請你不要因爲可憐我而不願對我說——這世上如果失去了你的愛，我空有生命又有什麼意思呢？」

國王聽了，不僅從心裏感到驚奇。但他還是像從前那樣固執而且冷酷，下達命令讓那個衛士把舊事再重演一遍。那衛士遵照命令來見王后，格里庫爾達除了在最後對他懇求說，希望能在掩埋孩子的時候小心一點，不要讓塵土弄髒了他的眼睛，也不要讓野獸來把那稚嫩的身體撕咬糟踐之外，還像從前那樣平靜順從地讓他把孩子抱走了。

這衛士把孩子抱來見國王，然後又跟從前一樣，把他秘密地送到了波倫亞姑母那裏。國王又回來查看妻子的變化，想從她的言語和表情或以後的行動中看出一點不一樣的東西，但是——願天主保佑——這姑娘的心就像是被魔法捆住了一般，已把所有的喜怒哀樂都交給了她的丈夫。沃爾特國王如果有什麼不舒服的地方，格里庫爾達就在身邊細致周到地照看，直到他完全康復爲止；沃爾特國王如果有什麼煩心的事，格里庫爾達就用溫和有節的話語開導安慰，直到他完全釋然爲止；而對於像治理國家或與外國使節交往那樣的大事，格里庫爾達則從來不參與一句話，只要是丈夫命令的她就完全服從，而且看起來，比以前還要對她的丈夫關心和愛護。

有時候沃爾特想，是不是她太工於心計，狡猾不露了？但隨著時間一天天過去，到最後沃爾特不得不承認，他的妻子是真的愛他，比愛她的生命還要愛他——諸位女人們，這就是你們默默付出所得到的嗎？對那些固執、多疑而又自以爲是的丈夫們，你們能有什麼好辦法呢！

不過，到最後，這位國王的噩運終於來了。全城人民都開始傳說他們的國王是一個心狠心辣、不通人情的劊子手，不僅娶了一位貧賤的姑娘，還親手殺害他們的女兒和兒子。這消息，因爲並沒有人爲之辯解，也沒人出來做證，所以就越傳越遠——就像打造鐵器是鐵匠的拿手好戲一樣，捕風捉影總是老百姓們最喜歡，而且最會做的事。但是，到此時那位國王還是像以前一樣固執而且倔強，不願意停止試探他妻子的決心。他又派出那位衛士到羅馬教廷去，說是要徵得教皇的同意，賜他新婚──也就是說和前一個妻子離婚，再娶一個新的姑娘。

那衛士按照吩咐到了羅馬卻並沒有去見教皇，只是在旅店中遊玩休息，幾天後他回來，向國王做了報告，說已經取得了教皇的同意，可以把波倫亞的公主賜給他，隨後又在國王的授意下將這個消息在全國廣爲傳播，而後就又接受命令，說是要到波倫亞去發出通知。

全城的老百姓又在流傳著這個新的消息，很快它也傳到了格里庫爾達的耳朵裏。我想，這位姑娘心中一定很痛苦，但是，諸位，我要告訴你們的卻是：無論是從神色上，還是從言辭上，沒有人能看出這個姑娘有什麼變化──她還像從前那樣沈著而穩定，對丈夫事事聽從。就連我這位旁觀者也看不出她有什麼值得人們懷疑的地方。所以，她的丈夫對她毫無辦法，就只好再打發那位衛士到波倫亞去。

在衛士動身之前，國王交給他一封信，要他的姐夫無論如何要聽他的安排，把一對兒女打扮得漂漂亮亮，高高雅雅，用大隊人馬護送回來，並且不能對外人說起他們是誰，只能說是應教皇的命令要嫁給薩魯佐的國王沃爾特。衛士得命迅速到了波倫亞，把信交給那裏的國王，而那國王自然是沒有什麼意見就開始準備把這一對兒女送回來。他們挑了一個好的日子並派出了浩浩蕩蕩的皇家衛士護送著那位現在已是十二歲的美麗姑娘和她八歲的弟弟上了路④。

一路上，各地的老百姓們都來觀看，他們說這真是他們有生以來看過的最豪華最壯觀的隊伍。就這樣，他們一路走一路歡暢，不久就遠遠地看到了那薩盧佐城的外貌。

這時，沃爾特國王正和一群大臣們坐在王宮裏議事。他想再對他的妻子做最後一次試驗，看看她是否還是沒有改變，於是就當著所有大臣和衛士、侍女們的面大聲對妻子說：「格里庫爾達，我當時娶你爲妻，你知道，完全是看中了你的美貌、賢淑和忠順。但是從這以後發生的一連串事情來看，我當初的決定真是太莽撞了，就像一個農夫一樣，明知道銀水和燈油是永遠不可能融合在一起的，卻還偏偏要貪戀你的卑賤。現在全國上下都在對我議論紛紛，說我是一個愚蠢的國王，爲了平息這種怒火，教皇已經賜我新婚，對這一點不知道你有什麼想法——不過，不管你有什麼思想，我都要告訴你：我那年輕美麗又高貴的新娘已經上路了，而且無論如何，你現在都必須趕緊把你的位置騰出來，免得到時候我會要你難堪。」王說到這裏看了看妻子的臉，然後又說道：「當然，你可以把我們結婚時我賜給你的東西全都帶回去，帶到你的老父親那裏，算是我對你的補償好了。」

格里庫爾達低垂著眼睛，平靜而順從地回答道：「高貴的國王陛下，從我們結婚那天起我就知道，總有那麼一天你會厭倦我，會因爲我的出身低賤而感到羞恥，這一天終於來到了，我並不感到驚奇，也不難過。因爲我自知要論血統和身分，或是智慧和才華，我是遠遠地配不上你，你娶我做妻子實在是高抬了我。其實就連你的侍女我這種人都不配擔當，更不要說這豪華府第的主人了。不過，我們那在天上的主人可以做證：這麼多年來，我從來沒有以一個女主人的身分自居過，而是努力做一個好的婢下。現在既然上天又要讓我還回這一切的榮華富貴和居高臨下，再回到原來的鄉間小村，那麼看在他曾給予我那麼多歡快和喜悅的分上，以及我愛你的這片心上，我將毫不猶豫地現在就走。

「我將回到那生我養我的地方，和我的老父親生活在一起。作爲一個曾經高貴過的王族夫人，陛下，有一點你大可放心，就是爲了維護你的尊嚴，也是我的尊嚴，我絕不會再改嫁。我將在我的心中爲你們——就是你和你的新妻子——一直祈禱和祝福，但願天主保佑你們平安快樂，生活美滿。因爲你的快樂就是我的快樂，你的心願就是我的心願，雖然我已經被你趕出了家門，但我會永遠爲你而祝福。

「你剛才說，要讓我把結婚時的禮物全都帶回去，對這一點，國王陛下，我還有一點小小的請求。俗話說：『舊愛總是不如新歡。』就像我們兩人現在的情況一樣，你給我的那些東西，現在不也是舊愛了嗎？到現在我還能想起當初你到我家時說話是多麼溫柔而且和藹，但此時我卻要被你趕出王宮，永遠離開你的身邊了。在這最後的時刻，國王陛下，我請求你：讓我保留一點遮羞的衣服吧。

「我敢保證，對於你所曾經給予我的東西，包括那些金銀珠寶、漂亮衣服、結婚戒指等，我會全部把它們都留在你的櫃子中。就像我當初只帶了忠誠和順服、清清白白地來到這裏一樣，我還將只帶著忠誠和順服、一窮二白地再回去。但是，作爲你的妻子，我曾經衣冠高貴地站在你的民眾跟前，也曾經用這貞潔之身爲你生過兒女——這一點沒有人能夠否定。所以請國王陛下就看在這些事情的分上，把我身上的這一套內衣賜給我吧，不要讓我像一隻臭蟲一樣從你的臣民們面前爬過。」國王聽了，心裏真是又喜又驚，又悲憫又同情。但是這樣的情況還剛剛只是他計劃的開始罷了，所以他不動聲色地又說道：「那好，就按你說的去做吧。」

格里庫爾達當眾把身上所有的外套都脫下來，然後穿著那裏面的內衣出了王宮大門。人們含著眼淚跟在她的後面，一邊走一邊把那可惡的命運詛咒。快到了格里庫爾達生養的那個小村子時，她看到村民們都出來迎接她。他們在她的身旁說著不平的話，為她解除心中的痛苦，但這姑娘卻還像以前離開時那樣面容沈靜，絲毫也沒怨言或不滿的話。

那位老父親，就是多年前把女兒嫁到王宮裏的老頭，早就知道會有這麼一天他的女兒要受苦，因爲對這世事他比她要明白得多，從來沒有聽說有哪一個窮人家的姑娘能在王宮裏生活得快樂。所以一聽到別人說他的女兒回來了，這老人顧不上穿好衣服，就拿上女兒的舊衣裳出了門。老頭一邊哭著一邊給女兒穿衣服，可誰知道那些質地低下，又很長時間沒有人動過的衣服一穿就破，這真是應了格里庫爾達那句話：「舊愛不如新歡。」

就這樣，當初那位賢德的姑娘今天又賢德地和她的父親生活在了一起。由於她在離開家的時候，就沒有把自己看成是上等的和應受人尊敬的人，所以回來後，她仍然保留著以前的賢靜和耐心。對人仁慈又忠厚，常常施捨那些到她們村子裏來的窮人和乞丐，因此不久之後，她的美名又傳遍了方圓好幾百英里的地方。頌揚約伯的人啊，看看這個女人吧，雖然你們總是說男人的好要比女人的多很多，但要是有哪個男人的品德能像這個姑娘一樣，那我就要說：「這實在是件新鮮事。」

城裏面沸沸揚揚地傳著一個消息，說國王的新婚妻子已經到了城外，不僅有大隊的人馬衛護，而且他們個個衣著華麗、高貴非凡。老百姓聽到這個消息後，紛紛來到道路兩旁等候觀看，那個叫沃爾特的國王聽到傳報後，卻是馬上讓一個人到那個小村子裏去把他的前妻，就是那個叫格里庫爾達的姑娘召來。

國王對跪在他面前、滿臉恭敬與謙順表情的格里庫爾達說：

「格里庫爾達，你知道我的新婚妻子馬上就要進城了。她是另一個國王的女兒，出身高貴玉體嬌弱，所以我要用最最隆重的禮節歡迎她們，還要給她們佈置最好的宴會和住所。但是我這裏所有的人當中，要論瞭解我的喜好與脾性卻沒有一個能比得上你。所以，我要特意請你今天就留在這裏，幫助那些侍女們把我的新房和客廳佈置好。你雖然衣服破舊，但我想你並不會因爲羞愧就拒絕我吧？」

格里庫爾達說：「尊敬的國王陛下，我說過：你的意願就是我的意願，你的高興就是我的高興。雖然我的身分並不適合在那一群貴人中間行走，但我還是願意爲了你而留在這裏。我會盡我所有的力量把這裏佈置得高貴而且得體，不會讓任何人有任何的怨言。」

說完格里庫爾達就開始忙起來，先是佈置客廳，然後是餐廳，最後就是國王的新房——看在天主的分上，我要說一句公平的話：在做這一切事情的時候，這位姑娘不僅沒有表露出任何的不滿或是痛苦，而且所有的侍女和僕人中間，就數她做得最快、最好，一直到新娘和她的弟弟已經進了城，她還沒有停下來歇息一次。

國王的新娘生得年輕又美麗，她的弟弟又是那麼高貴而英俊，所以老百姓們都紛紛議論說：咱們的國王真是聰明又能幹，不僅娶了一個更漂亮的年輕姑娘，而且她出身高貴教養優良，定能產下一個更好更適合的王子。這些老百姓，就像風中的旗子那樣，總是隨著外界的強力而東歪西倒、搖擺不定，對這一點我真的沒有什麼可講。總之，長話短說，雖然他們對那剛剛離開不久的前王后還有一點點的同情和憐憫，但自從看到新王后後，所有人就都覺得這又是理所當然了。

那可憐的格里庫爾達啊，辛辛苦苦地幹了半天，沒有一句不滿的話，到新王后進門的時候，她又像其他侍女那樣，恭恭敬敬地站在大門口迎接。所有人都看到了這個王宮裏唯一一個衣衫破舊的人，見她滿面笑容，待人接物周到有禮，對兩位新人又由衷地讚不絕口，誰都不能猜出這是一個什麼身分的人。於是賓客們都在竊竊私語。

這時，沃爾特國王走到她面前，故意裝出嚴肅的樣子問：「格里庫爾達，我的新娘怎麼樣？」

格里庫爾達回答：「陛下，我從來沒有見過這麼美麗又高貴的小姐，她一定能給你帶來幸福和好運。願天主保佑你們平安生活，長命百歲。只是有一件事我要懇求陛下答應：對她千萬不要有任何怠慢和磨難。因爲據我想來，她從小生活在王宮大院，心靈純潔，沒有受到任何打擊和苦難。我們窮人家的孩子受得了的，她不一定能受得了，對她打擊就顯得上帝不公。」

任何人聽到這番話都暗暗點頭，沃爾特國王更是在心底裏高興。很明顯，無論是在心靈上還是在行爲上，格里庫爾達都做到了她當初承諾下的忠誠和順服，再試探下去已經沒必要。於是國王就說：

「我親愛的妻子，你真是一個讓人尊敬的好王后。我已經從許多次的試探中得出結論：無論是身處高位，還是地處卑下，你都能做到善良、仁慈、溫順和忠誠。你的行爲已經通過了我所有的考驗，現在我要對你說：不要擔心，我這一生就只娶過你一個妻子。

「你所認爲的那位新娘，不是別人，正是你我的親生女兒，她的弟弟也就是我們的兒子，薩魯佐的繼位人。想當初爲了試探你是否言行一致，我讓人把他們相繼抱走，但不是要傷害他們——要是這樣，上帝也不會饒恕我。我把他們送到波倫亞，只是想在暗中撫養成人。現在真相大白，我要對你說，無論是今天還是以後，你都將是我唯一的好妻子。」

格里庫爾達聽到這裏，就像是遭了雷劈，先是一句話也說不出，然後眼睛裏一下子流出了喜悅的淚水。「仁慈的主，高貴的陛下，我的夫君，你可是救了我的命！」她說完，走上前把一雙兒女摟在懷裏，不由自主地便放聲大哭。

像小溪一樣的淚水染濕了懷中人的頭髮和衣裳，所有看到這情景的人無不從心底裏爲她感到高興又悲傷。

格里庫爾達哭了一會兒，突然間就昏了過去，眾人連忙對她撫摸又安慰。格里庫爾達醒來後又哭了一會兒，然後來到丈夫跟前跪倒說：「真要感謝你的恩典，把我的一雙女兒留下，還撫養成人。從今後我定會對你更加忠誠和順服，就是要我的命，我也心中高興。」然後她把目光轉到兒女身上說：「你們也應該感謝你們父親的仁慈和慷慨，要不是他，只怕現在你們已成了蒼鷹和野獸的食物。」說完她又昏了過去，一對兒女連忙過去抱著她又叫又哭。

沃爾特國王叫御醫快快把她救醒，看到這麼多人圍著自己，格里庫爾達不禁滿面羞容。眾人說了許多安慰和恭喜的話，她漸漸恢復了往常的沈著和平靜，一對有情人又相合在一起，於是整個王宮裏重新召開盛大宴會。人們都歡天喜地高聲暢談，這期間格里庫爾達被一群貴婦相擁著又回到她以前的臥房。她們把她身上的舊衣服迅速地剝下來，換上華麗而高貴的王冠王服，格里庫爾達又回到了以前受人尊敬的地位。從此後的很長一段時間裏，他們倆人生活得很平靜也很幸福。那村子裏的老頭也被國王接進了宮，享盡人間的榮華富貴後，有一天夜裏，他的靈魂離開肉體飛上了天空。後來，薩魯佐國王也年邁去世，那英俊健壯的兒子做了繼承人。他對人就像他的母親那樣仁慈又公正，對他娶的那位賢淑妻子卻沒有像他父親一樣重重試探。因爲他知道對一個忠心的人考驗也還是忠心，對一個淫蕩的女人來說，沒有任何事情能改變她的本性。這道理對我們現在的人來說非常有用，不信就聽聽這故事的原創者是怎麼說的。

他說：這個故事的意義不在於讓每個女人去學習格里庫爾達，更不是讓男人都像那苛刻的國王。既然一個世俗的人對另一個世俗的人能如此虔誠又順服，那我們對我們偉大高貴的主不是更應該虔誠而順服？我們的主不會試探人——他對我們了如指掌。他所給予我們的磨難只是爲了要讓我們鍛煉出好的品德，爲這原因每個人都應該欣然接受。這世上格里庫爾達式的女人已經不多，黃金裏摻銅的情況我們見得不少。但我還是想求主保佑，讓帕瑟婦人及她的同類掌管世界，否則這世上就會多出太多的磨難。爲此，我要給大家唱一首歌，以表達我對萬能的主的敬仰。

喬叟之歌——

美麗的格里庫爾達，義大利這座墳墓早已腐化了你的屍體，也埋葬了你那堅韌的品性。現在男子要想和沃爾特一個心性，他只有失望，要不就是憤怒。因為女人們已經認識到了她們的日子，再不能像格里庫爾達那樣受委屈，男人們寫下這故事對她們不是讚揚而是侮辱。

願瘦牛⑤的身子越來越瘦，願肥牛的肚子漸漸變大。女人們，不要做謙卑的奴隸，像厄科⑥一樣發出你們的聲音吧，因為主動權有男人的一半，也是女人的專權，謙卑在現在的世界已經死亡，要想有利於自己就得把它扔掉。強壯的妻子們，拿出你們的威風讓男人臣服，孱弱的女人，讓你們犀利的話語把男人的心撕碎；醜陋的女人，用勤快和金錢贏得友情，漂亮的女人，穿上你們最好的衣服走進人群。神正在天上看著，他會為你們對他的虔誠而高興。

①彼特拉克（1304～1374）是義大利詩人、學者，一三四一年在羅馬得桂冠稱號。喬叟的這個故事看來出自彼特拉克譯成拉丁文的《格里澤爾達的故事》（薄伽丘原作）。

②萊尼亞諾（1310～1383）是波倫亞的法律教授。

③薩盧佐與皮埃蒙都是義大利的地名。

④這裏可能是作者筆誤，按時間推算，此時姐弟倆應相差六歲而非四歲。

⑤瘦牛是法國一則古老寓言中的怪物，由於牠只吃堅忍的婦女，而這種婦女又極少，所以牠也就極瘦。與之相對的雙角怪獸則由於以食為數衆多的堅忍男人為生，所以極肥。

⑥厄科（音譯），是希臘神話中的一位女山神，她因為自己的愛遭到對方拒絕而憔悴，最後只剩下聲音。

商人的故事

「沃爾特真是幸運的男人！」學者的故事剛講完，商人就喊了起來。「各位，請聽我說，要是讓我得上一個像格里庫爾達那樣的姑娘，就是讓我付出所有的貨物和財產也可以。你們不知道，才剛剛結婚兩個月，我已嘗到了通常男人們所說的那種苦。」

「說來聽聽！」旅店主人說。

「我這老婆就是那猛虎下山，是潑辣的魔鬼替身。所有世上的女人都沒有她那一副壞心思和暴脾氣，所有世上的男人都沒有我這麼倒楣。要是上主能讓我再結婚一次——就像那個沃爾特國王正準備要做的一樣，我發誓，我絕不會再重蹈覆轍。」商人說。

「願主保佑，那你可得有沃爾特的好命運！」旅店主人說。

「我心中的苦有千千萬，在這裏就不再說，免得同病人聽了一起傷心。現在，我就給大家講另外一個故事吧。」

——**商人的故事開始**。

從前有一位高貴的爵士，住在帕維亞①城。他是個資產很富足的貴族，喜歡郊遊，卻不喜歡結婚，因此，到了六十歲的時候，除了不菲的財富外，他還是一個光棍老頭。

這人本來在生活中過得很隨意也很開心，需要的時候就花錢雇個女人，但時間長了，也不知是什麼原因，他竟然突然想到了結婚。對他來說，六十年的歲月裏，什麼樣的生活幸福與憂傷他已嘗過，只是還沒有體驗過婚姻的滋味。於是他就向上帝請求說：「請主賜予我一個稱心的新娘吧，讓我在老來的時候也體會體會人們所說的幸福生活。」

確實，結了婚就有幸福的生活，尤其是在白髮蒼蒼的時候還能娶個年輕美麗的姑娘。雖然年輕的人們經常大喊：婚姻是自由的墳墓和枷鎖，要想快樂就千萬別結婚。但實際上，一旦等他們把彼此的手套起來，就會發現這其中滋味還很特別。

是誰在你生病的時候細心看護又照料？是誰在你疲勞的時候端茶又倒水？是誰把歡樂帶給了你，還給你生下子嗣？

泰奧佛會說：「爲了節省就不要娶妻。因爲忠實的家僕可以爲你完成一切你需要去辦的事，娶一位妻子就只會等著分享或繼承你的財產。」但要我來說，這樣的人真是胡說八道，願主罰他的靈魂讓魔鬼帶走。一切的田產、租稅、器物和衣食不過是那天上的風、地上的影，用過了就再也沒意義，而一位賢良的妻子卻不同。上帝創造亞當的時候說：「你還需要有一個幫手。」因此，男人生來就應該有一個女人來輔助。

聖母瑪麗亞說：「有了妻子的人們，你們還有什麼不滿足？」——她們爲你們帶去歡樂與忠告，還帶去安慰與照料。當丈夫的說「是」時，妻子不會說「不」，當丈夫說做事時，妻子不會反對，這樣的婚姻還有什麼不能稱心的？更何況比起僕人或其他人來，妻子還是丈夫財產和家庭的忠實維護者。妻子的話往往是逆耳的忠言，雖然沒有好聽的蜜糖，卻是行事的道理。就像雅各的母親對他說的一樣，那些方法和語言正是體現了女人們的聰明。

再來看看那個勇敢的猶滴，冒著被殺頭的危險救出了全城的老百姓，還有亞比該，憑著一張靈活的嘴就把她的丈夫拿八從死神手裏救出來。明斯帕的事也被人們傳頌，說正是靠了她的幫助和忠告，才使得末底改被阿哈隨魯王重新使用。

因此塞內加說：有一個溫柔賢淑的妻子是最最幸運的事。加圖曾說：「有妻子的家庭才是一個安全的港口，是一個攻不破的城池。生病的時候有人照料，家庭裏的事務有人管理，妻子能讓丈夫放心外出，男人要是愛自己的身體就應該愛自己的妻子。」這話一點不會錯。

我前面所說的那個六十歲的老人也許正是聽到了這些賢人們的話，因此才考慮結婚的事情，沒過多久，他就召集朋友們表露心思。

「我說，親愛的朋友們！」老人說，「有一個事情我要請求你們幫忙。諸位知道，這六十年來我沒有遵從上帝的教導，給自己的靈魂找一個幫手，因此我的生活過得既無聊又荒唐，簡直是浪費了這前半生的好時光。但現在我已經覺察到了我的錯誤，因此想把這一漏洞補上。你們大家在外面跑的時間比我長，地面比我廣，我相信你們一定見過什麼比較年輕滿意的女人。請把她介紹給我吧，讓她做我的老婆。

「不過，有一個條件我要先說在前頭，就是女人的年齡一定不要超過二十歲。過了二十的女人身體好比是乾草和豆渣，脾性還像是韋德②。俗話說，薑是老的辣，肉卻是嫩的鮮。

「我也不要一個讀過很多書的人來做老婆，那樣的人性格乖戾，道理蠻多，卻往往是懶婆娘一個。年輕的人就好比是剛流下的蠟燭，又熱又好捏，還能爲我這風燭之人順利產下繼承人——不瞞你們說，我這身體我知道，雖然頭髮花白，身子卻還像小夥子。男人能幹的事我統統能幹，就像月桂樹一樣，我也是先開花後結果。

「雖然我沒有結過婚，卻知道這其中的奧妙。娶一個不滿意的老潑婦來做妻子，還不如直接讓靈魂下地獄。如果那個女人不能爲我維護家產，我倒不如把它們全散給乞丐——因爲人下地獄或升天堂的時候，總是不能帶走一文錢。鑒於以上種種情況，我請你們不要吝於賜教，還要把你們遇見的最好的姑娘介紹給我。」

眾人聽完老人的話開始議論紛紛，有人說這麼大年紀了不結婚也罷，有人說男人在世就要過一過婚姻生活。其中有這麼倆兄弟，一個叫帕拉西波，一個叫朱斯提努斯，這樣對老人說。

帕拉西波：「親愛的老人，受人尊敬的老人。所羅門有句話是：聽聽忠告，就不會犯錯。但我認爲，對您完全不必顧忌。因爲你是個閱歷很深的老人，走過了我們所沒有走過的許多路。以我這麼多年的官場廝混的經驗來看：大人或老人們的意見總是沒錯。要是有哪個傻瓜手下自認爲自己的主意比主人還高明，那他就一定會受到別人的恥笑和責罵，要是他認爲大人的話中有漏洞，要去彌補，或更正，那簡直就是小蟲撼大樹。在大人們面前我絕對不會說一個『錯』或『不好』，在您這老人面前，我也絕沒有什麼高明的意見。正像您剛剛所說的，你還年輕有精力，品性又純潔而高尙。這話我相信全城的人沒有誰敢出來反駁一下，因爲您正是這樣一個人。既然快樂和幸福的事已經找上了你的家，您就放心地追求吧。」

帕拉西波的話遭到了朱斯提努斯的反對，坐在那裏，他也對老人說了一番話：「親愛的兄長，尊敬的老人，我以我結婚的經驗來向你忠告：千萬不要聽我兄弟的話。

「天知道，結婚需要花費人很多的時間和工夫：要打聽那個人的身分是高貴還是貧賤，容貌是美麗還是醜陋，還要打聽人品是兇暴還是溫柔，我們要看她是否愛喝酒，是否愛罵人，是否愛招惹事非，是否愛揮霍家財。俗話說，世上沒有完全滿意的品性，也沒有十全十美的動物。就像我一樣，你要是娶到了一個像我妻子一樣的女人——雖然她又美麗又年輕——你就會知道什麼叫腳疼。鞋子穿在腳上不合適，只有自己知道，但因為它外表好看、做工精細，人們就往往說它們價值很高。你現在年紀大了，又沒有結婚的經驗，所以你的情況就更嚴重。我敢以我父親的這個姓氏發誓，或是憑著上帝在天上的聖靈發誓：你的老婆定然很難對你長久的滿意。就是年輕人為了老婆還要忙得團團轉，更何況是你？她能為你生兒育女又能怎麼樣——攤上一個不幸的家庭還不如孤身一人下地獄。」

「夠了夠了，你這沮喪的窩囊廢。收起你那一套不中聽的經驗和理論吧。既然你的哥哥已經說了比你更有用的話，我又何必再來聽你的教訓。」老人說道。「帕拉西波先生，你還有什麼忠告嗎？」

「我認為，阻撓人家婚事的人最可恨。」帕拉西波說完這句話，所有人馬上站起來一致表示同意老人的婚事。於是，這老人就開始精心地籌劃和考慮自己的婚事。

每天無論是躺在床上，還是走在路上，這老人都在心裏一一篩選周圍的姑娘。一會兒認為那個漂亮、一會兒認為那個富有，一會兒認為那個年輕，一會兒認為那個品行端正。最後經過多面鏡子的對照，他終於選定了一個，就是那個既有美麗的容貌、年輕身軀，又富有端莊淑麗好名聲的姑娘。

作出這樣的決定他認爲是再正確不過了，其他人無論智慧有多高也不可能對此加以反駁。於是他就又急急忙忙地邀請親朋好友到他家，說：「爲了天主的恩惠，我已完全得到滿意的姑娘。請你們不要對我的選擇有所質疑，只要騎馬幫我出去找她。」

他對他們說：「這姑娘就住在城裏，生活貧窮但美麗端莊。」這樣的人追求者不少，憑了他的朋友，他想自己完全可以得到。只是有一個事情盤旋在他心裏很長時間了，不知道應該如何解決。

「人們都說，命運女神不會讓人完全享受兩種完美的生活，也就是那天上的和人間的。雖然那七項重罪③我也曾碰過，卻不影響我現在的婚姻生活。我能想像到像我這樣的年紀還能娶到一個美麗的妻子就是人們所常說的幸運之事，只是不知道這樣的幸運可否也算那一種『完美』？基督說，進天堂要受折磨。如果這樣，我又如何？」

聽完這話，朱斯提努斯首先開了口。他早就覺得那老人是在幹傻事，於是就抓住機會譏諷說：「親愛的老兄，不必多慮。既然神讓你在這暮年之間還能得到一個美滿的妻子，那就說明他對你是特別眷顧。婚姻生活並不像你想像的那樣無憂無慮，一帆風順，即使做丈夫的少了一點束縛，少了一點憂傷，主看在你是他忠實臣民的身上，也會讓你的妻子不妨爲你藏上一頂綠帽子。當然，我說這些並非是說你的婚姻將來一定是這樣，只是想提醒你老兄：在沒有享受到夫妻生活的種種前，先不要說自己最美滿，也許你的妻子就是你的剋星，是引導你下地獄的人，那樣，你也就不用擔心會享盡人間天上兩種完美。忠心的話就說到這裏。我和我的兄弟有事要先告辭。」

說完後，朱斯提努斯和兄弟離開了老人的家，朋友們也散去各自爲老人的婚事而奔走。他們先找到那位叫初春的姑娘，把那老人的心思對她細細講了一番，然後答應爲她取得老人的全部財產和土地權，並爲婚禮而訂製大量漂亮的衣裳。於是初春姑娘高高興興地答應了這門親事，婚禮的日子轉眼就已來到。

馬提阿努斯④啊，你這出名的詩人！雖然人們都曾誇口說你所寫的菲洛姫和墨丘利的婚禮是全天下最隆重的婚禮，但如果你看到了冬月老人和初春姑娘的婚禮，就知道自己實在沒有權利擔當那種美譽。約押和西俄達馬斯⑤吹奏的喇叭雖然神奇，卻也沒有冬月和初春婚禮上的樂曲響亮。就在這樂曲中，教士爲他們舉行儀式，對新娘說她應該像撒拉和利百加⑥一樣，忠心服侍丈夫，還要精心管理他們的生活。然後，教士爲他們祈求了天主，念了禱文，畫了十字架，儀式就結束了。接下來是宴會。全義大利最昂貴的器具集中在這裏，美味的菜肴一道又一道，我想就是國王的慶宴也不過如此。酒神在宴會中穿來穿去，爲大家斟酒，維納斯笑看著人群中的男子。冬月老人已經做了她的俘虜，還有什麼人不會墜入她的陷阱呢？她這樣想。

美麗而年輕的新娘高高坐在婚臺上，含情脈脈地看著身邊的丈夫，那眼神，就是巫術法師的魔力也沒有它有吸引力，要我說，簡直就是五月的鮮花，能招蜂引蝶。

再說那丈夫，雖然頭髮花白，卻滿面春風。每看一眼新娘，他的心裏就好像喝了一口蜜酒，聽見別人誇讚新娘漂亮他是從心底裏高興。賓客們大聲叫嚷著互相敬酒，老人看著那場面不禁心焦起來。因爲他突然想到要是能早一點把那嬌軀摟在懷裏，壓在身下，也許比現在的感覺還要好，只是不知道那柔嫩的身體可能承受住他如野馬狂奔般的精力。「噢，願天主早點降下黑衣！」老人在心裏這樣祈禱，加快了步伐謝祝敬酒讓賓客停止吃喝。

就在這一群歡樂的人中間，有一個人除外，就是那老人的隨從達米安。自從見到女主人美麗的容貌後，他就覺得世界顛了倒，讓老年人享受生命快樂，卻讓年輕人受著欲火煎熬。爲此他心裏備感痛苦，還不到散會的時候就已先悄悄告退。

啊，萬能的主啊，請讓那歡樂的老人識破身邊人的心吧。人都說毒蛇的信子最是厲害，能致人於死命，但誰能想到要是身邊的人不安了好心，那主人更是遭殃？就像這達米安一樣，仁慈的主啊，請讓那老人開開眼，早點從談情說愛的幸福中清醒過來，識破他那準備害人的心吧！

話說這太陽走過了天邊那最後一座山的山頭，夜暮之神就開始用他的袖子把大地遮起。這時賓客們已陸續散盡，冬月老人就顧不得脫下身上的禮服，一把抱起新娘走進了新房。

在宴會上，他喝了太多的蜜汁加烈酒，又服了那康士坦丁修士⑦給人們建議的幾種藥劑，因此他感到自己身上有使不完的勁需要發洩，心中有燒不完的火需要熄滅。他對親友這樣子說：「請行行好吧，把時間趕快給我。」於是親友們都走光了，他抱著新娘走進了新房，一把就扯上了窗簾。

他脫下她身上最後一件衣裳，撫摸那白生生鮮嫩嫩的肌膚一遍又一遍，還用他那刮光了鬍子的下巴去磨蹭新娘的面頰，可惜那鬍子沒刮乾淨，把新娘扎得直叫痛，於是這老人就對新娘說：「啊，親愛的妻子，美麗的新娘！既然結了婚，我們就取得了最正當的藉口，要是有什麼放肆你可得忍受。俗話說，工匠幹活越快越好，人們幹那事可得又慢又長。相信我，一個人不會用刀子傷害自己的身體，也就不會用愛欲傷害自己的妻子。既然從晚到亮有很長的時間，我們何不歡歡暢暢把那事做完？」

於是，老人就不辭辛苦地幹了一遍又一遍。直到第二天早上報曉雞打了第三遍鈴聲，他才在床上坐起來，先是放聲歌唱了一大會兒，然後就開始在妻子旁嘰嘰喳喳說個不停，最後還又歡快地幹了一場。

到天大亮的時間，新郎對新娘說：「我要睡一會兒了，再不睡就受不了。」說完就倒下呼呼大睡。那新娘看著丈夫滿頭的白髮和脖子後的皺皮，心裏不是個滋味，但想到新娘子進門前三天不能出新房，於是就也倒下來去睡覺。

正像上帝創造了太陽，也要捏出個月亮來一樣，人累了就要睡覺，這是所有生物的自然規律。但這一條對達米安來說，卻是絲毫不起作用。無論是白天還是黑夜，他的眼前總是晃著個美麗的身影，那燃燒著的欲火差點要了他的命。於是他就在一個難耐的時候翻身爬起來，把這一切寫成了一封纏綿悱惻的情書藏在胸前，希望等待時機能送給那女主人。

啊，痛苦的達米安啊，在這裏我也要爲你說兩句。雖然你的心思是那樣地機巧和縝密，對女主人是那樣的忠誠和愛慕，但你卻想不到，一個女人有時也會對她的追慕者說不，有時也會對丈夫透露愛慕者的秘密！

話說那一對新婚的夫婦，按規矩從早到晚在新房裏待了三天，到第四天的時候，終於出來到了大廳上。剛剛坐定，男主人就發現眼前少了一個人，於是就問道：「達米安去哪兒啦？我怎麼沒看到他？」

僕人回答說：「達米安因爲生病，請了假。」

於是男主人就對妻子說：「這真是遺憾，你不能在第一天就認識我最喜歡的僕從。這個人是他那一階層裏最有智慧又忠誠有禮的好青年，我相信，好好調教定會有大發展。既然他深得我的歡心和信任，因此在生病時就應該得到我的祝福和探望，親愛的妻子，待會兒你就代我去看看他吧，對他說，我睡一覺起來馬上就去看他。」

看看這紳士是如何地仁慈和有同情心吧。既然這是上天讓他顯露的一片好心，那麼初春姑娘便帶著她的侍女一起來到了達米安的房間，一進門就見他正躺在床上。

新娘來到達米安床前，輕輕地說了些安慰的話，達米安心中高興卻不能在臉上顯露。他趁侍女扭過頭的時候，悄悄把信從胸口拿出來塞到夫人的手中，嘆口氣低聲說道：「求求你，不要對任何人講起。」新娘不作聲地把信放到自己的衣服裏，然後就起身離開又回到了丈夫身邊。

那冬月老人正焦急地等著妻子回來，一見她進門，就迫不及待地跳起來抱著她往床上一放，然後又大幹了一場。趁丈夫躺下睡熟之際，這新娘悄悄起來，走到那一個人人都要去的地方，把信展開，細細讀了一遍又一遍，最後撕成碎片就丟在了廁所裏。

現在姑娘心中可是像打翻了調味瓶，紅的黃的、酸的甜的全都有。她在心裏暗暗地把丈夫和達米安作了比較，最後認定是自己命運不好。

偏偏這時不知是上天安排還是命運作巧，那冬月老人又醒了過來，大叫著要新娘再脫掉衣服陪他一場，於是，這新娘心中就又對他多了一層厭惡。新娘想：「那世上最愛我的人達米安在那裏，我卻偏偏嫁了這麼一個糟老頭。要是命運是公平的，我就應該用柔情來報答他。」——看看女人的心是多麼脆弱吧，爲了一點點的施捨她情願把命送掉，而那些可惡的君王們，下令殺人卻從來不眨一下眼睛。

那好心的初春姑娘於是就也寫了一封信，把自己對達米安的感激和愛情細細說了一番，還說老頭和婚姻都不是他們的羈絆，只等時間和地點就能相見。第二天，她趁著再一次看望病人的機會來到了達米安的床前，先是說了一些應酬的話，然後趁著起身離去的機會，把那信拿出來悄悄地塞到了達米安的枕頭下。她把達米安的手輕輕地那麼一捏，他就明白了她的心思，然後她心安理得地離開了那裏。

達米安起身把信的內容看了一遍又一遍，於此，他的病全好了。他立刻把自己梳洗打扮了一番，顯得比平時還要精幹，然後徑直來到了主人面前，說托他的關心和照顧之福，上帝又給了他一副健康的身體。從此後他做事又機靈又認真，比以前還要得主人的歡心。因爲他知道，只有別人都說好，心上人才會也高興，爲此他不惜心甘情願做人家的忠實奴僕和看門狗。

有的人說，幸福就是和心上人在一起，婚姻就是爲了合理交媾。要我說，這句話用到冬月老人身上可真是再合適不過了。他不僅有富麗堂皇的大豪宅，有精細的衣服、美味的飯食，而且爲了討夫人的歡喜和便於自己行事，他還特意請來了那城中最有名的工匠爲他修建了一個大花園。那個叫玫瑰花園的大園子不僅有高高的圍牆，精巧的佈局，裏面種滿了鮮花和果樹，而且那門的鑰匙也只有一副。除了冥王普路托和他的王后普羅塞耳皮娜能偷偷地帶著一些仙女來這裏暢遊外，那鑰匙就緊緊地拴在冬月的衣服上。每當他想要和妻子來一場特別的歡喜的時候，他就會溫柔地請她和他一起到花園來。在那裏，他們做盡一切在床上不能做的事，還享盡了一切別人沒有享受過的歡天喜地。我想，那本叫《玫瑰傳奇》⑧的書裏曾經仔細地描述了一個大花園的美麗，但即使是這樣，那作者也不可能把這裏的漂亮完全講述，更不用說是那些機關了，就是普里阿普斯⑨親自來了，也不可能能想到和建造好。

但命運就是那麼的難以預料，像這樣生活幸福的深冬老人，誰又能想到竟會有噩運來找上呢？有人說，命運女神的心情就是六月的天氣，說變就變；還有人說，命運女神的樣子就是那蠍子，頭在那裏對你搖擺，有毒的尾巴卻已經向你伸過來⑩——一點不假。你看那歡樂的冬月老人，不正是在那裏與妻子交媾尋歡嗎，可突然之間，他的眼睛竟然一下子由疼痛而轉入失明！

這悲苦的老人啊，受了前所未有的大打擊，除了哀哭求告外，他還能做什麼呢？他有成千上萬的大家財，有美麗年輕的妻子，可他竟然全看不見了，除了心裏悲愁外，這老人就只有一件事擔心，那就是他放心不下年輕的妻子一個人出門或做事。他認爲，在他的四周有許多可惡的年輕人正在窺視，一個不小心，他的妻子就有可能落入到人家的懷抱中。於是他日日擔心，夜夜嘆息。最後嫉妒和猜疑的火終於燒透了他的心，令他想出了一個辦法，於是他要求妻子說，無論她到哪裏都要把他帶在身邊，而且還要時時牽著他的手。

這可苦了那個叫初春的姑娘！因爲她心裏正時時刻刻記起那個叫達米安的情夫，看到丈夫這樣，她滿以爲機會來了，可誰知他卻提出這個要求。丈夫的話沒法反駁——這是她在結婚前就許下的諾，所以她就只能忍受下心中的不快和煩惱，只是每天用溫柔而多情的話勸和哄老人。

再說那個叫達米安的僕人，無論世上的男人有多少，誰也不能比他心中的痛苦還多。因爲雖然每天心上人就在眼前，可由於那可恨的老頭就在身邊，他們卻不能互相說一句話。爲此他想了許多的方法要實行，最後終於選定了打手勢和遞紙條這兩種。由於情人之間互相有感情，而且這達米安和那初春還是非常聰明又機靈的人，所以他們之間的一切就很容易被理解。只可惜那叫冬月的老人，雖然以爲自己這個方法挺不錯，卻不知道就在他的眼皮底下妻子已經和別人成了一夥。那高貴的奧維德說得不錯，愛情從來不受環境和困難的阻撓，就像皮刺摩斯和提斯柏的事那樣，無論有多麼堅硬的牆壁也不能阻斷情人們的交流。那有百隻眼的怪獸無論怎樣小心看管，最後還是被人所騙，就更不用說這深冬老人了——他眼睛好的時候尚且不能看清人和事，現在眼睛瞎了，許多事便自然成了事實。

且說這初春夫人，有一天偶然間從外面弄來了一些蠟，於是她就趁丈夫熟睡的時候把那把鑰匙解了下來。她把蠟燭先是放在火上進行熏烤，等它軟化完全熔解了的時候，就把那鑰匙投到了碗中。就這樣她悄悄做好了一個模子，然後又把鑰匙給深冬老人掛上。做完這一切事，深冬老人還睡著，於是她就打發一個貼心的侍女把這個模子給達米安送去。她告訴達米安，有了它就能有奇蹟發生，果不其然，沒過多久就發生了一件奇特的事。

話說這天正是六月中的一個好日子，天氣晴朗，空氣清新。擔憂了很長時間的深冬老人見沒有什麼事發生，於是就鬆下心來，又想到了剛結婚時的美妙生活。他對妻子說：「來吧，我親愛的妻子！你是我美麗的小寵物，你是我快樂的發源地。爲了愛你我娶了你，還修建了大花園，現在就讓我們到那裏去歡樂一場吧。否則，這美好的天氣就要浪費，這難得的時光就要消逝。」

他的妻子聽著這些讓人發麻的話，對達米安使個眼色，讓他先走，然後就答應著和老人一起來到了花園。那深冬老人眼睛瞎得根本什麼也看不見，自然不知道那個僕人就在他身邊，因此還在繼續對妻子說著：

「來吧，來吧，我美麗的新娘。你的胸脯比鴿子還要柔軟，比雪花還要嬌嫩，請讓我來摸摸它吧。我當初娶你就爲了這個，還有我對你的愛，現在我要告訴你一些事。女人的貞潔就好比是男人的名譽，爲了它，上帝會賜給你們一些東西。對我來說，雖然瞎了眼卻沒有瞎了心靈，看在我這麼愛你的份上，你一定不能讓我蒙羞。我會把我所有的財產，包括我的田地、莊園、商鋪和豪庭等等，全都給了你——這是上帝對貞潔女人的恩賜——但是需要你用吻和發誓來保證絕不玷污它。」

初春夫人回答道：「親愛的夫君啊，你怎麼能這樣說話？雖然你有一個靈魂在等著上帝的拯救，我的命運卻也掌握在他手中。當初教士讓我們結合在一起，我就發了誓說要順從你服侍你，現在既然你不放心，那我就再說一遍：如果我有什麼不貞的地方把人惹惱，或者有什麼地方不能把持婦道，那麼就請魔鬼來把我的身體帶走，請上帝把我的靈魂詛咒吧，我絕不會有一句怨言。」

初春夫人說完，眼睛望著達米安，示意他爬到前面那棵樹上去，果然，達米安馬上領會了她的意思，迅速完成了這項任務。

這時，深冬老人得到滿意回答，心中高興，就對夫人說，要一起到園中走走。這樣他們就朝著達米安所在的那棵果樹走去。

冬月和初春邊走邊說話，還做著一些互相調情的動作，這一切我們先不說，單來看看那碰巧也出來遊歷的冥王和王后。

普路托當年曾經因爲看上了那美麗的普羅塞耳皮娜，就把她搶來當新娘，因此，他對於男人對女人的感情要瞭解得多。這一天，他看到天上的星星顯現的是個出遊的好兆頭，於是就帶了王后和一群仙女們到冬月的花園裏來遊歷。坐在那綠色草地中央的石凳上，冥王這樣對他的王后說：

「所羅門⑪有句話講得好，『一千個男人當中總可以找到一個好人，無數個女人當中，卻找不出一個好女人。』那女人們生來就有水性楊花的壞兆頭，如果給予她們環境和條件，我們男人們馬上就會得到蒙羞。有智慧有眼光的人都說：不要輕易去相信女人——我相信這句話，更希望正如那仁慈的西拉之子耶穌說的，讓瘟疫的大火把女人的心燒壞。女子虛情假意背叛男子的事情我見得多了，要是不信，現在就讓你們看一個：就在這個美麗的大花園裏，就在那個高貴而慷慨大度的紳士身旁，一個女人馬上就要和樹上那個下流的東西合起夥來欺騙她的丈夫了，還要讓他蒙受男人之羞。看在上帝的面上，我要幫幫那位年老的好紳士，讓他在突然之間重見光明。這樣他就能親眼看到那女人做的苟合之事，也就能認清他的妻子。」

冥王王后說：「憑你的威力你想怎麼幹就怎麼幹，我才不關心。不過，憑著我父親的名譽說：我也會幫那個女人。我要給她一個很不錯的藉口，讓她在被發現的時候能夠解釋，還要給她一哭二鬧三發誓的本領，讓她把那些男人們弄得團團轉。

「因爲，首先我認爲你誤解了所羅門話的含義——誰都知道，無論是在這世上還是天上，真正完美的人只有一個，就是我們萬能的主、三位一體的神，所以，如果從這個角度出發的話，那我就認爲所羅門話的意思應該是：除了我們萬能的主以外，這世上不可能再找到一個完美的女人。如果所羅門不是這個意思，那我也認爲他並不值得你來尊敬。因爲他雖然也建造過神廟，卻是爲了一個假神而造。而且人們都知道，他還是一個縱欲的人，是一個偶像派的人，在年老的時候竟然背離了天主。所以，從這一切罪過來看，他並不是一個道德高尚和睿智的人，要不是看在他父親的面上⑫，我主早就要降罰於他。

「還有一件事你也像我一樣明白：在我們所見過的女人中，已經有很多人爲了主的召喚和恩賜而獻身，她們的行爲證明了她們的品性。並且，這世上有許多的男人也找到了忠貞合心的好妻子，這不正好證明所羅門是個孤陋寡聞的人嗎？我們女人向來溫順而且軟弱，但是遇到對我們不利的誹謗和指責還是要奮力反駁，所以請你看在天主的分上，不要小瞧了我們。」

王后的話說完，冥王趕忙說：「請不要生氣，我的王后。你的話完全有道理，只是沒有考慮我們男人的利益。既然我是一個王，說過的話就要算數，所以不管你怎麼樣爲女人申辯，我還是要幫那個男人一把。」

「那我們就來看看到底是誰的手段高。」王后說，然後他們二人就一同向那花園裏的三個人看去。

只見在那一片鮮花盛開的好地方，深冬老人正一邊對他妻子說著「我愛你」的話，一邊向那棵達米安藏身的果樹走去。當他們正好走到果樹下的時候，初春夫人就開始叫起來：

「啊，我親愛的夫君！走了這麼長的路我的腿已經酸痛，沒有水喝我的嘴巴也很渴。現在你的面前正有一棵好果樹，請看在上帝的份上，讓我吃一個果子解解乏再解解渴吧。」

「可我是個瞎子啊，那該怎麼辦？」深冬老人心疼又心痛的說。

初春夫人假裝思考了半天然後說：「這好辦。如果你能伸手抱著那棵樹蹲下來，我就能踩著你的背爬上去。」

冬月說：「就是踩著我的頭也沒關係。我保證絕對一動不動，讓你放心地吃到好果子。」然後——諸位，請恕我這粗人沒文化只會直言——這女人剛一爬上樹，那達米安就迫不及待地撩起她的裙子幹了起來。

普路托看到這一幕醜劇，馬上使用他的法力讓深冬老人恢復了視力。只見花園裏一片七彩斑斕的好景象，有蜜蜂在飛，有蝴蝶在舞，這一切，讓深冬老人心裏別提有多高興了。他的全部心思本來就放在新婚的妻子身上，這一下眼睛又能看見了，不由自主便將目光抬向了身前的樹上。只見那樹上兩個人正在尋歡，深冬老人不由得大叫一聲：「天吶，你這個賤貨！快快下來，看我怎麼懲罰你！」

「唉呀，老爺啊，你終於復明了！」冥王王后賦予初春夫人急中生智的能力說道：「我聽人說，要是一個女子和一個男子在樹上打架，那麼她的丈夫就會不治而癒，看來這話可真是千真萬確！」

「打架？對，打架！讓你們這兩個不要臉的傢伙互相打死吧！我明明看到有個男人睡在你的身邊，還把手伸到那裙子下面，可你還在這裏狡辯，你真是個下流的蕩婦淫貨！」

「看來我的法子是用錯了，老爺，否則你就不會說出這麼無禮的話了——這可真讓我傷心。」

「不要假惺惺了，你們這對淫夫淫婦，願上帝馬上罰你們下地獄！」深冬老人喊道。

「親愛的老爺，我的夫君！你可真是神老眼花了。我明明在這裏努力地爲你尋找治療的好方法，可你竟如此忍心侮辱我——我的命好苦啊！」說著，初春夫人放聲大哭起來。

「明明是你的錯，卻還在那裏抵賴！不要再哭了！不要再哭了，親愛的夫人！不管發生了什麼事，我都已經原諒你了，請你看在上帝的份上，就從那高高的地方爬下來吧。」

「你污辱了我還不算，你還污辱了一個對你忠心耿耿的好奴僕啊，老爺！」初春夫人假裝很傷心的樣子說，「我敢以聖母瑪麗亞的貞潔發誓說，因爲你剛剛恢復視力，就像那剛剛從昏迷中醒來的人弄不清情況一樣，你也用你那污濁的目光污辱了我父親的這個姓氏。爲此，你一定會受到上帝的懲罰的。」說著，初春從樹上一縱身跳下來，走到丈夫跟前。冬月抱著她親了又親，還不停地爲自己的魯莽而道歉。這樣，初春就破涕爲笑，歡歡喜喜地又和丈夫回到了自己的屋子。

——商人的故事至此講完。

①帕維亞是義大利北部城市，現為倫巴第大區帕維亞省省會。位於米蘭南面三十二公里。該地從西元六世紀起即成為義大利主要城市，古蹟頗多，尤多教堂。

②韋德是日耳曼神話中的巨人，被認為是主宰風暴的海上惡魔，據說他駕的船可在瞬息之間到達任何地方。

③歐洲中古文學中的說法，指：驕傲、妒忌、發怒、懶惰、貪婪、貪吃、好色。

④馬提阿努斯·卡佩拉是五世紀時的一位作家，他曾用拉丁文寫過有關兩位神話人物結婚的詩。

⑤約押是大衛王的元帥，據說他的喇叭能中止戰鬥（見《舊約全書·撒母耳記下》二章廿八節）。西俄達馬斯是傳說中底比斯的先知，他的祈禱後總響起喇叭聲。

⑥撒拉和利百加都是《聖經》中的女子。

⑦康士坦丁·阿弗是西元十一世紀的修道士，寫有論述交歡的著作。

⑧《玫瑰傳奇》是中世紀的著名寓言詩，詩的第一部分講的是一座有圍牆的愛情之園。「騎士的故事」中描繪的那座維納斯神廟裏，很多細節即來自此詩。

⑨普里阿普斯是希臘、羅馬神話中果園、釀酒、牧羊的保護神及男性生殖力之神。

⑩中世紀時的博物學認為，蠍子是先搖動頭迷惑要攻擊的對象，然後再用其尾部刺去。

⑪所羅門，以色列國王，前九七三至前九三三年在位。

⑫指大衛王，前一〇〇〇至前九六二年在位。

修女的故事

地獄的看門人是懶漢，或是各種各樣散漫行事的僕人或保姆，因為魔鬼總是喜歡讓那些整日東遊西蕩無所事事的人做他的隨從。所以人們就應該在他伸出那長長的繩索套住我們之前與他做鬥爭，那最有利的武器當然就是看門人的死對頭——勤快。

死亡是可怕的，人人都希望能遠離它，但是與死亡比起來，這世上還有更令人膽戰的，就是那看門人所呈現給我們的懶惰與散漫。這兩種東西不僅僅能讓一個人從年輕力壯變得衰老體弱，還把人家辛辛苦苦勞動得來的成果全都吞噬掉。所以，我們應該遠遠地避開這兩種罪惡的侵犯，為此，我要給大家講一個古老的殉難者的故事——就是那聖潔如百合花的少女塞西莉亞的生平。

向聖母瑪麗亞祈求——①

請賜給我生花的妙筆，讓我把這位貞女的故事向大家講清。她是世上一切處女中最堅貞的那一位，憑藉著高尚美麗的品性戰勝了惡魔，並獲得了永生。聖貝爾納把你寫成是不幸者的護佑神，你啊，是我主最最喜歡的人。

你是神的女兒，因為有寬宏大量的氣度與仁慈的心，所以神願意眷顧於你，把他的聖血聖靈賜給你，讓你在人的體形內孕育了主宰天空、大地、海洋與萬物的神之子，從此後你成了愛與平和的代言人。

你就是世上的太陽，既有端莊美麗仁慈善良等一切美德，還甘於把那光輝與溫暖送給每一位向你祈求或正在遭受苦難的人們。迦南婦人有一句話是：「主人餐桌上的麵包屑對每隻狗都是公平的。」美麗善良的聖母啊，你就是那主人，我甘願做一隻侍奉你的狗。請看在我一心向善的分上，拯救我於這黑暗的苦海中吧。

因爲行善是需要智慧和機遇的，但就在你們那美麗的天空上，眾女神正在唱著「和散那」的時候，我的靈魂卻被禁錮在一個污濁的肉體裏。它有著不斷製造疼痛的機能，還承負著一切世俗的欲望和狡詐之情，所以看在我崇尙靈魂高潔的分上，請把我這靈魂從黑暗中釋放出來吧！

爲了要與人同善，我特地給大家選了這個故事，但我並沒有什麼組織結構或語言的能力，所以要請大家原諒我故事的不夠優美。我只看重那些內容的東西，按照第一次寫下這故事的人的思路，把這框架給大家說說。

先從聖塞西莉亞②的名字入手。從英文的書籍中，你可以看到對它有很多種解釋，首先是「天上百合」的意思，象徵著美麗純潔又芳香的品性。還有人稱它爲「盲人的眼睛」，因爲她的行爲是人們的好榜樣。對於「塞西莉亞」這個字的組合，有人說是可以分爲兩部分，前面爲「塞西」意爲「天」，後面爲「莉亞」意爲「行善」，不知道大家可同意這種說法？

塞西莉亞還可以這樣解釋，就是「光明之源」，因爲她既有美德又有貞潔，是神的光輝在她身上的體現，在希臘文中，塞西莉亞這個詞稱爲「雷奧斯」③，用英語解釋就是「眾人」的意思，這可以看出在她身上既有個人品性的一切高尚地方，還有引導眾生共同行善的美德。正如那些學者們所稱頌的一樣，塞西莉亞就是日月星光輝的集中表現，和天體的運行一樣，她的行善既及時又周全，還能長久地保持自己的貞操和尊嚴。

不管怎麼說，這位聖女的名字總是與偉大、高尚或堅貞、行善之類的詞聯結在一起，有了這個認識，我們就可以開始繼續我們的故事。

根據古書的記載，這位叫塞西莉亞的姑娘出生在羅馬一個貴族的大家庭裏。因爲她從小就接受了基督教的教育，所以從心裏明白這世上最萬能最仁慈的就是我們的主。因此，她從很小就開始向主祈禱和祝福，無論是白天還是黑夜，她都要做幾次。

但等到她長到合適的年齡的時候，按照當地的習俗，她應該嫁人了。她的父親爲她找到了一位叫瓦萊里安的男子，同她一樣，也是年輕而且英俊。在結婚的那天，塞西莉亞身穿華麗的金絲外袍，裏面有貼身的馬毛襯衣④，神情表現得既謙和又溫順，但在心裏卻這樣祈禱天主：「請保佑我的身體同我的靈魂一樣純潔吧，要不然，我情願死在十字架下。」爲此，她每天忠心祈禱，還隔兩三天就齋戒一次。

有一天晚上，上床後她這樣對丈夫說：「親愛的瓦萊里安，我的夫君。作爲妻子我本不該有任何秘密瞞著你，但如果你不能發誓說絕對會保守這個秘密，那麼我情願做一個不夠忠誠的妻子，也不願把它說出去。」

瓦萊里安聽了非常驚奇，就在神的聖像前——他從小也受過基督教的教育——發誓說，絕不會把塞西莉亞對他說起的任何事情洩露出去。於是，塞西莉亞對她的丈夫說：「我的丈夫瓦萊里安，雖然每天晚上你我都睡在一張床上，但你卻不知道：我的身體已受到一位天使的保佑。如果你不是以純潔有禮的方式擁有我，而是以粗俗蠻橫的方式去愛我，那麼你就會受到他的懲罰，在年紀輕輕的時候命喪橫禍。」

瓦萊里安一聽，有些害怕又有些懷疑，說道：「如果你所說的話是真的，那麼就讓那天使顯些徵兆讓我看看吧，否則我就會認爲你在爲自己和你的情夫開脫，那樣，我必須用劍來了結你們的生命。」

「你要想看也不難，只要遵照我所說的去做。在離這城不遠的地方，有一個叫維亞·阿庇亞的地方⑤，那裏住著很多窮人還有乞丐，也有一些不法的暴徒。但那其中有一個老人叫烏爾班⑥，卻是個非常好的人。你到那裏去找他，就說是我塞西莉亞讓你去的。如果你把今天晚上我對你所說的所有的話告訴他，我敢以我所信仰的基督的名譽發誓，他一定會幫助你，讓你見到那位天使。」

瓦萊里安聽了，沒有猶豫便動身前往維亞·阿庇亞。在那裏，他向一個窮人打聽烏爾班的住所，他將他帶到了一個地下墓穴。烏爾班老人問他來意，瓦萊里安就將妻子說的話原原本本地對他敍述了一番。

「啊，耶穌基督，萬能的主啊！」老人一下子高興地湧出了眼淚，高舉著雙手跪倒在地，說：「你是一切善良和美德的播種者，現在終於有了收穫。那純潔的塞西莉亞把她的丈夫由一個兇猛的獅子變成了溫順的羔羊，並且把他奉獻給你，就請看在這種虔誠和忠貞上，顯顯靈，幫助他吧。」

話音剛落，突然就在瓦萊里安的正前方出現了一位穿白袍的老人。一本金色的大書在他手上，那眼中也有著如塞西莉亞一樣平和的目光。

瓦萊里安嚇得一下子跌倒在了地上，白袍老人手一揮將他扶起，然後就打開那本書對他宣讀道：「唯一的萬物之主，唯一的基督，唯一的信仰，唯一的上帝──你信嗎？」老人問。

「信！」瓦萊里安回答道。

「這就是人世間的真理！」老人說完，一下子又消失在瓦萊里安面前。瓦萊里安當即就請求烏爾班老人爲他施洗，然後高高興興地回了家裏。塞西莉亞正和一位手拿花環的天使站在屋中。

只見那天使一手拿玫瑰花環一手拿百合花環，對他二人說：「受主的囑託，我要把這兩個花環賜予你們，它們是天國裏的泥土孕育出來永遠不會衰敗也不會凋零，並且香氣也不會散失，只有那些心懷虔誠、遠離邪惡的人才能看到它們，望你們好好珍惜。」說完，天使又轉向瓦萊里安說：「你能及時聽從善人的指導，放棄一切偶像和異教而信服基督，我主就要給你以獎勵和回報，請說出你的一個願望吧。」

瓦萊里安想了想，然後說：「在這個世上，除了萬能的主上帝耶穌和我的妻子塞西莉亞外，我最愛的人就是我的弟弟。願天主能賜予他恩典，讓他也像我一樣，看見這真理之花。」

天使說：「你的要求正是天主所喜歡的。爲了這，我不僅要讓你滿意，還要賜給你們通往天堂盛宴的棕櫚葉。」

正說著，那個叫提布林斯的弟弟恰巧邁進了門。他看不見天使和花環，卻聞到了一股濃濃的香氣。

「是百合與玫瑰的香！天吶，在這隆冬的季節裏怎麼會有這種鮮花盛開？它們在哪兒，我怎麼看不見——我敢打賭，我從沒有聞到過這麼香濃的味道，就是俯在一朵剛開的花上面，也不可能聞到。哥哥，你能告訴我這到底是什麼嗎？為什麼它就像一劑能讓人清醒的藥膏一樣浸入我的心脾？」提布林斯問道。

「是花環，弟弟。雖然你看不見它們正戴在我們頭上，但我要告訴你，如果你也能像我一樣立即拋除雜念，伺奉我主耶穌，那麼我相信，你也會看到這花環。」

「這是真的嗎？還是在夢境？」提布林斯驚異並且迷惑地問道，「是我的腦子得了熱病產生出幻覺嗎？或哥哥你真的是在對我說話？」

「是的，一切都是真的。」瓦萊里安回答道，「我是在跟你說話。神的天使得了命令要來指導世人走向光明，如果你也能像我一樣及時走出世俗靈魂的桎梏，追求我主基督的真理，那麼你就能也看見這花環。否則，什麼都是空談。」

——諸位，你們看，塞西莉亞就是這樣用徐徐善誘的方式引導她的丈夫皈依了基督教，現在她的丈夫又用這真理來指導他的弟弟。據聖安布羅斯⑦這偉大的神學家記載，接受棕櫚葉這一殉教標誌，是件非常光榮的事。從此後，塞西莉亞一心遵從我主的教誨和教義，用善事來幫助人們，還指引她的兩位親人也走上了通往聖潔天堂的道路。那提爾布斯說道：「如果我再相信那些無用的偶然——它們不過是木頭做成的，既不會動，也不會說——那麼我就甘願我主把我變成一隻猛獸。」

塞西莉亞聽了，親吻了一下他的胸口說：「我有一個志同道合的丈夫，又有了一個親密無間的朋友。從此後，我要把你們兩人當作一人看待，就是那我最愛的人。爲了證明這一點，我現在就請求瓦萊里安帶你到原來的地方受洗。」

「原來的地方？是哪兒？」提布林斯問。

「是能洗去你罪惡和污穢的地方，弟弟。」瓦萊里安說道，「在那裏你能夠有幸接受烏爾班大主教的施洗，還能夠看見那天使的臉龐。」

「烏爾班？你不是在對我說著玩笑話吧，哥哥？」提布林斯驚異地說道，「那個人已被下令要處死，爲此他東躲西藏不敢在這世上光明的地方露一露，現在我們去，不是要自投死地嗎？」

「害怕死亡，自然是俗人的道理。」塞西莉亞勇敢地說，「一個人只有一條生命，失去了就再也沒辦法找回來。但是，親愛的弟弟，你卻不知道：信奉我主，不要害怕，因爲在那肉體和靈魂合離的地方也有一條生命，就才那永恆的靈性。

「聖父創造了萬物，又把他的聖靈送給他們，聖子爲人類甘受折磨。因此信奉我主的人都是有兩條生命的，一條是肉體的，一條是靈魂的，而那後者則是永恆的。」

塞西莉亞說完，提布林斯馬上問道：「你剛剛不是說這世上只有一個真理，就是那萬能的主耶穌基督嗎，現在怎麼又出現了三個。」

於是塞西莉亞就對他詳細地解釋了聖子是如何受聖父的恩典而誕生，又是如何爲了救恕世人的原罪而甘於來這世上受一段苦難，等等情況，最後對他說：「聖父、聖子、聖靈，就像是人有記憶、想像和幻想一樣，是三位一體的，也就是說，它們完全就是一種真理。」

聽了這一番講述，提布林斯已經完全信服了我主的聖威，於是就請求他的哥哥馬上帶他去見那位烏爾班主教。在維亞•阿庇亞，烏爾班主教再次爲這塞西莉亞送來的人施了洗，並鼓勵他們做神的戰士。從此後，無論是在林間田野，還是在繁華集市，提布林斯常常能夠看到一個天使跟隨著他們，解答他們的一切要求，還幫助他們在那個地方行善布教。這樣的情況持續了有很長時間，中間的事情我就不再一一細說了，單說那後來發生的變故。

那時候，羅馬正在受著一個邪惡的異教徒的統治，他們到處在城裏散佈謠言，誹謗我們萬能的主，還隨意抓人。有一天，有幾個士兵把瓦萊里安和提布林斯抓到了他們的長官阿爾馬奇面前，於是他就用酷刑審問他們，最後還下令把他們押到朱庇特的神廟前去獻祭。

「要麼放棄你們的信仰，要麼就用自己做犧牲，二者之間只能選一。」這位長官說完，就讓手下帶他們到神廟前。

那位押解他們的士兵，一路上聽著二人對他說的話，不禁起了仁慈的同情心。於是，他就悄悄找到那幾個施刑的人，和他們商量要把那兄弟倆先帶回他的家裏，聽聽他們到底在說什麼。施刑人同意了，就和他一起來到了他的家裏。在那裏，他們聽瓦萊里安兄弟倆講述了上帝的事跡和神聖品性後，一致爲這真理所折服，於是就統統拋棄原來的信仰，改信了基督教。

這時，聞訊而來的塞西莉亞帶來了教士專門爲這些人施了洗，最後她對他們說：「勇敢地站起來吧，瓦萊里安和提布林斯。你們是上帝最忠誠的信徒和最堅決的衛士，用你們的行動來換取上帝賦予你們的永生之靈吧。」一說完，塞西莉亞離去，瓦萊里安和提布林斯則被人們帶到了神廟前。在盛放供奉的那個祭壇前，瓦萊里安和提布林斯既沒有哭泣也沒有高聲叫喊，更沒有向阿爾馬奇乞求說放了他們。他們是在那神聖的聖像前跪下來，引頸待戮，於是阿爾騎就下令把他們的腦袋砍下來。

那受了洗的士兵馬克西姆親眼看到兩條靈魂在眾鮮花和天使的簇擁下飛上了天空，於是就把這情況對周圍的人說了。他還流著眼淚把塞西莉亞說過的一些話也對這些人講了講，於是，當下就有好多人接受了教士的洗禮改信基督教。

阿爾馬奇聽說這事後，就下令把馬克西姆抓起來，並用馬鞭把他活活抽死，然後暴屍荒野。

在一個漆黑的晚上，塞西莉亞帶著一群聖徒悄悄地來到野外，把馬克西姆的屍體用白布裹起來，然後埋在了瓦萊里安和提布烏斯的身旁，也就是說，一個墓穴三個屍體。但這件事情不知怎麼地又傳到了阿爾馬奇的耳中，於是他就叫人把那女人捉過來，說要見見她，到底是怎樣的一個人。許多信徒圍在塞西莉亞的身邊哭喊著：「主啊，請救救你這最虔誠的臣民吧！這個世上除了她之外，再也沒有更好的侍奉者了。」但塞西莉亞卻一點也不畏懼地隨著士兵來到了阿爾馬奇面前。

阿爾馬奇問她說：「你到底是一個什麼樣的靈魂，女人？信的是什麼教？」

塞西莉亞對他說：「你真是個愚蠢的人，先生，竟然問這樣無知的問題。既然你把我抓來，就說明你已瞭解其中的緣由，憑我主基督的名譽說，我又何必再回答這無聊的問題。」

阿爾馬奇惱羞成怒，大聲說道：「難道你就不怕我把你處死，女人？要知道我們的長官已經賦予我一切權力，可以把你隨意處置。」

「你那權力不過是一個一文不値的豬膀胱罷了，有人吹氣才會脹起來，而一旦有人用針刺一下，就會迅速癟下去。」塞西莉亞說道，「至於你那些大人長官們更是不値一提。他們僅僅因爲我們有一個信仰，侍奉於耶穌基督就說我們是有罪的。但實際上誰都知道，我們的身體是純潔的，我們的靈魂也沒有任何罪惡。」

「狂妄的女人！你可知道你現在只有兩條路可走：要麼送死要麼放棄信仰？我想，你總不會是願意去死吧。」阿爾馬奇問道。

「哈哈哈！你這無知的傢伙，愚蠢的判官！你難道不知道，我們既然相信了那個名字的聖威，再拋棄它，就等於是從自己腳上脫下鞋來打自己的腦袋嗎？既然這樣，你又何必再多言呢？」

「你這個傲慢的女人，」阿爾馬奇大聲喊道，「相不相信我現在就可以運用手中的權力把你處死，就像對你的丈夫和弟弟提布林斯，還有那個馬克西姆一樣。」

塞西莉亞用平靜的口氣說道：「不要再在我面前擺你那可憐的權力吧，先生。要說到狂妄和傲慢，真正的人不是我而是你們。你手中的那一點權力不過是死神對於你們做他幫手的一點報酬罷了，但你能用它剝奪我們的生命，卻玷污不了我們的靈魂。」

阿爾馬奇說：「再給你最後一次機會，女人！雖然你對我大力指責，但我有騎士的風度，不和你計較。我要再問你一句：你到底選擇哪一條？」

「施行你的暴行吧，蠢官！雖然你口口聲聲說自己是騎士的代言人，但實際上我卻知道，你不過是一隻瞎了眼睛的蠢驢罷了。因爲別人能看得清的石頭明明在那裏，你卻偏要指著它說那才是真理——你這不是瞎了是什麼？你能容忍我的指責，我卻不能容忍你對我主的誣衊。因此，我要明明白白地告訴你：在老百姓的眼裏，你不過是一個失去了明智與判斷力的傻瓜罷了。因爲別人都知道——就連三歲的小孩子也知道——在這天上就住著一位萬能的主，可你卻愚蠢地堅持你的固執，這樣看來，你不是一隻沒有頭腦的蒼蠅又是什麼？」

塞西莉亞的話惹得阿爾馬奇氣急敗壞，立即下令說：「把這個女人押回到她的房間去，我要親眼看著她在浴盆裏被活活燒死。」於是，兵士們就把塞西莉亞帶回到她的房間，關進浴室，然後在那浴盆下放了足足能燒出一百鍋沸水的柴草，並且點燃了他們。

但是我主在天上看見了，就派出使者來幫助塞西莉亞。他令大火毫不停止地在浴盆下燃燒了一天又一夜，但塞西莉亞卻像沒事人一樣坐在那裏，沒有流一滴眼淚，也沒有受到絲毫傷害。

阿爾馬奇看了大爲驚奇。但魔鬼已經掌握了他的心，令他不能從眼前的聖蹟中清醒過來，所以，他就讓劊子手把塞西莉亞的頭砍下來。劊子手在塞西莉亞的脖頸上連砍三刀，卻沒把頭砍下來。於是，他們都害怕地住了手，並且趕快回到了自己的家。按照當時的法例，如果對犯人連砍三刀都不能置他於死命，那麼爲了避免他的痛苦就要停止再砍下去。這樣，阿爾馬奇無奈地只能放塞西莉亞回了家。

塞西莉亞躺在床上——她是被另外的基督徒們用白布纏住傷口然後抬回家的——不顧傷痛

的厲害，依然對周圍的人們演說著我主的業績和偉大。最後，在第四天的頭上，她讓人把烏爾班大主教請來說：「我能再堅持這三天，是因爲我向上帝祈求過了，爲了把我身後的一些事情交代好。」她對主教說，要把家裏所有的東西捐給周圍的窮人，而這所房子就用來做一個小小的教堂。馬爾班大主教爲她祈求了上帝的保佑，然後這位聖潔的姑娘就平靜地死去。

基督徒們在烏爾班的領導下連夜把塞西莉亞葬在了聖徒的墓地，並遵照遺願把她的屋子改成了教堂，就是那著名的聖塞西莉亞教堂。從此後，渴望貞潔與信奉我主的基督徒們就經常到那裏進行禮拜——願我主保佑他們都得到這位貞女的佑愛，阿門！

——修女的故事結束。

---

①西方早期的史詩中，詩人為得到靈感，常在正文前向繆斯等天神做一番祈求。這裏作者也採用這一做法。在原作中，該標題為拉丁文。

②聖塞西莉亞（？～230）是羅馬的基督教女殉教者，因拒絕崇拜羅馬諸神而被斬首。她是音樂的主保聖人，據傳她能歌唱又能彈奏樂器，發明了風琴。

③塞西莉亞（Cecilia）在中古英語中為Cecilie或者Cecile。上文中，作者主要根據拉丁文對此字的詞源作了一番說明，但「雷奧斯」則是希臘文的音譯。

④馬毛襯衣是苦行者或懺悔者貼身穿的衣服。

⑤維亞·阿庇亞是羅馬附近一地區名，羅馬最早基督教徒的地下墓地就在該地。另外，一條著名的大路也以

此為名。

⑥這裏指烏爾班一世，他在西元二三〇年五月廿五日被斬首，成為殉教聖人。

⑦聖安布羅斯（339～397）是義大利米蘭主教（374～397），在文學、音樂方面也頗有造詣。

作者傑弗里・喬叟的告辭語

洋洋灑灑我把這許多小故事講給了大家聽。如果其中有你們所喜愛並贊成的，那麼感謝我們偉大的主吧，是他在暗中讓我講了這些話；如果有一些人對我其中的一些東西既感到討厭又難以接受，那就請毫不猶豫地對我提出指責吧，但千萬不要連著我的好心願一起罵。因爲在我的心裏是多麼地想給大家講出來一些既優美動聽又具有教育意義的故事啊，只是心大才疏，難免有不盡人意的地方。我主基督曾說：寫東西要能讓人有所收益。我的心願就是這樣。

願他能看在這一點的分上對我降福，並寬恕我以前的罪惡——在此我特意聲明收回以前的那些書，有《特羅伊勒斯之書》、《榮譽書》、《十九貞潔女》、《公爵夫人的故事》、《聖瓦倫廷節百鳥會議書》等等，還有我這本《坎特伯雷故事》中的一些粗俗的或有犯罪傾向的內容，以及我曾寫過、現在卻已記不清了的淫詞豔句。不過，在我主的感召下我也曾有過好的貢獻，比如那本翻譯作品《哲學的慰藉》，以及一些有關道德和我主盛威的書。正是因爲有了這些東西，我今天才敢在這裏賣弄一些心得和理解，請主寬恕我這種狂妄和不自量力。

願主保佑我在今後的道路上時時懺悔自己犯下的錯，並希望在將來的那一天，我是站在被赦者行列中的一個。同天父在一起……①

——阿門！

①這是一篇祝禱詞的開頭。

騎士與城堡：坎特伯雷故事

世界名著⊙現代版⊙

作者　傑弗里・喬叟
譯者　張愛玲
出版者　風雲時代出版股份有限公司
出版所　風雲時代出版股份有限公司
地址　105台北市民生東路五段一七八號七樓之三
網址　http://www.books.com.tw
電子信箱　h7560949@ms15.hinet.net
服務專線　（〇二）二七五六─〇九四九
郵撥帳號　一二〇四三二九一
執行主編　朱墨菲
封面設計　風雲編輯小組
法律顧問　永然法律事務所　李永然律師
北辰著作權事務所　蕭雄淋律師
版權授權　北京共和聯動圖書公司
出版日期　二〇一〇年六月初版
定價　新台幣一九九元
總經銷　成信文化事業股份有限公司
地址　台北縣新店市中正路四維巷二弄二號四樓
電話　（〇二）二二一九─二〇八〇
行政院新聞局局版台業字第三五九五號
營利事業統一編號二二七五九九三五

國家圖書館出版品預行編目資料

騎士與城堡：坎特伯雷故事／
喬叟 著；張愛玲 譯. --臺北市：風雲時代,
2009.12
面；　公分

ISBN　978-986-146-629-3 (平裝)

873.57　　98021518

The Canterbury Tales